Verliebt in einen Wolf

-

Adrian – gegen die Zeit

Ein Roman von

Pat Grace & Sabrina Georgia

Es war so nicht geplant,
doch irgendwie gehören sie nun dazu...

Mit den Charakteren aus:
»Yvor und Yvi«

Bibliografische Information der Deutschen Nationalbibliothek:
Die Deutsche Nationalbibliothek verzeichnet diese Publikation in der
Deutschen Nationalbibliografie; detaillierte bibliografische Daten sind im
Internet über http://dnb.d-nb.de abrufbar.

Verliebt in einen Wolf – Adrian – Gegen die Zeit
Pat Grace & Sabrina Georgia

1. Auflage
Juni 2019

© 2019 DerFuchs-Verlag
D-69231 Rauenberg (Kraichgau)
info@DerFuchs-Verlag.de
DerFuchs-Verlag.de

ISBN 978-3-945858-84-4 (Taschenbuch)
ISBN 978-3-945858-85-1 (ePub)

Sabrina:
Auch ›der Bösewicht‹ verdient es, dass ein wenig von seiner Geschichte erzählt wird. Mir persönlich gefällt Adrian unheimlich gut. Ein Typ, der versucht, einen auf Bad Boy zu machen, es aber eigentlich gar nicht ist. Wobei ... Vielleicht ab und an schon. :)
Auf jeden Fall hatte ich beim Schreiben wieder unheimlich großen Spaß! Ich hoffe, euch gefällt die Geschichte.

Pat:
Unerwartet, wurde Adrian zu einem guten Freund für Moe. Und somit auch zu meinem.

Prolog

Adrian

Ein guter Mensch sein – was bedeutete das? Wie wurde man dazu? Reichte es, einfach die Erwartungen, die man in mich setzte, zu erfüllen? Oder musste man sich dazu noch beweisen? Gab es Gut oder Böse überhaupt? Im Grunde war es doch reine Ansichtssache! Für den einen war ich ein Rivale, der ihm das Leben zerstören wollte, für die andere war ich der Bruder, den sie liebte und ich selbst könnte der Person, zu der ich geworden war, in den Arsch treten. Wie arrogant und naiv war ich gewesen! Ich? Ein Rudelführer?! Das hatte ich gründlich vermasselt ... und das sogar zweimal!

Schlecht gelaunt drehte ich mich auf meiner Pritsche um und starrte gegen die Wand. Ein Fenster war in diesem Loch nicht vorhanden, sodass ich nicht einmal wusste, wie spät es war. Die Stille verriet mir zumindest, es war Nacht. Tagsüber konnte ich leise Stimmen durch das Holz der Tür hören und ab und an schnappte ich ein paar Worte auf. Sie nannten mich einen Bastard. Ich schmunzelte, als ich es das erste Mal mitbekam. Diese Blutsauger waren entweder nicht sonderlich gebildet oder hatten sich an die Zeit angepasst, in der Bedeutungen der Worte nicht mehr wichtig waren. Ein Bastard. Ausgerechnet ich. Mein Blut war rein, genau wie die Ahnenreihe, die stets wie ein Damoklesschwert über mir geschwebt hatte. Verdammte Alphas.

»Dir wird niemand hinterher weinen. Geht es nach mir, verrottest du hier unten!«, gingen mir erneut die Worte des Ratsmitglieds durch den Kopf und ich murmelte sie.

Es war meine Art, dagegen anzukämpfen, nicht verrückt zu werden. Selbst die Wachen, die mir das nötigste an Essen brachten, gaben keinen Ton von sich. Beinahe wünschte ich mir, ich wäre in der Gesellschaft von Bert. Was aus dem wortkargen Koloss geworden war? Ob er das Weite gesucht hatte? Ohne Maze dürfte er in seinem Drang hoffentlich gebremst worden sein. Ich hörte wenigstens nichts von weiteren Leichen.

»Als würde ich hier noch etwas mitbekommen«, seufzte ich und drehte mich erneut.

Mein Rücken schmerzte und ich gab den Versuch auf, schlafen zu wollen. Mühsam setzte ich mich hin und rutschte zur Wand, an die ich mich lehnte. Sie war feucht und roch irgendwie modrig. Es erinnerte mich an den Bunker und die darin befindlichen Duschen. Grinsend schüttelte ich den Kopf, als mir Luke in den Sinn kam.

»Ich dusche dich ab, um das Fieber zu senken, weitere Dienste wird es nicht geben«, hatte er gesagt. So oder so ähnlich. Verrückter Vollidiot! Mieser kleiner Verräter! Er fehlte mir und sein eigenwilliger Sinn für Humor.

Für ihn schwieg ich. Er, der mit der Frau geflohen war, die mich in diese Scheiße geritten hatte. Wobei mein Wächter beteuerte, es wäre ein Unfall gewesen. Ich hätte sie vermutlich nie danach gefragt. Ein Teil in mir wollte sie weiterhin büßen lassen, ein anderer war müde von diesem ganzen Affentheater. Dennoch musste ich etwas unternehmen. Bald würde mein

Geduldsfaden reißen oder ich verlor tatsächlich den Verstand.

»Du siehst so aus, als würdest du demnächst Dummheiten machen«, hörte ich plötzlich eine Stimme und blickte auf.

Die Kleine, die auf mich aufpassen sollte, stand in der Tür und grinste frech. In Händen trug sie ein Tablett, auf dem sich etwas zu futtern für mich befand, zumindest vermutete ich es. Meist gab es irgendeine undefinierbare Pampe. Der Koch musste schon seit mindestens drei Jahrzehnten aufs Essen verzichten.

»Wird es ein Verhör oder nette Gesellschaft?«, ging ich nicht weiter auf ihren Kommentar ein und sie feixte etwas mehr.

»Ein bisschen von beidem, schätze ich.«

1

Wie die letzten paar Stunden des Öfteren, drückte mir der Blade-Verschnitt seine riesige Pranke ins Kreuz und beförderte mich vorwärts. Ich hatte keine Lust mehr auf diese Spielchen, doch er befand sich am längeren Hebel. Die Schwester dieses Muskelprotz hatte den Finger auf dem Knopf zu meinen Handschellen. Eine falsche Bewegung und ich bekam einen Stromstoß. Wobei die Blutsaugerin namens Lia nicht ganz so nervig erschien und mich meist behandelte, als wäre ich kein Schwerverbrecher.

»Jetzt hör doch mal auf, Laer! Er ist kein Punchingball«, fuhr sie ihren Bruder nun an und er brummte.

»Lia und Laer? Eure Eltern waren ja nicht gerade kreativ.« Meine Feststellung brachte die Vampirdame zum Glucksen.

»Unsere Mutter ist einfach verrückt«, brachte sie lachend heraus und Laer gab mir einen Stoß in die Seite.

Er lachte ebenfalls. Ich verstand es nicht. Was hatte ich denn Komisches gesagt?

»Würdest du Lias richtigen Namen kennen, könntest du es verstehen, Zeckenteppich«, brummte Laer und ich rollte mit den Augen. »Aber ich fürchte, sie wäre imstande, dich danach umzubringen. Irgendwie mag sie den nämlich nicht.«

Okay, das klang wiederum interessant. Auch wenn ich nicht lebensmüde war, hätte ich doch einiges dafür gegeben, dieses kleine Geheimnis zu lüften. Es klang nach etwas, das ich zu meinem Vorteil nutzen könnte.

»Lia ...«, murmelte ich und überlegte. »Amelia? Lilia? Aurelia?«

Ich riet einfach darauf los, zumindest, bis mir die Mündung einer Waffe an den Kopf gehalten wurde. Die braunen Augen Lias funkelten.

»Schluss jetzt«, sagte sie leise.

»Liaison?« Ich lächelte frech und bemerkte den zuckenden rechten Mundwinkel.

»Ich geb dir gleich Liaison!«, knurrte Laer und ein Schlag auf meinen Rücken brachte mich ins Taumeln.

Ich landete vor Lias Füßen, die die Waffe wegsteckte und seufzte.

»Lasst uns arbeiten.«

Ich hatte die beiden zum Unterschlupf geführt. Das war die Bedingung dafür, dass ich nicht gleich durch den Rat aufgeknüpft wurde. Dies hätte Ratsmitglied Markus sicherlich gefallen, denn er schien Wölfe zu hassen, aber glücklicherweise gab es für Bestrafung eine Art Tribunal und er war überstimmt worden. Leider war entweder Lia, Laer oder vielleicht sogar beide, Vertraute dieses Mistkerls und ich hatte keine andere Wahl, als dieses Theater brav mitzuspielen.

»Und du bist dir sicher, dass hier Anhaltspunkte zu finden sind?«, erkundigte sich Lia zum gefühlt hundertsten Mal bei mir und ich nickte.

»Wir haben die letzten Monate an diesem Ort verbracht. Ich schätze, ich kann hier eine Fährte aufnehmen oder es sind irgendwelche Spuren zu finden.« Ich hielt der Vampirdame meine Handschellen hin, die sie irritiert betrachtete. »Na, ihr wollt doch wohl nicht, dass ich wehrlos da reingehe.«

Lia warf ihrem Bruder einen fragenden Blick zu, der den Kopf schüttelte.

»Beschissene Idee!«, knurrte er.

»Ich weiß nicht. Er könnte helfen. Wir sind keine Experten in Sachen Wölfe.« Die Vampirdame hatte offensichtlich wesentlich mehr Hirn, als der Blade-Verschnitt. »Außerdem hat er den Peilsender, der ihm den Kopf wegpustet, sollte er Mist bauen. Ich denke, wir sind auf der sicheren Seite.«

Ich schluckte. Sie hatte definitiv zu viele Vorkehrungen getroffen! Dieses Weib war verrückt.

***

»Hier stinkt es erbärmlich nach Köter«, brummte Laer und ich verkniff mir ein Knurren.

Der Kerl ging mir gewaltig auf den Zeiger!

»Schnauze!« Lia funkelte ihren Bruder an, der sich weiter geradeaus bewegte.

Die Handschellen hatten sie mir nicht wirklich abgenommen, sondern stattdessen beide an ein Gelenk gebunden. Damit würde ich im Falle des Falles komplett weggeputzt werden und hätte keine Probleme mehr. Ich war noch nie ein Fan von Stromstößen gewesen, weshalb ich mich artig zusammenriss. Meine Finger verkrampften sich an der Eisenstange, die ich in Händen hielt. Ich hoffte inständig, dass Lukas es geschafft hatte, sich aus dem Staub zu machen und hier nicht auf Widerstand gestoßen war. Je mehr ich darüber nachdachte, desto wahrscheinlicher hielt ich es, dass mein Freund auf Bert getroffen war.

»Wohin?«, flüsterte die Vampirdame neben mir und ich deutete nach rechts.

»Links ist ein Vorratsraum. Da könnte man sich auch verstecken und uns den Rückweg abschneiden«, brachte ihr Bruder skeptisch heraus und ich seufzte.

»Den Raum haben wir nie genutzt.«

Ich war es nicht gewohnt, dass man mich ständig hinterfragte. Wenn ich als Alpha etwas gesagt hatte, ging man von Ehrlichkeit aus. Wozu sollte ich lügen? Es brachte mir nichts.

»Nach rechts«, murmelte nun auch Lia.

Sie entsicherte die Waffe in ihrer Hand und ich spürte diese an meiner Seite. Sie war dieses Mal jedoch nicht auf mich gerichtet, sondern an mir vorbei, um uns bei Bedarf zu verteidigen.

»Ich trau ihm nicht!«

Natürlich musste Laer einen auf Blade machen und stürmte in den kleinen Raum. Er war leer, wie ich es vorausgesagt hatte.

»Zufrieden?«, meinte dessen Schwester daraufhin genervt und wandte sich mir zu. »Weiter, Hündchen.«

Jetzt knurrte ich doch und hörte ihr Kichern an meinem Ohr. Sie hatte wohl ihren Spaß, dieses unverschämte Drecksweib!

Gemeinsam marschierten wir auf die letzte Eisentür zu, die uns vom Unterschlupf trennte. Ich hatte keine Ahnung, was uns dahinter erwarten würde. Wenn es ganz dumm lief, waren Natascha und Bert da und es gab ein Gemetzel. Die beiden hatten sicherlich keine Lust, brav an die Kette gelegt zu werden. Laer schob sich an uns vorbei und stemmte kurzentschlossen die schwere Sicherheitstür auf. Ich atmete tief durch, um mich zu wappnen.

»Keine Angst ... Ich passe schon auf dich auf«, hauchte mir Lia ins Ohr und grinste frech.

Manchmal fragte ich mich, wieso sie ständig diese Sprüche von sich gab. Ganz offensichtlich hassten die beiden uns Wölfe und hätten keine Probleme damit, mich aus dem Weg zu räumen.

»Ich ziehe nur ungern ohne meinen Dolch in die Schlacht. Könntest du mir nicht wenigstens den gönnen?«, erkundigte ich mich und ihre Hitze drückte sich noch fester an mich.

»Süßer, wenn ich dir noch mehr zugestehe, wird man noch behaupten, ich hätte eine Schwäche für dich. Mein Bruder scheint das bereits zu glauben ...« Ihre Stimme war mehr ein Schnurren und ich schluckte. Als wäre sie so verrückt!

Laer hatte die Eisentür mittlerweile geöffnet und gab einen genervten Laut von sich. Unsere Unterhaltung ging ihn wohl extrem auf den Geist und sein Blick verriet, dass ich mich auf etliche Rempler einstellen durfte. Sehr nett! Seufzend marschierte ich an ihm vorbei und spürte bereits eine Hand an meinem Rücken, doch seine Schwester kam ihm zuvor.

»Nicht jetzt, Bruder!«, zischte sie und nahm erneut den Platz an meiner Seite ein.

Es machte mich nervös, wenn sie derart an mir klebte. Was, wenn wir angegriffen wurden? So konnte ich mich nicht verwandeln, ohne sie eventuell zu verletzen. Im Ernstfall musste ich vermutlich improvisieren.

Ich stockte, als mir meine Gedanken bewusst wurden. Jetzt nahm ich schon Rücksicht auf eine dieser Reißzähne! Am liebsten hätte ich gestöhnt.

Schnuppernd tastete ich mich vorwärts. Lia hing an mir wie eine Klette, die gleichfalls den Raum unter die Lupe nahm.

»Hier ist niemand. Ich rieche, dass Natascha vor etwa drei Tagen anwesend war, womöglich, um ihre Sachen zu holen. Wobei ... Wartet kurz«, raunte ich und bewegte mich auf die Ecke zu, in der Lukas den Trainingsring aufgebaut hatte.

Etwas stimmte nicht. Ich roch Blut! Mein Schritt beschleunigte sich und ich rannte auf die Lache zu, die sich am Rand des Gebildes gesammelt hatte.

»Verdammte Scheiße!«, brachte ich heraus.

»Was ist?« Lia war mir natürlich gefolgt und keuchte, da ihr das ranzige Blut den Atem nahm.

Es war zu viel für einen normalen Kampf. Das hatte eher etwas von einem Abschlachten. Ich zitterte, denn das Blut war von Lukas.

»Wow! Das ist aber ein heftiger Aderlass.« Laer verfehlte den guten Ton und ich schaffte es dieses Mal nicht, die nötige Ruhe zu bewahren.

Ich wandte mich ihm zu und fletschte die Zähne. Ehe ich jedoch auf ihn zustürmen konnte, legte sich eine Hand auf meine Schulter. Diese Berührung brachte mich zur Besinnung.

»Ist es von einem Freund von dir?«, flüsterte Lia und ich nickte automatisch. »Das tut mir leid. Ich hoffe, er hat es überstanden.«

In ihrer Miene erkannte ich, dass sie es ehrlich meinte. Ich spürte, wie sehr mich dieser Gedanke, Lukas könnte verletzt und hilflos sein, ins Wanken brachte. Er war jahrelang mein Wächter und engster Vertrauter gewesen. Ich hatte ihm dies nur vergolten, indem ich ihn hatte gehen lassen. Ausgerechnet in

Avalarie, die mich in die Flucht gezwungen hatte, hatte er sich verliebt. Diesen Schlag musste ich noch immer verdauen, doch war es kein Grund, ihm etwas Böses zu wünschen. Man konnte nicht kontrollieren, in wen man sich verliebte. Und die Bindung eines Wolfs zu seiner Partnerin konnte recht dominant sein, soweit ich erfahren hatte.

2

Der Körper des Wolfs erbebte vor Trauer. Es beschäftigte mich, denn Markus hatte mir den Mann anders beschrieben. Adrian Landon wirkte nicht wie ein blutrünstiges Monster, eher wie ein Kerl, der in diese Sache irgendwie hineingerutscht war. Er war ab und an ein arroganter Vollidiot, aber dennoch hielt ich ihn für unschuldig.

»Sagt mal, hört ihr das?«, brummte Laer auf einmal und lief auf eine Tür zu, die sich im hinteren Bereich des Raums befand.

»Was ist da hinten?« Ich bedachte Adrian mit einem weiteren Blick und er murmelte etwas, das nach ›Duschen‹ klang.

Er hielt den schwarzhaarigen Kopf gesenkt, schien mit den Gedanken komplett woanders zu sein. Um ihm ein bisschen Freiraum zu gönnen, schritt ich hinter meinem Bruder her, der sich bereits an der Tür zu schaffen machte.

»Sie klemmt!«, knurrte er und zerrte daran.

Ich musste lachen, denn für mein Lieblingskraftpaket war normalerweise keine Herausforderung schwer genug.

»Vielleicht sollten wir sie aufsprengen«, schlug ich vor und machte einen Schritt zur Seite.

Als ich das Klicken hörte, erstarrte ich in der Bewegung. Eine der Fliesen hatte leicht nachgegeben und dieses Geräusch verriet mir, dass ich es tatsächlich geschafft hatte, eine Miene zu erwischen. Ich Glückspilz! Und da redete ich noch davon, eine Tür aufzusprengen, dabei würde man mich gleich in die Luft befördern. Wieso zum Kuckuck war hier eine gottverdammte Sprengfalle?

»Lia?«, fragte mein Bruder, der das untypische Verhalten meinerseits mitbekommen hatte.

»Es hat geklickt.« Ich schluckte und blickte an meinen Beinen hinab. »Und ich stehe wohl direkt auf dem Auslöser einer Sprengfalle.«

Laer fluchte und rieb sich über die Stoppeln auf seinem Schädel. Da hatte er mit seiner Kraft das Nachsehen, denn nun waren Geschicklichkeit und Schnelligkeit angesagt.

»Geh raus. Ich komme gleich nach«, wies ich ihn an, aber dieser Verrückte schüttelte den Kopf.

»Ich lass dich nicht allein!«

»Das wird sie nicht sein«, raunte jemand neben mir und ich sah Adrian auf einmal an meiner Seite. Er kniete sich hin und untersuchte ebenfalls den Auslöser, der sich seiner Meinung nach wirklich unter der Fliese befand. »Aber Herkules sollte hier raus. Keine Sorge, Großer. Ich passe auf dein Juwel von Schwester auf. Schon allein deshalb, weil ich ohne sie hier nicht raus kann, zumindest nicht, ohne dass mein Hirn von den Wänden tropft.«

Ich starrte ihn an und wusste, dass er auf den modifizierten Peilsender in seinem Hals anspielte. Leider konnte ich ihm nicht widersprechen. Der Gegenpart befand sich in meiner Schulter und so gern ich ihn gerade in diesem Moment hatte, sah ich es nicht ein, diesen rausschneiden zu lassen. Also würden Adrian und ich da wohl zu zweit durch müssen.

***

»Bereit?«, erkundigte ich mich und der schwarzhaarige Alpha fletschte unmerklich die Zähne.

Er hatte die Dinge aus meinem Rucksack herbeigeschafft, um die ich ihn gebeten hatte. Meine Vorliebe fürs Bombenbasteln brachte es zum Glück mit sich, dass ich auch zum Entschärfen einiges mit mir herumschleppte.

»Und du bist dir sicher, dass das klappt?« Sein Arm hatte sich um meinen Bauch gelegt und Adrian fixierte den Ausgang des Unterschlupfs.

Ich war erstaunt gewesen, wie muskulös er war, auch wenn es im ersten Moment nicht so aussah. Der Alpha schien ein guter Schauspieler zu sein, wenn er es schaffte, Laer und mich derart zu täuschen.

»Wenn du schnell genug bist. Falls nicht, sind wir Mus«, meinte ich trocken, obwohl ich mir sicher war, dass alles klappen würde.

Ich hatte eine Lösung unter die Fliese gesprüht, die den Mechanismus bremsen sollte, hoffentlich so lange, bis mich der Wolf zur Tür geschafft hatte. Adrian murmelte etwas, das wie ein Gebet klang, und ich verkniff mir ein Lachen. Das war jetzt nicht der beste Zeitpunkt, ihm zu sagen, dass er im Grunde außer Gefahr war. Wenn ich alles richtig berechnet hatte, bestand sogar eine gute Chance, diese Sache ohne Knall zu beenden.

»Darf ich dich vorher noch etwas fragen?«, nutzte ich dennoch die Situation aus, denn etwas interessierte mich brennend. »Sollte dein Freund überlebt haben, willst du ihn ebenfalls finden?«

Die dunklen Pupillen meines neuen Verbündeten verkleinerten sich vor Schreck. Das war schon Antwort genug. Es schien so, als würde Adrian Landon bestimmen, wen wir jagten und wen nicht. Wieso fand ich das seltsamerweise beruhigend? Jetzt kam es nur noch darauf an, welche Worte er wählen würde, um mich vollends zu überzeugen. Wahrscheinlich vermasselte er es. Das taten sie alle.

»Er hat nie gemordet. Mein Freund wird euch nie kennenlernen«, antwortete der Wolf zu meiner Überraschung.

›Respekt, der Kerl traut sich, mir zu sagen, dass er uns hintergehen wird‹, ging es mir durch den Kopf und ich grinste.

Mir gefiel, dass er Schneid bewies. Verräter hatte ich schon immer verabscheut. Er war ein Anführer gewesen, das merkte man. Dieses Selbstbewusstsein!

»Alles klar. Dann ist der Typ wohl unser kleines Geheimnis«, flüsterte ich und schaute in Adrians dunkelbraune Augen, die sich bei diesen Worten unmerklich weiteten.

Also entweder meine Worte gefielen ihm, oder ich selbst. Auf die Art und Weise, wie er mich anfasste, hatte ich den Eindruck, ihn nicht ganz kalt zu lassen. Ob ich damit spielen konnte? Mehr Informationen wären unserer Sache auf ihren Fall nützlich.

»Konzentrier dich lieber aufs Überleben, Fünkchen«, raunte der Wolf nun und mir wurde es heiß. Woher kam diese Temperaturschwankung auf einmal?

»Okay ... bei drei?«

Adrian schien mich noch einmal eingehend zu betrachten, dann nickte er. Ich wollte gerade anfangen zu zählen, als er losrannte. Mit einer solchen Aktion hatte ich nicht gerechnet und gab einen erschrockenen Laut von mir, der ihn trotz der ernsten Lage zum Lachen brachte. Zeigte er etwa ausgerechnet jetzt einen schrägen Sinn von Humor?

Kaum an der Tür, riss der Wolf diese auf und beförderte mich dahinter. Ich war vollkommen fassungslos, denn er war mir nicht gefolgt.

»Was machst du?«, brüllte ich und vernahm ein lautes Grollen hinter der nun verschlossenen Tür.

Obwohl ich die Sprengfalle deaktivieren konnte, gefiel mir der Gedanke nicht, dass Adrian noch immer da drin war. Was, wenn ich mich doch irgendwie verrechnet hatte?

»Adrian! Mach, dass du raus kommst«, fauchte ich und warf mich gegen die Eisentür, die sich allerdings kein Stück bewegte.

Ein mächtiger Knall und eine heftige Erschütterung ließen mir das Herz in die Hose rutschen. Von der Entfernung her war es nicht die gleiche Sprengfalle gewesen, sondern lag auf der anderen Seite des Raums. Wie viele von diesen Dingern hatte man hier hinterlassen? Mit aller Kraft stemmte ich mich gegen das Eisen, kämpfte, bis ich diese zumindest einen Spaltbreit geöffnet bekam.

»Adrian? Adrian!«, schrie ich auf einmal in Panik. Der Kerl hatte sich doch nicht selbst in die Luft gesprengt? Das durfte nicht wahr sein!

Ich zuckte zusammen, als im Spalt plötzlich etwas Großes und Fellbedecktes auftauchte. Eine riesige Pranke schob sich zu mir nach draußen und ich keuchte, als ich die Handschellen sah. Der Wolf brummte und ich wich zum Durchgang nach draußen zurück. Das war für mich dann doch kein Spaß mehr. Das Vieh war riesig!

***

Eine neue Erschütterung verriet mir, dass es ›meine Bombe‹ jetzt durchs Gel geschafft hatte. Ich starrte auf die Gestalt vor mir, die mittlerweile ganz ruhig vor der Tür kauerte. Adrians Wolfsgestalt war echt beeindruckend und furchteinflößend zugleich. Wobei ... Jetzt, da er so brav dalag.

»Verstehst du mich?«, wollte ich von ihm wissen und der Wolf schnaubte, bevor er nickte.

Wenigstens war er kein wildgewordenes Tier. Die Frage war allerdings, was ich machen sollte. Mein Bruder würde es sicherlich nicht toll finden, wenn ich mit einem Haustier an die Oberfläche kam.

»Lia?«, brüllte dieser wie aufs Stichwort und ich meldete ihm, dass wir in Ordnung waren. Er sollte oben auf uns warten.

Der gewaltig große schwarzfellige Wolf biss sich währenddessen an einem seiner Hinterläufe herum. Ich roch Blut und drängte sogleich die Fänge zurück, die sich in meinem Mund ausbreiten wollten. Dieser Mist würde mir gerade in diesem Moment noch fehlen.

»Bist du verletzt?« Vorsichtig machte ich einen Schritt nach dem nächsten auf die Gestalt zu und Adrian knurrte leise. Ich stoppte. »Wenn du verletzt bist, kann ich dir vielleicht helfen. Wir müssen hier raus. Ich weiß leider nicht, wie die Statik dieses Bunkers ist.«

Na prima! Nun argumentierte ich schon vor einem Wolf. Lustigerweise wirkte es und ich kam näher an ihn heran. In Adrians rechten Hinterlauf hatte sich ein Splitter gebohrt und steckte anscheinend fest. Mit den Zähnen schaffte er es nicht, heranzukommen. Ich spürte buchstäblich seinen Widerwillen, als ich das Fell berührte. Behutsam strich ich es zur Seite. Der Splitter hatte sich vermutlich dank Adrian noch tiefer ins Fleisch gedrückt. Das könnte gleich richtig weh tun.

»Jetzt nicht beißen! Der Mist muss raus«, murmelte ich und griff beherzt zu.

Der große Wolf gab ein herzergreifendes Fiepen von sich, hielt jedoch erstaunlich still, während ich mit den Fingern an dem Fremdkörper zerrte. Schritte polterten hinter mir und ich wollte meinen Bruder schon anfahren, dass er wieder verschwinden sollte, als er brüllte:

»Nimm verdammt nochmal die Zange!«

»Was?« Ich starrte ihn an und er warf frustriert die Hände in die Luft.

»Du sollst die Zange nehmen, Schlaukopf. Der Wolf fleht dich an, deine Finger aus der Wunde zu nehmen«, knurrte Laer und ich beäugte Adrian, der hastig nickte.

»Ist gut. Mach, dass du mit deiner Gabe wieder nach oben verschwindest. Unterhalte dich meinetwegen mit ein paar Vögeln oder Eichhörnchen«, fuhr ich meinen Bruder an, der mir auf dem Weg nach oben den Stinkefinger entgegen streckte.

»Ist ja nicht so, als hätte ich um diese Gabe gebeten ...«, knurrte er.

3

Ausgerechnet die Stimme dieses, vermutlich durch Anabolika aufgepumpten Vollidioten in meinem Kopf zu hören, machte mich fertig. Er hatte es eine Gabe genannt. Also stimmten die Gerüchte, dass Vampire noch andersartiger zu uns und den Normalsterblichen waren. Diese Wesen hatten eine sehr lange Lebensspanne und diese Gaben machten sie in meinen Augen sogar noch mächtiger. Gut, vielleicht nicht gerade die von Laer, der wohl mit Tieren kommunizieren konnte. Was Lia wohl für eine Fähigkeit besaß?

»Achtung, das könnte nochmal weh tun«, warnte sie mich und zog an dem Splitter, den ich mir dank meiner Unachtsamkeit eingehandelt hatte. Ich hätte wissen müssen, dass Natascha auch an meinem Schlafplatz eine ihrer Sprengfallen deponieren würde! Es war nur logisch.

Der Schmerz lenkte meine Aufmerksamkeit zurück auf Lia, deren Miene sich verfinsterte. Sie wirkte hoch konzentriert und schob das silberne Brillengestell weiter den Nasenrücken hinauf. Das Gestell schien sie zu stören.

»Das Mistding steckt ganz schön fest.«

In meiner Wolfsgestalt blieb mir nichts anderes übrig, als ein gequältes Fiepen von mir zu geben, wenn sie zu sehr zerrte. Lia kraulte mir das Fell. Das Gefühl, das mich daraufhin erfasste, verstörte mich. Es war zu angenehm!

»Hey, nicht bewegen!«, fauchte sie mich an, als ich etwas von ihr wegrutschen wollte. »Wenn du nicht willst, dass ich dir auf die Pelle rücke, halt wenigstens so lange still, bis ich das Dreckstück entfernt habe!«

Ihrer Anweisung folgte ein Ruck an dem Splitter und ich biss die Zähne zusammen. Das Pochen an meinem Hinterlauf bedeutete nichts Gutes und Lias Fluch verriet mir den Rest. Die Wunde begann zu bluten wie verrückt.

»Scheiße«, knurrte sie, schlüpfte aus der Jacke und zog zu meinem Entsetzen auch noch das Oberteil aus. Darunter kam ein hautenges schwarzes Trägertop zum Vorschein. Das graue Shirt presste sie nun auf die Wunde. »Ich fürchte, ich habe eine gute und eine schlechte Nachricht für dich. Die Gute: Der Splitter ist raus. Die Schlechte: Du verblutest mir, wenn du dich nicht sofort in einen Menschen zurückverwandelst und ich die Wunde verschließe.«

Mein Herz hämmerte in der Brust. So schlimm konnte es doch nicht gewesen sein! Als ich allerdings die kleine tiefrote Pfütze auf dem Boden betrachtete, die stetig größer wurde, machte sich Unsicherheit in mir breit. Sollte ich mich zurückverwandeln? In Wolfsgestalt heilten meine Wunden wesentlich schneller als in Menschenform. Das schien die Vampirdame vor mir jedoch anders zu sehen. Sie funkelte mich wütend an.

»Wird's bald?!«, fuhr sie mich an.

›Na klasse. Das hatte ich eigentlich verhindern wollen‹, dachte ich noch, ehe ich meine Gestalt wechselte.

Lia keuchte überrascht. Ich war nackt. Komplett. Und sie starrte irritiert auf genau die Stelle meines Körpers, die nun ohne Schutz vor ihr lag. Es war entwürdigend!

»Ich verblute ...«

Meine Bemerkung brachte sie glücklicherweise zur Besinnung. Die Finger lockerten den Griff. Oh Gott, was hatte sie vor? Sie wollte doch nicht ...?

Beherzt senkte sie den Kopf und drückte ihre Lippen auf die Wunde. Die Emotionen, als sie daran saugte und diese schloss, ließen mich aufstöhnen. Okay, es gab Dinge, die Vampire den Wölfen definitiv voraus hatten! Was um Himmels willen war das?

Als Lia wieder in mein Sichtfeld kam, waren ihre Lippen blutrot, die Fänge voll ausgefahren und sie zeigte ein geradezu schüchternes Lächeln.

»Du ... Du wirst es überleben«, flüsterte sie. Sie tastete nach ihrer Jacke und hielt sie mir hin, sodass ich mich bedecken konnte. »Ich denke, ich bringe dir eine Decke, bevor wir den Bunker verlassen. Laertes könnte sonst auf falsche Gedanken kommen.«

Sie räusperte sich kurz.

»Ja, das dürfte mein Leben wohl etwas verlängern. Sonst wäre diese Aktion umsonst gewesen«, raunte ich und rappelte mich auf.

Mir war schwindelig und ich lehnte mich augenblicklich gegen den kalten Stein, um nicht umzufallen. Meine Retterin stand etwas unschlüssig da, schien über etwas nachzugrübeln. Ich spürte eine gewisse Unentschlossenheit, was mich verwirrte.

»Ich ... Ich geh dann mal.« Sie blickte zu Boden, während sie sich dem Ausgang zuwandte.

»Alles okay da unten?«, brüllte Laer.

Ich konnte die Rückverwandlung förmlich sehen, als
Lia die Schultern straffte und ihren Bruder anschnauzte,
er solle sich ›um seinen eigenen Scheiß‹ kümmern.
Vorbei war der Moment, in dem ich den Eindruck
gehabt hatte, etwas würde nicht stimmen.

Eine Decke flog mir entgegen und ich fing sie mit der
freien Hand auf. Damit konnte ich mich in der
Zwischenzeit vor unangebrachten Blicken schützen.
Hoffentlich kam Laer nicht auf die Idee, mir die
geretteten Sachen aus dem Bunker wegzunehmen, denn
darin befanden sich ebenfalls einige zum Anziehen.
Zuvor musste ich allerdings noch das Blut abwaschen,
das an mir klebte.

***

»Hey, Fellnase, was ging da unten gerade ab?«,
wollte Lias Bruder wissen, doch ich zuckte nur mit den
Schultern.

Ich hatte weder vor, an das Erlebte zu denken, noch
mich für irgendwas zu rechtfertigen. Der Vampir
rümpfte die Nase und schnaubte, als er das Blut wahrnahm.

»Wasser, Laer. Er muss sich waschen.« Selbst jetzt
kam mir die Vampirdame zu Hilfe und reichte mir ein
Tuch. »Den Rucksack nehme ich währenddessen unter
die Lupe. Die Sachen, die nicht gefährlich sind,
bekommst du wieder.«

Ihr Blick aus diesen dunkelbraunen Augen hinter der
Brille, traf mich und ich nickte. Damit konnte ich leben.
Eine Flasche Wasser flog auf mich zu und ich fing sie
auf, ehe sie mir an den Kopf knallen konnte. Ich drehte
mich in Laers Richtung, der breit grinste und nun eben-

falls demonstrativ mit den Schultern zuckte. Eine nette Retourkutsche.

Hastig verzog ich mich hinter den Wagen, wo ich etwas Deckung hatte, und säuberte mich. Ich untersuchte auch die Stelle, an der mir Lia den Splitter entfernt hatte und stellte fest, dass dort noch nicht einmal eine Narbe geblieben war. Wie hatte sie das angestellt?

»Was ist? Bist du bald fertig? Oder willst du noch weiter an dir herumspielen, du Perverser?«, brummte Laer und ich rollte mit den Augen.

Diese ständigen Sticheleien gingen mir gewaltig auf den Keks. Irgendwann würde ich mich wohl nicht mehr beherrschen können. Ich atmete tief durch und bemühte mich, die Ruhe zu bewahren.

»Deine Tasche. Ich habe nur das Messer herausgenommen. Das bewahre ich für dich auf.« Lia legte mein Hab und Gut auf dem Dach des Wagens ab. Sie wollte noch etwas sagen, doch ihr Bruder polterte dazwischen.

»Und jetzt? Haben wir einen Plan, wohin es geht?«

Würden wir hier keinen Hinweis finden, hieß es für mich, dass ich zurück in meine Zelle musste. Das konnte ich nicht zulassen! In diesem Loch würde ich über kurz oder lang wahnsinnig werden ...

»Wir müssen in die Stadt«, verkündete ich aus diesem Grund und schlüpfte rasch in ein paar Sachen. »Natascha wird auf jeden Fall dorthin gegangen sein.«

Das wusste ich zwar nicht genau, doch ließ ich es darauf ankommen. Lia beäugte mich flüchtig, runzelte die Stirn und wandte sich an ihren Bruder.

»Wir sollten dann auch gleich die Chance nutzen und etwas essen «, sagte sie und Laer stimmte zu.

»Wie du meinst«, brummte der Vampir und betrachtete mich prüfend. »Und was machen wir mit unserem neuen Haustier?«

Seine Schwester rollte mit den Augen.

»Der wird brav sein und sich von seiner besten Seite zeigen, nicht wahr?«

Sie blickte mich an und ich gab hastig ein »Natürlich!«, von mir. Ich würde alles tun, Hauptsache sie kamen nicht auf die blöde Idee, mich in den Kofferraum zu sperren oder zurück in dieses Drecksloch zu bringen.

***

Die Bar, die diese beiden ausgesucht hatten, um sich zu stärken, kannte ich bereits. Die Bedienung flirtete wie die letzten Male und ich war so höflich, sie wenigstens nicht komplett zu ignorieren.

»Hattest du was mit der Kleinen?«, brummte Laer irgendwann und ich schüttelte den Kopf. »Also nicht nur Töle, sondern auch noch dämlich. Die Kleine ist heiß.«

»Nicht mein Typ«, gab ich zurück und hoffte inständig, der Vampir würde nicht weiter nachhaken. Selbstverständlich wurde ich enttäuscht.

»Und der wäre ...? Stehst du überhaupt auf Frauen?«, stichelte er.

Sollte ich darauf tatsächlich antworten? Obwohl ich damals hatte Avalarie heiraten wollen, war der Typ Frau, den ich bevorzugte, eher das Gegenteil. Mein Blick huschte zu Lia. Sie schien von unserer Unterhaltung nichts mitzubekommen, sondern hing ihren eigenen Gedanken nach. Mich reizte es, sie zu fragen, was sie beschäftigte.

»Hey, Lia! Bleib bitte hier. Ich schau mich mal um«, knurrte Laer und seine Schwester zuckte zusammen.

»Was?« Sie blinzelte in seine Richtung und er lachte.

»Du sahst gerade aus wie Mutter«, meinte Laer, was die dunkelhaarige Blutsaugerin mit den kurzen Haaren dazu brachte, das Gesicht zu verziehen.

»Keine dummen Sprüche! Mir reichen die Gaben, die ich habe, danke.« Sie winkte ab, aber nun war ich hellhörig geworden. Gaben? Es gab die Möglichkeit, mehr als eine zu besitzen?

»Können Vampire nicht nur eine haben? Sie werden damit geboren, nicht wahr?«, erkundigte ich mich leise und Lia seufzte.

»Ja, da lief bei mir wohl etwas schief. Ich wechsle Gaben. Keine Ahnung, was der Stuss soll, jedoch habe ich regelmäßig eine neue und muss dann schauen, wie ich damit klarkomme.« Die Schwarzhaarige fühlte sich anscheinend verwundbar und wechselte sogleich das Thema. »Und wenn wir schon bei der Fragestunde sind: Wieso habt ihr Wölfe euch die ganzen Jahre versteckt gehalten? Ich gehe mal davon aus, dass es noch andere gibt, auch wenn du das hartnäckig geleugnet hast.«

»Du kannst dir nicht denken, wieso? Kleiner Tipp: Es hat Fangzähne und tut so, als wäre es komplett unschuldig an dieser Sache.«

Lia betrachtete mich mit einer Miene, die ich nicht deuten konnte, doch ihre Gefühle schrien mir ihr Entsetzen förmlich entgegen.

»Vampire sind keine Monster! Wir töten keine Unschuldigen«, brachte sie erstaunlich trocken heraus, aber ich schnaubte.

»Genau! Und deshalb habe ich auch diesen netten Chip im Nacken und bin an der Leine. Das ist ja so viel besser als der Tod«, knurrte ich und tippte mir auf die Seite meines Halses, wo der Peilsender mit der integrierten Sprengfalle saß.

»Das hast du deshalb, weil du Menschen getötet hast!« Laer funkelte mich wütend an, doch in Lias Gesicht erkannte ich Bestürzung.

»Ich habe noch nie getötet. Die Morde wurden allerdings von meinem Rudel begangen.« Seufzend rieb ich mir die Stirn.

Diese Unterhaltung würde rein gar nichts bringen.

4

Konnte es sein, dass Adrian die Wahrheit sagte? Was, wenn Markus ihm Unrecht tat? Ich kannte meinen Onkel und Mentor gut genug, um zu wissen, dass er sich auch mal verrennen konnte, sollten die Gegebenheiten nicht in sein Weltbild passen. War das hier vielleicht der Fall?

»Wer aus deinem Rudel war es?«, hakte ich nach und ignorierte Laertes verächtliches Schnauben.

»Ist das wichtig? Ich war ihr Alpha und hätte es verhindern müssen.« Adrian verschränkte die Arme vor der Brust.

Das hieß dann wohl das Ende der Befragung. Auch, wenn er darauf beharrte, kein Mörder zu sein, hielt er sich dennoch für den Verantwortlichen. Eine dämliche Einstellung! Ich blickte in diese dunklen Augen, die mich störrisch betrachteten. Die sonst recht markanten Lippen hatte er zusammengepresst und sie wirkten wie ein Strich, umrahmt von einem Dreitagebart. Irgendwie sah er aus, wie ein bockiger Teenager, der noch nicht einmal gelernt hatte, wie man sich rasierte. Allein seine Emotionen hinderten mich daran, einen dummen Spruch zu bringen und ich meinte stattdessen:

»Du solltest lernen, dass man nicht alles verhindern kann. Solltest Laer mal löchern, wie oft er mich dazu bringen wollte, etwas zu tun oder zu lassen. Das Leben mit anderen Menschen ist unberechenbar.«

Ich stand auf und ließ die beiden Männer am Tisch zurück, um auf die Toilette zu gehen. Auch begrüßte ich die Gelegenheit, kurz für mich allein zu sein. Die letzten Jahre hatte ich es bevorzugt, auf mich selbst gestellt zu sein – ohne einen Partner und am besten keinen Menschen. Ich schmunzelte bei der Erkenntnis, dass ich genau dem auswich, was ich Adrian gerade gesagt hatte. Wenn man sich mit Normalsterblichen weder abgab, noch Gefühle für sie entwickelte, konnte man nicht verletzt oder enttäuscht werden.

Im Spiegel sah ich mir selbst in die Augen. Es hatte lange gedauert, bis ich diesen Anblick nach der Katastrophe ertragen konnte. Egal, wie sehr sich Adrian verschloss, ich wusste, wie er sich fühlte.

***

»Ach, komm schon, Lia. So schwer kann das doch nicht sein, ein paar Zutaten zusammen zu mischen«, murrte Peter und lehnte sich gegen die Wand meines Labors.

»Es ist eine Wissenschaft. Das wirst du wohl nie verstehen, mein Schatz«, hauchte ich, während ich konzentriert durch das Mikroskop starrte.

Auf einmal spürte ich seine Hände auf der Hüfte. Peter schlang die Arme um mich.

»Ich würde jetzt lieber anderen Wissenschaften nachgehen«, raunte er und ich lachte.

»Als Chemikerin habe ich weniger mit Anatomie am Hut.« Ich gluckste.

»Chemische Prozesse laufen dabei auch zu genüge ab.« Seine Finger wanderten unter meinen Laborkittel.

Ich liebte es, dass Peter die Finger nicht von mir lassen konnte. Er war gutaussehend, eine hervorragende Partie und brachte mich in regelmäßigen Abständen um den Verstand. Sein einziger Makel, den ich jedoch ebenfalls abgöttisch liebte, war Maggie, Peters neunjährige Tochter. Die beäugte uns, während wir händchenhaltend in ihre Richtung kamen. Instinktiv wollte ich mich von ihrem Vater lösen, aber Peter ließ es nicht zu.

»Wir sind oben, mein Schatz«, brummte er, ehe er mich die Treppe zum Obergeschoss hochtrug. Sie rollte kopfschüttelnd und gleichzeitig grinsend mit den Augen. »Stell nichts an. Denk daran: Der Keller ist tabu.«

Die Kleine nickte. Was Peter nicht wusste, war, dass Maggie mir dort unten schon oft Gesellschaft geleistet hatte. Wir bastelten neben meiner Arbeit an einem Männerduft, der zu Peter passte. Es sollte ein Geschenk zu seinem Geburtstag werden. Mit wachsender Begeisterung hatte ich das Talent seiner Tochter gefördert. Sie war wirklich bemerkenswert.

Im Obergeschoss angekommen fielen Peter und ich übereinander her. Er wusste von meiner Herkunft und dem Verlangen nach Blut, spielte gern den Spender für mein Überleben. Dieser Mann war ein Normalsterblicher, der sich mein Herz durch Hartnäckigkeit erschlichen hatte.

»Irgendwann könnte mein Körper das nicht mehr mitmachen«, raunte er etwa eine halbe Stunde später, als er ausgepowert und zufrieden neben mir im Bett lag.

»Bis dahin habe ich hoffentlich eine Lösung gefunden, um euch zu wandeln. Wieso sollte das Leben nur so kurz sein? Das ist nicht fair!« Ich beugte mich zu ihm hinüber und grinste, bevor er mich an sich zog.

»Das ist es noch nicht einmal, was mir Sorgen bereitet. Ich werde irgendwann alt, das ist der Lauf der Zeit«, flüsterte er und strich mir sanft über die Wange. »Du solltest unsere gemeinsamen Stunden lieber mehr genießen. Das beschäftigt mich.«

Solche Worte wollte ich nicht hören! Peter sollte mit mir die Jahrhunderte erleben! Diesen Plan hatte ich geschmiedet und hielt eisern daran fest.

»Ruh dich etwas aus. Ich räume noch schnell das Labor auf«, küsste ich ihn und suchte meine Klamotten zusammen.

Peter schüttelte lächelnd den Kopf, dann schloss er die Augen. Ich stieg die Stufen der Treppe hinab und marschierte in Richtung Keller, als ich den Geruch wahrnahm: Es war Gas!

»Maggie?«

Ich eilte ins Wohnzimmer. Sie war allerdings nicht mehr dort. Auch in der Küche und im Badezimmer fand ich sie nicht. Sie war doch nicht ...?

»Maggie?!«

Ich stürzte in den Keller. Während des Rennens wurde mir bereits schwindelig. Was war hier nur los? Das fühlte sich nicht nach einem normalen Anfall wegen des Gases an. Ich schüttelte den Kopf, um bei Verstand zu bleiben.

»Maggie?«, sagte ich und stolperte über etwas, das mich zu Fall brachte.

Hart schlug ich auf dem Steinboden auf, ächzte vor Schmerz und die Welt verschwamm erneut vor meinen Augen. Meine Finger ertasteten etwas Weiches neben mir. Maggie! Mit letzter Kraft schleppte ich uns zum Fenster, öffnete es und wir kamen in Freiheit, ehe ich das Bewusstsein verlor.

»Lia?« Laers Stimme und das beherzte Schütteln meines Körpers ließ mich irgendwann aufwachen. Ich blinzelte.

»Was machst du hier?« Die Miene meines Bruders war voller Sorge und er zog mich auf die Arme.

Er trug mich zum Wagen.

»Wir müssen hier weg. Es ist nicht mehr dein Zuhause.«

***

Ich seufzte, während ich mir Wasser ins Gesicht spritzte, um die Tränen wegzuwaschen. An diesem Tag hatte ich nicht nur Maggie verloren, die ich tot aus dem Haus barg, Peter war mir in den Keller gefolgt. Mit ihnen starb ein großer Teil meiner selbst. Das Gas entstand als Reaktion mehrerer Chemikalien, die meinem Labor entsprungen waren.

Ich hatte ihren Tod zusammengemischt.

»Reiß dich zusammen, Ophelia!«, fuhr ich mich selbst im Spiegel an und trocknete das Gesicht ab.

Solche Tragödien passierten nun einmal. Das Wichtige war, sich danach irgendwie aufzurappeln und weiter zu machen. Besonders als Vampir musste man sich damit abfinden, dass nicht alle um einen herum bis in alle Ewigkeit lebten. Selbst Vampire konnten sterben, wenn ihre Zeit gekommen war.

Als ich an den Tisch zurückkam, sah Laer mich wissend an. Sein Blick hatte mich anfangs noch mehr belastet, zumindest bis ich erkannte, dass sich mein Bruder nur deshalb Sorgen um mich machte, weil er mich liebte. Er wünschte sich das Beste für mich.

»Wo ist Adrian?«, fragte ich ihn, da mir erst jetzt auffiel, dass Laer allein am Tisch saß.

»Kurz aufs Klo. Du hast versichert, er würde keinen Ärger machen ... Ich beweise also Vertrauen«, brummte er und ich zog eine Augenbraue hoch.

Eilig marschierte ich in Richtung der Toiletten für Männer. Wir hatten Markus versprochen, den Wolf nicht unbewacht zu lassen. Auch wenn er sich als unschuldig herausstellen sollte, könnte er seine Freunde dennoch vor uns warnen.

»Adrian?« Ich schlug gegen die Tür und wartete auf Antwort. Es kam keine. »Verdammt, melde dich oder ich komme rein!«

Ehe ich in den Raum stürmen konnte, öffnete sich die Tür und ein Paar dunkelbraune Augen betrachteten mich mit amüsiertem Ausdruck.

»Na, na, du wirst mir doch nicht auf die Herrentoilette folgen. Das gehört sich nicht für eine Dame ... Ophelia«, raunte er und mir klappte die Kinnlade herunter, als er meinen Namen voller Genuss über die Lippen brachte. Ich schluckte. »Keine Sorge, dein Geheimnis ist bei mir sicher.«

Adrian schritt würdevoll an mir vorbei, sodass ich ihm wie ein Kleinkind nachlief. Ich war vollkommen perplex. Mein Name aus seinem Mund hatte etwas ausgelöst. Irgendetwas stimmte nicht!

»Nach dir«, raunte er und seine Hand streifte die meine.

Auch Adrian stockte, beäugte mich ungläubig, während diese dunkelbraunen Augen zu Funkeln begannen.

»Das ist nicht möglich«, knurrte er.

Eine tosende Welle an Emotionen suchte mich auf einmal heim: Erstaunen, Neugier, Angst, Lust, Panik, Sehnsucht ... sie drohten mich zu ertränken. Ich wankte und wurde plötzlich von schützenden Armen umschlossen.

›Das kann doch nicht sein‹, hörte ich Adrians Stimme und keuchte.

Sie befand sich in meinem Kopf!

5

Adrian

Nein, nein, nein, das war nicht möglich! Sie konnte es nicht sein! Auf gar keinen Fall war diese blutsaugende Vampirfrau meine Seelenverwandte, an die ich mich band! Das war nicht möglich.

›Scheiße!‹, keuchte es in meinem Schädel und das Herz setzte spontan einen Schlag aus, wobei ich die Gefühle dabei nicht deuten konnte.

»Wir müssen hier raus.«

Lia ergriff meinen Arm und zerrte mich statt zu ihrem Bruder, in die genau entgegengesetzte Richtung. Ihr Ziel war anscheinend der Hinterhof der Bar, der zumeist von den Angestellten zum Rauchen genutzt wurde, oder um die Abfälle zu entsorgen. Das hatte mir während eines kleinen Plauschs die Kellnerin verraten. Ich hoffte, nicht ebenfalls dort beseitigt zu werden.

»Mach dich nicht lächerlich!«, fauchte Lia und stapfte weiter.

Ich fühlte mich wie vor den Kopf gestoßen. Also konnte sie meine Gedanken auch hören? Nicht nur meine Gefühle wahrnehmen? Was hatte das zu bedeuten?

»Was wird das? Wo willst du mit mir hin?«

Diese ganze Sache verunsicherte mich. Wieso rannte sie vor ihrem Bruder weg? Was hatte das zu bedeuten?

»Kannst du mal mit dem Gequatsche aufhören? Ich muss mich konzentrieren!« Kaum auf dem Hinterhof drückte mich Lia mit erstaunlicher Kraft zu Boden.

»Was hast du vor, verdammt?!«

Automatisch zappelte ich, wehrte mich dagegen, dass sie an meinen Hals kam. Sie hielt mich jedoch entschlossen fest.

»Wenn du diese Bombe loswerden willst, hörst du jetzt auf, dich wie ein verzogenes Balg zu widersetzen«, zischte sie und ich hielt abrupt inne. »Gut. Ich werde einen kleinen Schnitt machen, das Ding aus dir rausholen und die Wunde danach mit dem Mund verschließen, verstanden?«

Ich nickte schweigend, obwohl ich immer noch nicht verstand, was hier vor sich ging. Wieso entfernte sie den Peilsender?

In dem Moment, in dem sie meinen Hals mit meinem eigenen Dolch aufschnitt, vergrub ich die Finger in Lias Hosenbein. Ich hoffte inständig, dass sie wusste, was sie da tat.

›Ganz ruhig. Ich passe auf dich auf‹, vernahm ich ihre Stimme und fokussierte mich auf ihre Gefühle. Sie war konzentriert, unglaublich sicher, dieses Mistding aus mir rausholen zu können. Dieses Selbstbewusstsein half mir. ›So ist es brav.‹

Ein paar Handgriffe und Lia senkte den Kopf, um die Wunde zu verschließen und das Blut am Hals abzulecken. Ich bekam dabei eine Gänsehaut und stellte fest, dass sich außerdem noch etwas anderes regte. Oh nein! Das konnte doch nicht wahr sein ...

»Ich weiß nicht, ob ich empört sein oder mich geschmeichelt fühlen soll«, kicherte die Blutsaugerin hinter mir und machte sich los. »Zumindest kam es ohne Zwang.«

Ich konnte mich kaum bewegen, ohne ein noch größeres Unglück zu riskieren. Lia schlenderte um mich herum und ging auf einmal vor mir in die Hocke. Ihre dunklen Augen fixierten mich.

»Wirst du uns weiterhin helfen? Wenn diese Verrückten geschnappt sind, kann ich dir danach helfen, freizukommen.« Ihr Blick fiel auf meinen Mund und ich nahm deutlich wahr, dass sie mich küssen wollte. Woher kam dieses verstörende Verhalten auf einmal? War das wirklich die Bindung? Ich räusperte mich.

»Ich werde euch helfen, um weitere Morde zu verhindern. Natascha und Bert sind schließlich gefährlich«, brummte ich.

Diese Antwort schien ihr zu genügen und Lia hielt mir die Hand hin, um mir aufzuhelfen.

»Ach ja, kein Wort zu Laer. Ich bin mir nicht sicher, ob er unser Abkommen verstehen kann«, flüsterte sie, wobei Ophelia mir extrem nah kam.

›Ophelia ist übrigens ein wunderschöner Name. Lass mich raten: Hamlet.‹

Ein genervtes Stöhnen dröhnte durch meinen Schädel und brachte mich zum grinsen.

›Ich bedauere gerade, dass ich dir die Bombe aus dem Hals operiert habe‹, vernahm ich und lachte. ›Und ja, meine Mutter war ein Fan von Shakespeare.‹

Das machte sie mir sogleich sympathisch. Sollte ich sie einmal treffen, hatten wir schon einmal ein Gesprächsthema.

Ich erschrak, als mir bewusst wurde, was ich da gerade gedacht hatte. Ihre Mutter treffen? War ich noch ganz dicht?

»Beeil dich, Romeo, die Pflicht wartet.«

***

Laer betrachtete uns argwöhnisch, als wir zurück an den Tisch kamen. Er warf seiner Schwester einen prüfenden Blick zu.

»Alles okay?«

»Ja, klar. Hast du schon was bestellt?«, erkundigte sich Lia und setzte eine erstaunlich neutrale Miene auf. Diese Frau konnte beeindruckend gut Schauspielern. Ob man das als Vampir von klein auf lernte?

›Wehe, du sagst etwas … dann knall ich dich doch ab, wie einen tollwütigen Hund!‹, knurrte Lia, aber ich spürte deutlich, dass es eine leere Drohung war.

Ihre Gefühle sprachen nur allzu genau aus, dass sie Angst hatte, wir könnten auffliegen. Um mich zu schützen, war sie sogar das Risiko eingegangen, den Chip in meinem Hals zu entfernen. Das machte man nicht, wenn man den anderen tot sehen wollte. Was mich jedoch brennend interessierte, war, wieso sie in Kauf nahm, dass ich ungestraft fliehen könnte. Machte sie sich darüber keinerlei Gedanken?

›Du kannst eine solche Nervensäge sein!‹, fauchte sie, was ich allerdings auf merkwürdige Weise charmant fand.

›Danke ebenfalls, Ophelia.‹ Ihre Mundwinkel zuckten nur einen kurzen Moment, doch ich nahm die Emotion dazu wahr. Ihr gefiel dieses Geplänkel.

»Ich warte ungeduldig auf das Essen«, brachte Laer heraus und fixierte mich. »Für dich habe ich die Pfannkuchen bestellt und für unseren Köter gibt es Hundefutter.«

Ich ging mal davon aus, dass man in dieser Bar keine Nahrung für Hunde bestellen konnte, doch als das Essen ankam, war ich mir nicht mehr ganz so sicher. Es roch und schmeckte eigenartig.

»Was ist das?« Mein Gesichtsausdruck musste den reinen Ekel gezeigt haben, denn Lias Bruder gluckste und schlug mehrfach auf die Tischplatte.

»Ich schätze mal, es könnte das Gulasch sein«, murmelte Lia, während sie die Karte studierte. »Es besteht allerdings auch die Möglichkeit, dass es der Wursteintopf ist.«

Beides klang auf seine Weise ekelerregend!

»Entschuldigen Sie bitte«, rief ich die Bedienung und bestellte ein Steak. »Ach, und bitte sagen Sie in der Küche Bescheid, ich hätte es gern blutig. Vielen Dank!«

»Entschuldigen Sie bitte«, äffte mich Laer nach, was mich jedoch nicht sonderlich interessierte. »Und vielen Dank!«

Lia lächelte, blickte danach verstohlen zu mir herüber.

›Manieren sind wohl nicht mehr in Mode, wie?‹, fragte ich, worauf ich keine Antwort bekam.

Stattdessen wechselte Lia das Thema und überlegte, wie man Natascha aufspüren sollte. Ihre Technik würde zwar helfen, doch hundertprozentige Sicherheit war nicht gegeben.

›Selbst Kondome sind nicht zu hundert Prozent sicher‹, gab die Vampirdame zu bedenken und feixte.

Am liebsten hätte ich mit einer Geste reagiert, doch Laer wusste ja nichts von der Tatsache, dass wir uns nun gedanklich austauschen konnten. Vermutlich hätte er mich dem Erdboden gleich gemacht, wäre er dahinter gekommen. Dieser Vampir war sehr beschützend und nervtötend, wenn es um seine Schwester ging.

›Ihr beide habt hoffentlich nichts mit einander.‹

Meine Äußerung brachte Lia zu einem Hustenanfall, da sie gerade etwas getrunken hatte.

›Wie kommst du denn auf einen solchen Stuss?‹, erkundigte sie sich und schnappte außerhalb meines Kopfes nach Luft. ›Laer ist mein Zwillingsbruder!‹

Mich freute ihre Reaktion, obwohl ich nicht genau benennen konnte, wieso. Aber sollte das zwischen den beiden eine normale Verbindung zwischen Geschwistern sein, durfte ich mich schon auf harte Zeiten einstellen. Laer würde mir sicherlich das Leben zur Hölle machen!

6

Also manchmal konnte der Typ echt schräge Sachen fragen! Allein der Gedanke, ich könnte was mit meinem Zwillingsbruder haben. Ich schüttelte mich.

Während er genüsslich das Steak verspeiste, was mir am Ende auch lieber gewesen wäre, als die Pfannkuchen, konnte ich nicht anders, als ihn zu beobachten. Demnächst würde ich Blut brauchen. Dank des intensiven Trainings als Söldnerin hatte ich meinen Bedarf auf drei Beutel Blut in der Woche gesenkt. Diese Diät war zwar nicht für immer gesund, doch im Einsatz musste man solche Dinge hinnehmen.

»Und wie finden wir diese Natascha nun?«, brummte Laer und biss in seinen Burger.

Adrian überlegte angestrengt. Bisher hatte er noch keine Spur gefunden, wollte es jedoch nicht zugeben. Viel zu groß war die Angst, wieder in dieser Zelle im Keller der Zentrale zu landen. Er hasste enge Räume und brauchte täglich ein gewisses Maß an Bewegung, um sich wie ein Mensch zu fühlen. Ob das eine Wolfs- oder Adriansache war, konnte ich noch nicht sagen.

›Hast du irgendeinen Anhaltspunkt?‹, fragte ich und beobachtete, wie er sich einen weiteren Bissen in den Mund steckte und nachdenklich kaute.

›Ich weiß, dass sie hier irgendeinen Kontakt hatte, von dem sie das Gift bekam. Sie hatte ein eigenwilliges

Hobby. Leider habe ich keine Ahnung, wer es sein könnte.‹

Er seufzte in meinem Kopf und ich hätte am liebsten geflucht. Wir brauchten eine Spur!

›Wie wäre es, wenn wir vorab bei den üblichen Quellen vorbeischauen? Also Apotheken, polizeilich bereits auffälligen Personen, die sich auf Chemie spezialisiert haben?‹, schlug ich vor, aber Adrian schüttelte den Kopf.

Diese Möglichkeiten war er schon auf der Fahrt in den Ort durchgegangen.

›Das wäre nicht Nataschas Art.‹

Ich grübelte eine Weile, bis mein Blick auf einen jungen Mann fiel, der mit einem Rucksack einer Uni an der Theke stand und sich Essen bestellte.

»Hey, Kleiner!«, ging ich auf ihn zu und sprach ihn an.

Er zuckte erschrocken zusammen.

»Was? Ich?« Der Junge mit dem blonden Lockenkopf wirkte recht irritiert. Anscheinend wurde er nicht oft von Frauen angesprochen.

»Klar, du! Sag mal, gibt es bei euch an der Uni auch ein Chemieprogramm?«, erkundigte ich mich und spürte, dass auch bei Adrian der Groschen fiel.

›Gute Idee. Und falls ja, dürfte es ein einsamer Professor sein.‹ Er klang etwas gehässig dabei, was mich zum Grinsen brachte.

Diese Natascha schien ja ein wahres Goldstück zu sein. Wobei mir ihre kleine Sprengfalle schon alles über sie verraten hatte. Sie war ein hinterhältiges Miststück, das problemlos über Leichen ging.

»Ja, haben wir. Aber Wilke ist wohl krank. Seit letzter Woche gab es keine Vorlesung.«

Die Worte des Studenten machten mich unruhig. Ein Chemieprofessor, der nicht mehr gesehen worden war?

»Danke. Du hast nicht zufällig eine Ahnung, wo wir den Prof. finden können?«

Der Junge schüttelte den Kopf. Natürlich wusste er nicht, wo der Kerl wohnte. Adrian ging davon aus, dass wir wohl im Sekretariat der Uni vorbeischauen mussten.

›Ach was ... Solche Infos bekomme ich von der Zentrale‹, meinte ich und zückte mein Handy, während ich mich bei dem Studenten mit einem strahlenden Lächeln bedankte.

Ein eigenartiges Gefühl überkam mich und brachte mich etwas aus dem Konzept. War das Wut? Wieso war ich auf einmal wütend auf den Jungen? Moment! Das waren nicht meine Emotionen.

»Adrian!«, zischte ich und er sah mich an.

»Ich ...« Er schluckte, selbst von der Reaktion überrascht.

Laertes runzelte die Stirn, beäugte uns genau und wollte knurrend wissen, was hier vor sich ging. Ich konnte es ihm nicht erklären und wollte es eigentlich auch nicht. Was, wenn er Markus einweihen würde, um mich zu beschützen? Das konnte ich nicht riskieren! Zumindest so lange nicht, bis ich dahinter gekommen war, was hier vor sich ging.

›Er könnte mich auch aus dem Weg räumen, um das Problem zu beseitigen. Sein Blick wirkt gerade so‹, sagte Adrian in meinem Kopf und ich rieb mir genervt die Stirn.

Ich hasste es, Laer etwas vorspielen zu müssen!

»Ich denke, der Prof. wird nicht mehr unter uns weilen.«

Ich lenkte das Thema absichtlich in eine andere Richtung, was mein Zwillingsbruder auch wahrnahm. Er ließ es glücklicherweise dabei bewenden und schaufelte stattdessen nur sein Essen in sich hinein.

Während Adrian und Laer aufaßen, telefonierte ich mit der Zentrale und holte die nötigen Informationen ein. Der Professor lebte witzigerweise in genau der Gegend, in der uns der Bunker um die Ohren geflogen war. Ich hoffte, dass uns bei ihm nicht noch weitere Sprengfallen erwarteten.

***

»Kannst du mir mal verraten, wieso ich nicht mit rein soll? Wir sind schließlich ein Team!«, knurrte Laertes, doch ich bestand darauf.

Adrians Emotionen sagten das Gleiche, aber die ignorierte ich ebenso. Ehe sie das Haus betraten, wollte ich ganz sicher sein, dass sie nicht in Gefahr waren. Ich war dazu nun einmal am befähigsten – mal angesehen von meinem Schnitzer im Bunker. Das sollte so allerdings nicht noch einmal passieren.

»Ist die Reichweite zum Chip in Ordnung? Nicht, dass sich auf einmal das Hirn dieses Köters im Wagen verteilt.«

Ich schüttelte den Kopf. Er wusste ja nicht, dass ich den mittlerweile bei mir trug. Adrian war nicht mehr unter Beobachtung. Ein Grund mehr, dass ich mir Sorgen um meinen geistigen Gesundheitszustand hätte machen sollen.

›Du bist vollkommen in Ordnung‹, brummte der Wolf in meinem Kopf und ich schnaubte. ›Ab und an vielleicht etwas zu spontan, aber das hat seinen Reiz.‹

›Da bin ich mir nicht so sicher. Ich habe schließlich einem Gefangenen des Rats den Chip aus dem Hals operiert, seine Stimme im Geist und nehme dessen Gefühle wahr. Von meinen Emotionen mal ganz zu schweigen.‹

Ich stoppte, denn ich hatte bereits zu viel verraten. Die Wahrheit war, dass etwas in mir darauf bestand, diesen Wolf zu beschützen. Er war mir wichtig. Wieso, konnte ich nicht benennen.

›Ophelia‹, begann er, doch ich hob die Hand, um ihn zum Schweigen zu bringen.

Laertes zog eine Augenbraue empor.

»Ihr zwei verhaltet euch echt schräg! Was heckt ihr aus?« Diese Feststellung ließ mich gehässig lachen.

»Mach dich nicht lächerlich! Was sollte ich mit einem Wolf gemeinsam haben, dass ich etwas aushecke?!«, blaffte ich meinen Bruder an und fühlte einen Stich im Herzen. »Und jetzt entschuldigt mich. Ich muss das Haus unter die Lupe nehmen.«

Ich ließ die beiden stehen und marschierte auf die Tür des Professorenhauses zu. Dessen Wagen stand nicht in der Einfahrt, und eine Garage schien es nicht zu geben. Ich lief zur Haustür und klingelte. Sollte hier noch jemanden wohnen, wäre es unpraktisch, diesen zu Tode zu erschrecken. Es wirkte jedoch alles verlassen.

Mit meiner Ausrüstung knackte ich problemlos das Schloss, verschaffte mir Zutritt und lauschte. Kein Mucks war zu hören.

›Okay, dann wollen wir mal‹, dachte ich und arbeitete mich Schritt für Schritt vorwärts.

Glücklicherweise bestand der Boden aus Klick-Laminat, weshalb darunter angebrachte Sprengfallen so gut wie unmöglich waren. Niemand machte sich die Mühe und riss den kompletten Boden auf. Ich suchte sämtliche Ecken ab, aber nichts war zu sehen. Das Haus schien sauber zu sein.

Aus Gewohnheit heraus zückte ich mein Handy und schrieb Laer den Zwischenstand. Bisher hatte ich den Flur, das Wohnzimmer, den Raum für Gäste und die Küche untersucht. Jetzt ging es ins Obergeschoss. Auch hier hatte ich vom Boden her keine Fallen zu befürchten.

›Und keine Spur vom Professor‹, ging es mir durch den Kopf, während ich die restlichen Räume inspizierte. Alles leer. ›Verdammt!‹

›Hast du ein Labor gefunden?‹ Ich zuckte erschrocken zusammen, da ich nicht damit gerechnet hatte, Adrians Stimme zu hören.

›Musst du mich so erschrecken?‹, fauchte ich und nahm seinen Frust wahr.

›Also? Hast du?‹

Nein, hatte ich bisher nicht! Aber das verschwieg ich ihm. Mir gefiel seine herrische Art nicht und deshalb hielt ich mich bedeckt. Er knurrte mich tatsächlich an.

›Ich komme rein!‹

›Wage es ja nicht, Freundchen!‹, gab ich in ähnlich schlechter Laune zurück und marschierte rasch weiter durchs Haus. ›Solltest du den Anweisungen nicht folgen, gibt es einen Stromschlag! Die Dinger hast du schließlich noch.‹

Von einem genervten Brummen begleitet, lief ich durchs Erdgeschoss auf die Tür zu, die Richtung Keller führte. Es war eine Tür, wie ich sie selten zu Gesicht bekam, denn sie war von einer Seite holzverkleidet, um unscheinbar auszusehen, auf der anderen Seite jedoch aus Stahl. Was sollte das? Wozu dieser Aufwand?

Langsam und genau auf meine Umgebung achtend, stieg ich die Stufen dahinter hinab. Meine Absätze klapperten auf dem Stein und ich witterte Blut, Schweiß und jede Menge Chemikalien. Ohne Zweifel hatte der Professor sehr viel Zeit in diesen Räumlichkeiten verbracht.

›Ophelia, bleib stehen!‹, ermahnte mich Adrian auf einmal, doch ich überging ihn. Sein Ego benötigte wirklich mal einen Dämpfer!

›Jetzt spiel dich nicht immer so auf! Ich komme schon sehr lang allein klar‹, gab ich zurück und der Wolf ließ einen Fluch hören, der mir durch den Kopf hallte.

Automatisch fasste ich mir an die Ohren, was natürlich rein gar nichts brachte, außer mir schlussendlich das Leben zu retten. Die Fänge der Bestie, die sich genau in diesem Moment auf mich stürzte, verbissen sich statt in meinem Hals, nun im Oberarm. Ich schrie auf vor Schmerz.

7

Kaum, dass Lia die Kellertür geöffnet hatte, war mir dieser dominante Geruch aufgefallen. Im Haus befand sich ein Wolf! Vermutlich war er frisch gewandelt und hatte Durst auf frisches Blut. Ihr Bruder schien es nicht zu wittern. Anscheinend war das eine Sache, die wir Wölfe besser beherrschten.

»Ich geh rein«, knurrte ich und sandte Ophelia einen Fluch, den sie so schnell hoffentlich nicht vergessen würde.

Der Blade-Verschnitt bemühte sich noch, mich aufzuhalten, doch mit einem Schlag, den ich wohl nur dank das Adrenalins und dem Training bei Luke fertigbrachte, streckte ich ihn nieder. Ein Satz und ich verwandelte mich in den schwarzen Wolf, um in Richtung Haus zu hechten. Die Tür war noch angelehnt und ich rannte weiter. Alles hier stank plötzlich nach Blut und frisch Gewandeltem. Dann vernahm ich auf einmal Lias Schrei.

›Ich bin gleich da! Halt ihn von deinem Hals fern‹, knurrte ich und legte noch einen Zahn zu.

Die Stufen nahm ich im Sprung und erspürte Lia und den Angreifer sogleich in einer der Ecken des Raums. Die Vampirfrau hatte sich instinktiv kleiner gemacht und war unter einen der Stahltische gekrochen, sodass der Wolf nicht mehr so leicht an sie herankam. Mit aller Kraft, die ich aufbringen konnte, rammte ich das Wesen und beförderte es gegen die nächstgelegene Steinwand. Es knackte laut. Irgendein Knochen musste gebrochen sein. Das Genick dürfte es bei meinem Pech nicht erwischt haben.

›Adrian‹, ermahnte mich Ophelia, doch ich achtete nicht auf sie. Die Gefahr war erst beseitigt, wenn ich dieses Monster unschädlich gemacht hatte.

Ich stürzte mich auf ihn, versenkte die Zähne in seinem Fleisch und riss daran. Der Wolf jaulte, versuchte, aus meinen Fängen zu entkommen, aber ich ließ nicht von ihm ab. Er hatte sich an etwas vergriffen, was mir gehörte.

»Scheiße! Schluss jetzt!«, brüllte Laer, der nun die Treppe hinab polterte und die Szene genau erfasste.

Ein heftiger Stromstoß ließ meinen Körper verkrampfen und ich bekam keine Luft mehr. Lias Bruder hatte die Handschellen aktiviert.

»Laertes, nein!«, keuchte Ophelia und bewegte sich auf mich zu, während bei mir die Lichter ausgingen.

***

»Also? Was ist hier los?«, verlangte Laer zu wissen.

Ich hörte alles wie durch Watte und musste mich stark auf die Worte der beiden konzentrieren. Lia ächzte, als er ihre Wunden untersuchte und ich nahm den Schmerz wahr, unterdrückte jedoch ein Knurren.

»Was soll schon los sein? Ich wurde angegriffen und der Wolf kam mir zu Hilfe«, meinte sie zu ihrem Bruder, der verächtlich schnaubte.

»Und wann kommst du zu der Tatsache, dass ihr zwei per Gedanken kommuniziert? Oder ist das unwichtig?«

Mir rutschte das Herz beinahe in die nicht vorhandene Hose. Ich lag noch immer in Wolfsgestalt auf dem kalten Steinboden des Kellers und lauschte angespannt. Wie hatte Ophelias Bruder davon erfahren?

»Es ist nichts, was den Rat oder Markus etwas angeht«, meinte sie und klang dabei trotzig, was Laer erneut wütend werden ließ.

»Bin ich etwa der beschissene Rat? Ich bin dein Bruder, Lia! Wenn du mir nicht mehr vertrauen kannst, wem sonst?« Er schien sich frustriert über den Kopf zu reiben und nach einer logischen Erklärung für alles zu suchen. Es gab allerdings nur eine: »Ihr seid also tatsächlich Seelenverwandte?«

Mein Herz trommelte wie wild in der Brust und ich atmete bedacht, um mich zu beruhigen.

»Es scheint zumindest so. Trotzdem ändert es nichts an unserem Auftrag. Wir sollen diese Natascha finden und festsetzen, zur Not unschädlich machen.« Die Vampirdame versuchte, sich zu erheben, doch Laer drückte sie erneut zu Boden.

»Bleib hier. Ich hole dir erst ein paar Blutbeutel. Wegen der anderen Töle brauchst du dir keine Sorgen machen. Die ist gut verschnürt. Wenn dein Schätzchen beschließt, sich als ›wach‹ zu outen, können wir weiter reden.« Damit gab mir unser Möchtegern-Blade einen leichten Tritt in die Seite.

Ich brummte.

»Er braucht auch noch seine Klamotten«, flüsterte Lia und Laer nickte.

»Kommt sofort. Das will ich schließlich auch nicht sehen.«

In Bezug auf seine Schwester schien das Kraftpaket einen weichen Kern zu besitzen. Diese Verbundenheit war allerdings angenehm, denn so konnte Lia stets sicher sein, dass man ihr zu Hilfe kam.

Ich spürte Finger in meinem Fell, die sich langsam in Richtung meines Kopfes vorarbeiteten. Ophelias Berührung war zaghaft, beinahe schüchtern.

›Danke, dass du mich gerettet hast‹, sandte sie mir den Gedanken und ich lächelte innerlich.

›Wenn dich ein Wolf mit Haut und Haaren fressen sollte, werde ich das sein‹, gab ich trocken zurück und sie lachte.

›Also bist du auf was Körperliches aus, verstehe.‹ Sie kraulte mich hinter den Ohren und ich brummte zufrieden. Dieses Gefühl war sehr angenehm.

In der Ecke regte sich der andere Wolf. Seine Heilung war wohl schnell vonstatten gegangen und er wollte sich nun von den Fesseln befreien, die Laer ihm verpasst hatte.

»Vergiss es. Wenn mein Bruder jemanden wie ein Geschenk verpackt, kommt der auf gar keinen Fall mehr frei. Er ist ein Profi«, schnauzte Lia den frisch Gewandelten an und legte erschöpft den Kopf auf meine Seite.

Sie war durstig. Ich fühlte es, als wären es meine Emotionen, was mich noch immer verwirrte. Diese Frau, so unterschiedlich wir auch waren, hatte eine intensive Ausstrahlung und Anziehung auf mich.

›Warte ab, bis du noch mehr Kostproben meines Humors bekommen hast, dann kannst du gar nicht mehr ohne mich leben‹, scherzte sie und ich schmunzelte. ›Ach, guck ... Einen grinsenden Wolf sieht man auch nicht alle Tage.‹

›Spricht für deinen Humor‹, neckte ich sie und ein Lächeln zeichnete sich auf ihren Lippen ab.

›Ich bin so müde.‹ Ihr fielen die Augen zu und mich überkam plötzlich Panik.

Was, wenn der Wolf sie schlimmer erwischt hatte, als von ihrem Bruder festgestellt? Wie viel Blut konnte ein Vampir verlieren, ehe es kritisch wurde? Darin war ich leider nie unterrichtet worden.

»Mach dich nicht verrückt, Kleiner! Ist nicht unser erster Tanz. Aber ich musste ja abwarten, bis ihr beide mit flirten fertig seid. Musste echt würgen dabei«, knurrte Laer plötzlich neben mir und zog Lia von mir runter.

Ich funkelte ihn böse an und er tippte sich gegen die Stirn.

»Na los, sag mir, was du zu sagen hast. Ich bin ganz Ohr, Wauzi.«

›Du bist ein Arsch!‹, antwortete ich nur, was ihn zum Lachen brachte.

»Dito.«

Vorsichtig zog der Vampir daraufhin seine Schwester auf den Schoß, bettete sie beinahe wie ein Kleinkind in den Armen und half ihr, die Fänge in zwei der Blutbeutel zu versenken, die er mitgebracht hatte. Lia trank langsam, doch sie tat es bis zum letzten Tropfen. Laer wirkte zufrieden.

»Ich lege sie dort hinten auf den Tisch. Sie muss sich noch etwas ausruhen. Brauchst du ebenfalls was oder reichen deine Klamotten? Ich bin echt nicht scharf darauf, dich nackt neben mir stehen zu haben, während ich den Gefangenen verhöre.« Dabei warf mir Lias Bruder mein Kleiderbündel entgegen.

***

»In Ordnung, dann wollen wir mal.« Laer wandte sich an den Wolf. »Wo ist Natascha?«

Während ich das Hemd zuknöpfte, hörte ich die Frage immer und immer wieder, dazwischen Schläge, die der Vampir dem Wolf zuteilwerden ließ. Das war doch keine faire Befragung! Vermutlich wusste der Kerl noch nicht einmal, wo sich Natascha mittlerweile aufhielt, falls er sie überhaupt getroffen hatte. Wobei seine Gestalt zumindest dafür sprach.

»Entschuldige bitte meine Einmischung, aber ich fürchte, so wird das nichts«, brummte ich und Lias Bruder warf entnervt die Hände in die Luft.

»Wenn du meinst, du kannst es besser, bitteschön!«

Er entfernte sich ein paar Schritte und ich kniete mich neben den Wolf, um dessen Vitalzeichen zu kontrollieren. Sie waren erstaunlich kräftig für einen in die Jahre gekommenen Professor, den man erst gewandelt hatte.

»Kannst du mich verstehen?«, fragte ich ruhig und der Wolf nickte nach kurzem Zögern. »Gut. Bist du in der Lage, deine Menschenform anzunehmen, sodass wir uns vernünftig unterhalten können?«

Meine Wut auf den Kerl war mittlerweile verraucht, was der geschundene Wolf wahrnahm. Sein Blick fiel allerdings auf Laer, der die Arme vor der Brust verschränkte.

»Würdest du ihm bitte zusichern, dass du ihn nicht angreifst, während er in Menschenform ist? Sonst wird er sich weigern«, seufzte ich.

Der Vampir schaute zwar äußerst grimmig, doch er gab sein Wort. Ganz langsam, vermutlich, weil er es zuvor noch nicht allzu häufig getan hatte, verwandelte

sich der Mann zurück. Ich blinzelte. Das war auf keinen
Fall der Professor!

8

Langsam wurde ich wieder wach. Mein Schädel dröhnte und im ersten Moment hatte ich keine Ahnung, wo ich mich befand. Stimmen erfüllten den Raum. Sie klangen aufgeregt. Was war los?

»Scheiße, wer bist du denn?«, brummte Laer und schien verunsichert zu sein.

Sofort verkrampfte ich mich, denn solche Emotionen versteckte mein Bruder normalerweise. Was war passiert? Mir fiel auf einmal dieses Biest ein.

»Würdest du seine Frage bitte beantworten?« Adrians Stimme klang sanft und er strahlte eine anziehende Selbstsicherheit aus.

Der Mann vor ihm räusperte sich und ich blickte in dessen Richtung, allerdings ohne etwas zu erkennen. Mein Sichtfeld war eingeschränkt, alles wirkte verschwommen und ich bekam es nicht fixiert. Anscheinend kämpfte mein Körper gegen etwas, das ich diesem Wolf zu verdanken hatte.

»Nico«, hörte ich ihn sagen und zuckte bei diesem Laut zusammen.

Das war nicht die Stimme eines Mannes! Es war ein Junge ... Er klang unsicher und etwas zittrig, als hätte er unheimliche Angst oder wäre einen langen Marathon mitgelaufen. Vermutlich hatte es etwas mit der Wandlung zum Menschen zu tun.

»Hallo Nico. Mein Name ist Adrian. Das sind Laer und Lia«, stellte der Alpha uns vor, was meinen Bruder zum Knurren brachte. »Stör dich nicht an ihm. Zu mir ist er ähnlich charmant.«

Am liebsten hätte ich nach Adrians Kommentar gelacht, wusste jedoch allzu deutlich, was er davon halten würde. Ich versuchte dennoch, mich vorsichtig zu bewegen.

»Lia«, raunte Laer und kam sogleich auf mich zu, um mich davon abzuhalten. »Du solltest dich noch etwas schonen.«

Ich schüttelte den Kopf. Wir brauchten Antworten. Wer war dieser Nico? In welchem Bezug stand er zum Professor? Kannte er Natascha überhaupt?

›Alles sehr gute Fragen, aber wir müssen langsam vorgehen. Der Junge wirkt total eingeschüchtert. Man muss ihn hier tagelang eingesperrt haben, ohne Essen und Trinken, allein in der Wandlung. Das hätte sicherlich jeden dazu gebracht, dich anzugreifen.‹ Adrian bedauerte, dass er den Jungen hatte töten wollen.

Endlich schaffte ich es, mich aufzusetzen. Laer half mir eher widerwillig beim Aufstehen. Ich war noch recht wackelig, aber es würde klappen, wenn man mich nicht sofort wieder angriff. Der Junge blickte mich an. Dunkelgrüne Augen betrachteten mich eingehend hinter einem Vorhang aus dunkelblondem Haar. Es wirkte nicht so, als hätte er es sich freiwillig wachsen lassen. Wie lange er wohl hier unten war?

»Laer, haben wir noch welche von deinen Müsliriegeln da?«, wollte ich von meinem Bruder wissen, der mir daraufhin einen reichte.

Ich warf diesen Adrian zu, der lächelte.

»Hier. Du dürftest Hunger haben ...«

Eine Weile sahen wir Nico dabei zu, wie er einen Müsliriegel nach dem anderen verdrückte. Laer hatte aus dem Haus oben etwas zu trinken organisiert und saß nun neben mir und rang um Fassung.

»Wenn sie einen nicht angreifen, scheinen Wölfe recht hilflos zu sein«, raunte er mir zu und ich betrachtete Adrian, der sich rührend um den Jungen kümmerte.

Er war ein geborener Anführer, dessen wurde ich mir immer mehr bewusst. Dieser Alpha machte es allerdings nicht mit Dominanz, sondern schlich sich einem eher ins Herz. Das hätte ich ihm im ersten Moment gar nicht zugetraut, denn er versteckte diese Gutmütigkeit oft hinter Sarkasmus und diesem seltsamen Humor.

»Demnächst fängst du an zu sabbern«, stellte Laer neben mir fest und ich stieß ihn in die Seite.

»Mach dich nicht lächerlich!«

Wobei er in einem recht hatte: Adrian gefiel mir von Stunde zu Stunde mehr. Er war durchaus in der Lage, jemanden zu töten, tat es jedoch nicht. Höchstens vielleicht, um Unschuldige zu schützen, oder wie in diesem Falle mich. Markus schien sich tatsächlich in ihm zu irren. Die Frage war, wie man ihn überzeugen konnte, denn unser Onkel war ab und an ein sehr eigenwilliger Vampir.

›Soll das etwa heißen, dass du mir wirklich helfen willst?‹, erkundigte sich Adrian und ich nickte. Seine dunklen Augen waren zu mir gewandert und es schien ein Funkeln von ihnen auszugehen. ›Und das trotz der Tatsache, dass ich ein Wolf bin?‹

Ich seufzte, da er auf meine Ansprache vor Laer anspielte. Die Katze war nun allerdings aus dem Sack und ich hatte keinen Grund mehr zu lügen.

›Ich denke, du bist ein guter Mann, Adrian.‹

Er lächelte milde, doch seine Emotionen zeigten mir, dass er traurig war. Ein ›guter Mann‹ zu sein, schien ihm nicht zu reichen.

Der Junge vor ihm rührte sich, machte Anstalten aufzustehen und Laer neben mir versteifte sich. Adrian machte sich keinerlei Sorgen, was mich seltsamerweise beruhigte.

»Nico möchte euch etwas sagen«, brummte er und der Wolf kam ein paar Schritte auf uns zu.

»Es tut mir leid«, brachte dieser heraus und ging auf einmal vor uns auf die Knie. »Ich wollte Sie nicht angreifen. Ich war nur so durstig.«

Der Junge wirkte verunsichert, blickte von Laertes zu mir und erwartete ganz offensichtlich eine Reaktion. Ich riss mich zusammen und nickte.

»Seit wann bist du hier?«, erkundigte ich mich und beobachtete ihn eingehend, während er nach Worten suchte.

»Ein paar Tage. Zuerst hatte ich noch etwas Wasser, aber dann war es aufgebraucht. So habe ich mich verwandelt, um zu überleben.«

Er sah beschämt zu Boden.

»Hat dich Natascha hier eingesperrt?«, wollte ich wissen und Nico schüttelte den Kopf.

»Professor Wilke. Er redete etwas von einem neuen Chemie-Experiment. Ich hatte keine Ahnung, dass ich Teil davon sein würde.«

Adrian ging auf den Jungen zu, der in sich zusammen sackte und total niedergeschlagen aussah.

Ich ließ die beiden nicht aus den Augen, denn irgendetwas störte mich. Was war es nur?

»Chemie-Experiment? Das klingt ganz und gar nicht
gut. Wir müssen den Prof finden.« Laer packte die
Sachen ein, marschierte in Richtung Kellertreppe und
warf einen Blick auf uns. »Wird recht kuschelig im
Wagen werden. Adrian, Nico steht unter deiner
Aufsicht. Vermassel es nicht.«

Ich grinste. Mein Bruder passte sich den Gegebenheiten recht schnell an. Das war das beste an ihm: Wozu
sich zu viele Gedanken um Dinge machen, die man eh
nicht ändern konnte. Genau das war seine Devise.
Manchmal beneidete ich ihn darum.

›Bedeutet das, ich gehöre jetzt zum Team, statt den
Gefangenen zu mimen?‹, hakte Adrian in meinem Kopf
nach und half Nico auf die Beine.

›Sieh es als gutes Zeichen. Und jetzt nach oben mit
euch, ehe er es sich anders überlegt. Ich muss noch
etwas überprüfen.‹

Auch ich bewegte mich, wenn auch unsicher. Leider
hatte unser neuer Verbündeter einen guten Riecher,
wenn es um meine Absichten ging.

›Du wirst hier alles in die Luft jagen, nicht wahr?‹

Aber sowas von wahr! In diesem Keller gab es so
viele Substanzen, die gefährlich werden konnten, dass
ich sie lieber unschädlich machte. Allerdings nicht,
ohne vorher ein paar Proben zu nehmen. Wer wusste
denn schon, ob es nicht am Ende wichtig war ...

***

Die Explosion war gewaltig und wir beeilten uns, von
ihr wegzukommen. Laer fluchte, denn er hatte nicht

damit gerechnet, dass ich die Spuren auf diese Weise verwischen würde.

»Wieso muss ständig *Pyro-Lia* die Oberhand gewinnen? Ein Team der Zentrale hätte es doch auch getan oder nicht?«

»Und Nico in einer kleinen Zelle verrotten lassen? Vergiss es!«, gab ich zurück und streckte meinem Bruder die Zunge raus.

»Als wäre ein Haustier nicht genug! Soll das heißen, dass du dir jetzt jeden streunenden Köter ins Haus holst?«, brummte Laertes und ich gluckste.

»Nicht jeden, aber diese beiden hier bislang.« Ich warf einen Blick in den Rückspiegel und sah die Wölfe auf der Rückbank an, die ganz offensichtlich nicht wussten, was sie von der Sache halten sollten.

»Was seid ihr eigentlich?« Nico betrachtete eingehend meinen Hinterkopf und schien zu versuchen, gedanklich der ganzen Situation Herr zu werden. »Ihr seid keine Wölfe.«

»Wir sind Vampire.«

Diese schlichte Erklärung erfüllte den Jungen dennoch mit wachsender Panik. Vielleicht war es ein natürlicher Instinkt, der Wölfe vor Vampiren warnte. Die Kämpfe gegeneinander mussten schlimm gewesen sein. Ich sollte mich wohl bei Gelegenheit damit beschäftigen.

›Man hat uns gejagt, wie Vieh eingepfercht und teilweise bei lebendigem Leib verbrannt. Die Vampire hielten uns für eine Seuche. Nur wenige überlebten diese Zeit.‹ Adrian klang traurig und ich spürte die wachsende Unsicherheit. ›In meinem Rudel gab es nur eine Überlebende und das war meine Ur-Ur-Ur-Großmutter Katharina. Sie hat die Verfolgung aufgeschrieben und die ersten Regeln aufgestellt, wonach sich Wölfe stets bedeckt halten mussten.‹

Ein Leben auf der Flucht, meist ohne festen Wohnsitz. Das musste hart gewesen sein. Ich lebte ja freiwillig auf diese Weise. Niemals lange an einem Ort, um mich ja nicht noch einmal zu verlieben und diese erneut zu verlieren. Allein der Gedanke daran schmerzte.

9

Ophelia trauerte noch immer einer vergangenen Liebe hinterher. Ob er ein Vampir gewesen war? Oder ein Auserwählter, der vor der Wandlung starb? Ich wollte mir eigentlich keine allzu intensiven Gedanken dazu machen, denn es schmerzte. Wieso, wusste ich nicht, doch die Vorstellung von dieser Vampirdame in den Armen eines anderen Mannes, brachte mich zum Kochen und gleichzeitig trieb es mich in die Verzweiflung. Wie sollte man gegen einen Toten ankommen? Da konnte ich gleich aufgeben, denn einen Vergleich dürfte ich verlieren.

Wir fuhren in die Stadt zurück, in der Laer einige Besorgungen machte, unter anderem ein paar Klamotten für Nico. Vermutlich war er es Leid, ständig nackte Kerle um sich zu haben. Das machte ihn spendabel.

»Ich hab außerdem das Kennzeichen des Wagens, die Marke und das hier«, meinte er grinsend und reichte mir einen kleinen schwarzen Kasten.

Ich beäugte ihn irritiert und reichte das Ding weiter an Lia, die grinste. Es war wohl eine Art Festplatte, auf der die Daten der Werkstatt aufgespielt waren. Auch die Fahrten des Wagens, in dem der Professor unterwegs war.

»So bekommen wir hoffentlich die GPS-Koordinaten«, erklärte Lia und strahlte. »Und mit etwas Glück ist diese Natascha bei ihm.«

Davon ging ich leider nicht aus, denn dieses Miststück war alles mögliche, aber keine Frau, die sich voller Verzweiflung an einen Mann klammerte, um gerettet zu werden. Es sei denn, unser Kampf hatte sie ernsthaft und dauerhaft verletzt, wovon ich ebenfalls nicht überzeugt war. Wahrscheinlicher war, dass sie sich mit Gift und Sex einen Weg aus dem Land hurte.

›Alter Pessimist‹, gab Lia dazu nur zum Kommentar und ich rollte mit den Augen. ›Und sie klingt nach einem echten Schatz, wie du sie beschreibst.‹

›Ich habe so meine Erfahrung, Ophelia.‹

Die Erwähnung ihres Namens brachte die Vampirdame dazu, mich mit einem eigenartigen Blick zu fixieren. Ob sie überlegte, an welcher Stelle meines Körpers noch Platz für ein paar Piercings oder Peilsender übrig war?

Seufzend schüttelte sie den Kopf.

›Du bist manchmal echt eigenartig, Adrian. Kann es sein, dass du dir ab und an selbst im Weg stehst?‹, wollte sie von mir wissen und ich runzelte die Stirn.

Was meinte sie damit?

***

Der Wagen war bereits ziemlich weit von uns entfernt. Er hatte mittlerweile an einem Hotel angehalten, den GPS-Daten nach zu urteilen, und wir hofften, sie so einholen zu können. Nico neben mir wurde langsam unruhig. Kein Wunder, denn gerade die erste Zeit war für frisch gewandelte Wölfe schwierig. All die

Emotionen und die vielen Eindrücke, die förmlich auf einen einströmten.

»Was ist denn jetzt schon wieder?«, knurrte Laer genervt, als er es bemerkte.

»Wir brauchen eine kleine Pause zum Verschnaufen.« Ich spürte selbst, dass mir die längere Fahrt in dieser unbequemen Blechkiste zu schaffen machte. Bald wäre wieder Vollmond – keine gute Zeit für einen Ausflug.

»Wenn wir wegen euch die Chance verpassen, die Typen zu schnappen, knüpfe ich euch auf!«

Laers Drohung ließ mich kalt. Er schien ebenfalls mehr nach außen hin den Brutalo zu geben, als er in Wahrheit war. Blade war Geschichte.

»Mir wird irgendwie schlecht«, ächzte Nico, weshalb wir doch zügig eine Rast einlegten. Laer hatte wohl keine Lust, den Wagen zu reinigen.

Der Parkplatz war einer, wie in Deutschland typisch: Hinter einer Tankstelle befand sich das Gebäude eines Rastplatzes, in dem man etwas zu Essen bekommen konnte und wiederum dahinter gab es eine Wiese mit ein paar Bänken und Tischen aus Holz, die teilweise unter Bäumen standen. Kaum auf dem Parkplatz zum Stillstand gekommen, sprang Nico aus dem Fahrzeug und rannte auf den Schatten der Bäume zu. Lia schüttelte leicht lächelnd den Kopf.

»Du solltest ihm klar machen, dass er kein Hund ist ...«

Ich fand dieses Verhalten nicht schlimm, zog es mich doch selbst in Richtung der Bäume. Ophelia verkniff sich glücklicherweise einen weiteren Kommentar, auch wenn sie sehr danach aussah, als würde ihr einer auf der Zunge liegen.

»Ich besorge etwas zu essen«, brummte Lias Bruder und schnappte sich eine Klappbox aus dem Kofferraum. »Für die Wölfe wieder etwas Fleischiges, rate ich mal.«

»Für mich dieses Mal auch, bitte«, meinte Lia, was Laer dazu veranlasste, eine Augenbraue zu heben.

Er betrachtete seine Schwester, als wäre sie nicht von dieser Welt.

»Okay«, raunte er. »Dir ist aber schon bewusst, dass das Fleisch von niedlichen Tieren ist, was du normalerweise umgehst?«

Ophelia lief rot an und ich spürte ihre Betretenheit. Laer schüttelte den Kopf und ging.

»Egal! Ich suche dir was Feines raus.«

›Vegetarierin?‹, fragte ich sie etwas mehr unter uns und Lias Blick traf den meinen.

›War ich zumindest jetzt ein paar Jahre lang. Blut zu mir zu nehmen, darum komme ich ja nicht drum herum, doch Tiere ...‹ Sie schluckte und wirkte hin und hergerissen.

›Entschuldige, ich bin wohl ein schlechter Einfluss.‹ Ich grinste frech, was sie zum Schnauben brachte.

›Ein ganz schlechter!‹, gab sie von sich und für einen kurzen Moment hatte ich den Eindruck, ihr Blick würde zu meinen Lippen wandern.

Mir wurde eigenartig heiß. Ophelias Emotionen verrieten ein gewisses Interesse, das ebenfalls in mir wuchs, wenn ich sie so betrachtete. Wie es wohl wäre, sie zu küssen? Ob ich von ihr danach windelweich geprügelt werden würde? Zudem hatte sie eine Waffe und ich konnte mir vorstellen, dass sie damit umzugehen wusste.

»Adrian, ich bin kurz austreten«, störte Nico uns und es beförderte mich in die Realität zurück.

Wir waren weder allein, noch machte es irgendeinen Sinn, die Angelegenheit weiter zu komplizieren. Gefühle brachten uns hier nur in Teufels Küche. War ich echt so leichtsinnig geworden? Ich hörte bereits die Stimme meines ehemaligen Wächters in den Ohren. Etwas, wie: ›Vollkommen irre!‹.

»Du hast fünf Minuten!« Das war an den Wolf gerichtet, während ich auf der Bank im Schatten Platz nahm und mich von Lia abwandte.

Ich beobachtete Nico dabei, wie er sich entfernte.

›Laer wird auch noch etwas beschäftigt sein. Er ist nach einer Gruppe Touristen rein ins Gebäude‹, flüsterte Ophelia mir ein und ich fühlte mich auf einmal merkwürdig. Sie wollte doch nicht ...?

Unsicher geworden, drehte ich den Kopf in ihre Richtung. Mir stockte der Atem, als ihr Gesicht auf einmal direkt vor meinem war. Sie hatte sich lautlos neben mich gesetzt.

›Ich ... Nur einen‹, klang ihre Stimme in mir heiser und sie drückte ihren Mund auf meine Lippen.

»Ophelia«, brachte ich keuchend heraus, was allerdings etwas in uns auslöste, das ich kaum beschreiben konnte.

»Mehr«, stöhnte sie und unbändige Lust durchströmte mich.

Scheiße, was war das denn?!

Grob zerrte ich sie auf meinen Schoß, während die Arme ihren Leib umschlossen und ich diesen süßen ausgehungerten Mund mit meiner Zunge eroberte. Solche Emotionen hatte ich noch nie verspürt. Ich wollte Lia ganz für mich allein, sie mir gefügig machen

70

und diese Frau dennoch wie einen Schatz bewachen. Und ich wollte Sex ... jetzt auf der Stelle!

›Wir haben nur fünf Minuten‹, gab Lia mir zu bedenken und ich knurrte.

Für mich würde es definitiv reichen, denn ich war jetzt schon mehr als bereit. Sie rutschte unruhig auf meinem Schoß herum, was mich nur noch schärfer auf sie machte und ich schob meine Hände unter das knappe Hemdchen, das sie trug. Wenn ich sie nicht haben konnte, würde ich sie wenigstens ein bisschen erforschen.

Ophelia schnappte nach Luft, als meine Finger auf Wanderschaft gingen. Sie hatte wohl angenommen, dass ich nach ihrem Einwand Ruhe geben würde. Da täuschte sie sich aber gewaltig! Für auf den Parkplatz fahrende Leute boten wir sicherlich ein interessantes Bild, denn bis auf die Tatsache, dass wir noch voll bekleidet waren, bewegten wir uns, als hätten wir Sex. Lia saß rittlings auf mir, rieb sich an meinem harten Schwanz in der zu engen Hose, während ich sie streichelte und immer leidenschaftlicher küsste. Am liebsten hätte sie mich gleich hier und jetzt in sich aufgenommen, das nahm ich deutlich wahr, doch leider ging es nicht. Dazu war es hier doch zu öffentlich.

›Gibt es in der Nähe eine Stelle, an der wir ungestörter sind?‹, sandte ich ihr diesen Gedanken, da ich keinen Ton rausbekommen hätte. Dafür war ich viel zu angespannt.

›Dort hinten gab es weitere Tische und Bänke. Die befanden sich teilweise hinter einem Busch.‹ Mein heißer Feger schien es ebenfalls nicht länger auszuhalten und klammerte sich an mich, als ich aufstand.

Lia vor mir, die Beine um mich geschlungen, marschierte ich in die genannte Richtung.

Etwas weiter erkannte ich Nico, der sich jedoch sogleich wieder abwandte, als er bemerkte, dass er störte. Kluger Junge! Ich hoffte jetzt nur, Laer würde uns nicht ertappen. Dann war ich vermutlich ein toter Mann.

»Adrian«, stöhnte Lia und nestelte am Knopf meiner Hose, um mich daraus zu befreien, kaum hatte ich sie auf einer der Bänke abgesetzt.

Als sich ihre Finger um meinen Schwanz schlossen und sich vor und zurückbewegten, wäre ich beinahe gekommen, so geil fand ich das Gefühl. Ophelia schälte sich mit der anderen Hand aus ihrem Outfit und führte mich dann zu ihrer Mitte. Sie war unglaublich sexy!

›Kondome?‹, dachte ich noch, doch da hatte sie mich bereits in sich gedrängt.

Der Trieb übernahm die Kontrolle und ich schob mich kraftvoll tiefer in sie. Die Vampirdame keuchte, genoss es allerdings fühlbar, von mir genagelt zu werden. Ich vergrub meine Finger in ihrem Hintern und pumpte weiter. Sie war eng, heiß und ich wollte noch so viel mehr von ihr.

»Adrian ... Ich ...«, wimmerte Lia auf einmal und ein kurzer scharfer Schmerz an meinem Hals ließ mich erstarren.

Sie hatte mich tatsächlich gebissen!

Das war der Moment, in dem ich in ihr kam.

10

Adrians Körper spannte sich einen Augenblick an, dann zuckte er plötzlich und ich wurde von seinem Höhepunkt mitgerissen, während ich von seinem Blut trank. Mein kleines ›Experiment‹ war mir buchstäblich um die Ohren geflogen und ich explodierte mit ihm.

›Oh Gott, das war unglaublich!‹, hauchte ich ihm gedanklich zu, verschloss den Biss an Adrians Hals und sank gegen seine muskulöse Brust.

Er atmete schwer, steckte allerdings noch immer in mir. Eine weitere Emotion erfasste mich und ich schnappte nach Luft.

›Nochmal‹, knurrte er nur und bewegte sich erneut – erst langsam, dann erneut voller Leidenschaft.

Die Wellen an Emotionen, die er ausstrahlte, erfassten und trugen mich auf einen weiteren Orgasmus zu. Unsere Zeit war längst überschritten, doch Adrian dachte nicht im Traum daran, aufzuhören. Stoß um Stoß brachte er uns um den Verstand. Vollkommen in Ekstase biss ich ihn abermals. Er kam, zog mich mit sich und wollte doch nicht zum Ende unseres Liebesspiels kommen. Dieser Wolf wirkte wie ausgehungert.

»Ich kann nicht mehr«, flüsterte ich irgendwann leise lachend und er küsste mich überaus zärtlich.

»Von mir aus könnte es noch eine Weile so weitergehen.« Adrians Stimme klang rau und extrem männlich, was mich anmachte, dennoch entzog ich mich ihm.

»Dafür haben wir aber keine Zeit mehr.« Ich küsste ihn ein letztes Mal. »Vielleicht später.«

Ich grinste frech und er knurrte. ›Später‹ schien ihm zu lang zu dauern. Ich kicherte. Dieser unersättliche Wolf gefiel mir.

»Lia?«, hörten wir Laertes Stimme und wurden nun hektisch. Gott sei Dank wollte keiner von uns ausgerechnet von meinem Bruder erwischt werden.

›Er ist leider nicht blöd. Ich bin sowas von dran‹, dachte Adrian und ich kicherte.

›Keine Sorge ... Ich werde schon auf dich aufpassen. Das habe ich dir schließlich versprochen.‹ Hastig knöpfte ich das Outfit zu.

Mir war selbst bewusst, dass wir nach Sex rochen. Hoffentlich war Laer gnädig, denn sonst würde es gleich anstrengend werden. Ob ich einen Kampf mit ihm nun gewachsen wäre, nach dieser süßen Anstrengung, hielt ich für fraglich.

****

Er rümpfte bereits die Nase, als wir brav nebeneinander her marschierend auf ihn und Nico zu kamen. Ich erwartete einen dummen Spruch oder ein machohaftes Spielchen, aber Laertes zückte stattdessen die Fernbedienung der Handschellen und hielt mir diese hin. Schweigend nahm ich sie entgegen und war geradezu entsetzt, als er plötzlich davon lief. Kein Wort war schlimmer als jede Schimpftirade.

»Laer!«, rief ich ihm nach, doch er schüttelte nur den Kopf und stapfte weiter.

Ich wollte hinterher, aber Adrian hielt mich auf.

»Lass. Er ist ziemlich sauer. Ich werde gehen.« Er schob sich an mir vorbei, kam jedoch nicht weit.

»Vergiss es! Dich wird er umbringen«, murmelte ich, was den Wolf nicht aufhielt. Er wollte einfach nicht auf mich hören. »Adrian, nein!«

»Das ist meine Angelegenheit.« Aus seinen Worten hörte man den Stolz heraus, doch ich kannte meinen Bruder.

Es blieb mir nichts anderes übrig ... Schweren Herzens drückte ich auf den Knopf für die Handschellen. In Adrians Miene zeigte sich Überraschung, dann Schmerz, während sein Körper zuckte und bei ihm die Lichter ausgingen. Es tat mir unglaublich weh, ihm dies antun zu müssen, aber es war zu seinem besten. Tot brachte er uns beiden nichts.

»Nico, kümmere dich bitte um ihn. Ich gehe zu Laer«, wies ich den Jungen an, der unsere Auseinandersetzung ängstlich verfolgt hatte.

Er nickte dennoch, als ich an ihm vorbei schritt. Adrian hasste mich jetzt sicherlich. Seiner Meinung nach hatte ich ihn gerade verraten. Er war in seiner Ehre verletzt. Diese Wunde würde länger zum Verheilen brauchen, als die an seinem Bein.

Ich seufzte, lief dennoch unbeirrt in die Richtung, in der mein Bruder hinter den Toiletten verschwunden war.

»Laertes?«, rief ich und erspürte ihn weiter vorn in der Nähe eines Baums.

Mein Bruder hatte sich daran gelehnt und war wohl zu Boden gesunken. Er saß da, die Arme auf den Knien abgestützt und rieb sich immer und immer wieder über den Kopf.

»Laer?«, sprach ich ihn an, aber er reagierte nicht. Mit den Gedanken schien er meilenweit weg zu sein. »Bruder?«

Ich ging auf ihn zu, berührte seinen Arm und er knurrte auf einmal.

»Ausgerechnet ihn! Wieso musstest du dir ausgerechnet ihn als deinen Gefährten aussuchen?!«

Ich schluckte. Im ersten Moment wollte ich die Sache herunterspielen, behaupten, dass da nichts war, doch es stimmte nicht. Adrian und ich teilten unsere Gefühle, wir kommunizierten in Gedanken. Beides waren die Zeichen für unsere Partnerbindung.

Laertes fluchte und reichte mir sein Handy. Irritiert sah ich es an.

»Kurznachricht von Markus«, brummte mein Bruder und ich suchte danach.

»Hallo Söldner. Der Wolf kann nach Auftrag gehen. Vergesst nicht, aufzuräumen«, las ich leise vor und keuchte.

Mein Körper begann automatisch zu zittern. Wenn unser Onkel auf diese Weise schrieb, war es ein Code. ›Jemanden gehen lassen‹ bedeutete, diese Person aus dem Weg zu räumen, während ›aufräumen‹ besagte, komplett alles Verschwinden zu lassen. Laer hatte also den Auftrag erhalten, Adrian nach dem Auffinden von Natascha zu beseitigen und ihn irgendwo spurlos zu entsorgen.

»Aber ... Der Rat hat doch zugesichert, danach noch einmal alles zu prüfen«, meinte ich mit leiser Stimme und hatte spontan das Gefühl, keine Luft zu bekommen.

»Keine Ahnung. Ich bekomme meine Anweisungen normalerweise von Markus.«

Mein Bruder verschränkte die Arme vor der Brust. In seinen Augen funkelte es vor Zorn. Leider wusste ich nicht, was ich dazu sagen sollte.

***

»Er ist noch immer leicht benommen«, erklärte Nico, als wir zurückkamen.

Laer hob eine Augenbraue, doch ich winkte ab. Darüber wollte ich jetzt nicht sprechen. Gerade war ich nur froh, dass wir Natascha noch nicht aufgespürt hatten und mein Bruder nicht in der Pflicht stand, zwischen seinem Auftrag und meinem Wohlergehen zu wählen. Er hatte bisher stets jeden Auftrag voll und ganz ausgeführt ohne Fragen zu stellen. Ob er nun zweifelte? Ich brachte ihn in eine echt beschissene Lage.

»Ich denke, wir sollten essen und ihn in Ruhe lassen«, seufzte ich.

Mein schlechtes Gewissen nervte mich. Ich hatte Adrian schließlich davor geschützt, von Laer direkt kalt gemacht zu werden. Wieso fühlte es sich dennoch wie Verrat an?

›Du hast mich erst zum Spaß benutzt und danach wie einen Gefangenen ausgeknockt‹, knurrte der ehemalige Rudelführer in meinem Kopf und ich spürte deutlich seinen Ärger.

›Erstens hatte nicht nur ich meinen Spaß, wenn ich dich daran erinnern darf und zweitens wärst du zu stur gewesen, auf mich zu hören‹, verteidigte ich mich, was ihn jedoch nur zum Schnauben brachte.

›Tja, das werden wir nun nicht mehr herausfinden können.‹

Seine letzte Äußerung führte mich schwer in Versuchung, ihm entweder eine Ohrfeige oder einen Tritt in

die Weichteile zu verpassen. Ich konnte ihn auch
einfach beißen!

Ein weiteres Knurren, dieses Mal von Adrian selbst.
Er bemühte sich, die Glieder zu bewegen, die ihm allerdings den Dienst versagten. Seine Hilflosigkeit führte
erneut dazu, dass ich ein schlechtes Gewissen bekam.
Verdammter Mist!

»Alles klar, Mann?«, brummte Laer, der auf Adrian
zu schritt und ihn mit einem Ruck auf die Holzbank
beförderte, auf der wir anderen ebenfalls Platz
genommen hatten.

Adrian schnaubte, unfähig etwas zu sagen, was
meinen Bruder zum Grinsen brachte.

»Ja, Lia kann es manchmal echt in sich haben. Am
besten achtet man regelmäßig auf seine Kronjuwelen.«

Sein beinahe vertrauter Tonfall dem Mann gegenüber, dem ich den Stromschlag verpasst und den er
eigentlich nach dem Auftrag töten sollte, machte mich
unruhig. War Laertes etwa tatsächlich dabei, diesen
Plan wegen mir abzuschreiben oder wiegte er uns nur
in Sicherheit? Ich konnte es nicht genau sagen. Eine
solche Situation hatte ich bislang stets vermieden.

›Wenn du schon anfängst, deinem Zwillingsbruder
zu misstrauen, wundert mich bei dir allmählich gar
nichts mehr‹, brummte Adrian in meinem Kopf und ich
fühlte mich ertappt.

›Sagt der Mann, der immer alles allein machen will‹,
gab ich bissig zurück und er funkelte mich böse an.

›Meint die Frau dazu, die mir einen Stromschlag
verpasst hat!‹

Dieser Kerl war eine Plage! Wieso musste er immer
das letzte Wort haben? Bis vor Kurzem hatten wir noch

so viel Spaß miteinander gehabt. Es war perfekt. Und jetzt? Ich könnte ihn erwürgen!

»Alles okay? Ihr beide wirkt extrem unentspannt«, mischte sich Laer in Adrian und mein Blickgefecht ein.

Keiner von uns blinzelte, um eine Schwäche zu zeigen.

»Hallo? Soll ich bei eurem Spielchen mitmachen? Dann gibt es aber nicht nur Blicke, sondern auch Kopfnüsse!« Er schob mir das Essen hin, das ich bestellt hatte, doch ich rümpfte nur die Nase.

Das Zeug roch widerlich!

»Du wolltest Fleisch ...«, erinnerte mich Laertes, reichte mir allerdings danach grinsend eine andere Papiertüte. »Dachte ich mir schon. Hier sind Gemüsenuggets drin.«

»Danke. Du bist der beste Bruder auf der Welt!« Ich strahlte ihn erleichtert an und er zwinkerte.

»Vergiss das ja nicht!«

Den Rest der halben Stunde, die wir als Pause veranschlagt hatten, saßen wir schweigend beisammen, aßen und hingen unseren Gedanken nach. Um ein bisschen Ruhe zu haben, verschloss ich meinen Geist vor Adrian, so gut es eben ging, was ihn natürlich abermals mürrisch werden ließ.

11

Adrian

Nein, ich verstand es auf keinen Fall falsch: Ophelia hatte sich komplett zurückgezogen und blockierte jeden meiner Kontaktversuche. Wenn sie so weitermachte, würde ich sie mir schnappen und ihr kräftig den Hintern versohlen! Dieses Verhalten war einfach nur kindisch und brachte uns nicht voran.

»Lia kriegt sich in den nächsten Stunden wieder ein. So ist sie nun einmal. Da ist das Beste, einfach zu warten«, erklärte ihr Bruder leise und zuckte mit den Schultern, als wir wieder Richtung Wagen marschierten.

»Wenn du mich tatsächlich beseitigen sollst, habe ich nicht mehr allzu viel Zeit.« Ich betrachtete ihn aus dem Augenwinkel und er zuckte abermals mit den Schultern.

»Ich bin noch unentschlossen. Schafft einfach demnächst euren Zwist aus der Welt«, brummte das Muskelpaket und gab mir einen leichten Schubs, wie er es schon zuvor oft getan hatte.

Wieso bekam ich nun allerdings den Eindruck, dass es nicht mehr feindselig war?

»Nicht übermütig werden. Ich reiße dir dennoch den Arsch auf, solltest du Lia weh tun oder deinen Job für den Rat nicht machen«, deutete Laer meinen Blick richtig und zog eine Grimasse.

»Oh, davon bin ich absolut überzeugt. Aber ich habe weder das eine noch das andere vor.« Ich grinste und setzte mich auf die Rückbank des Wagens neben Nico, der sich zusammengerollt hatte und ein Nickerchen zu machen schien.

Der Kerl hatte mittlerweile echt die Ruhe weg. Für jemanden, der zuerst tagelang gefangen gehalten worden und dabei fast verhungert und verdurstet war, lag er nun ziemlich entspannt neben mir.

›Gut, dass du das ebenfalls bemerkst. Ich dachte schon, ich leide unter Verfolgungswahn‹, vernahm ich Lias Stimme und verkniff mir spontan ein süffisantes Lächeln.

›Du und Verfolgungswahn?‹, meinte ich stattdessen trocken und hörte ihr Seufzen.

›Könnten wir bitte damit aufhören? Ich meine es ernst! Etwas stimmt mit diesem Nico nicht. Oder liegt es an dir?‹

Ich blinzelte in ihre Richtung. Was sollte an mir liegen? Der Wolf hatte den Kopf in den Nacken gelegt und schnarchte leise vor sich hin. Darauf hatte ich keinerlei Einfluss.

›Na, ich weiß nicht. Wenn du dich jemandem auf positive Weise näherst, hat man das Gefühl, man müsste dich einfach mögen. Fand ich anfangs irgendwie schräg. Ist das so ein Wolfsding? Oder von euch Alphamännchen?‹, hakte Lia nach, aber ich runzelte nur die Stirn.

Was meinte sie?

Klar, ich war immer gut bei Menschen angekommen, denn mit Manieren hatte man meist wesentlich mehr Chancen. Wenn ich allerdings jetzt so genau darüber nachdachte, bekam ich recht selten ein ›Nein‹ zu hören. Aber was konnte das bedeuten?

›Teste es doch.‹ Lia feixte auf einmal und ich wusste nicht genau, was sie meinte. ›Da vorn ist eine junge Frau. Meinst du, du könntest ihr die Stofftasche abschwatzen, die sie am Arm trägt?‹

Ich starrte sie an, als käme sie von einem anderen Stern. Einer Wildfremden aus heiterem Himmel etwas abzuschwatzen? Das hatte ich noch nie versucht.

»Was?!«, fuhr Laer uns beide plötzlich an, da er erkannt hatte, dass etwas vor sich ging.

»Warte bitte mit dem Losfahren. Adrian muss noch etwas austesten.« Lia blickte zu mir herüber, dann zu der jungen Frau mit dem gelben T-Shirt.

Ich seufzte. Keine Ahnung, wie ich das jetzt anstellen sollte. Zudem erschloss sich mir nicht, wieso sie derart darauf bestand.

›Sei einfach charmant. Na los ...‹ Ophelia schenkte mir ein freches Grinsen.

Kopfschüttelnd stieg ich also wieder aus dem Wagen und marschierte auf meine Aufgabe zu. Die Stofftasche war nichts Ungewöhnliches, weshalb die Frau eventuell darauf verzichten könnte. Sicher war ich mir hier allerdings nicht. Sie stand in der Nähe der Toiletten, wartete ganz offensichtlich auf jemanden. Hoffentlich nicht auf einen Freund, der mir noch zusätzlich zu diesem Tag die Fresse polieren würde.

»Entschuldigen Sie bitte«, sprach ich sie an und die Frau wirkte überrascht.

»Ja?« Ihre grünen Augen betrachteten mich argwöhnisch.

»Bitte verstehen Sie es nicht als dumme Anmache, aber könnten Sie eventuell auf Ihre Tasche verzichten?« Ich lächelte sie an und spürte die Irritation.

»Meine Tasche?«

Ich nickte. Natürlich runzelte die junge Frau die Stirn und fragte sich sicherlich, ob ich ein Verrückter war. Ihre Augen fixierten mich.

»Es ist nicht so, als würde mein Leben daran hängen, aber Sie täten mir damit einen riesigen Gefallen«, legte ich mit einem hoffentlich charmanten Lächeln nach.

»Okay«, meinte meine Gegenüber und schmunzelte. »Eine Bedingung ...«

»Die wäre?«

Ich war erstaunt, als sie mir erst die Tasche reichte und mich danach an sich zog. Ihre Lippen legten sich auf die meinen und ich löste mich verdattert.

»Viel Spaß damit, Fremder«, hauchte sie und kicherte.

»Dankeschön.« Ich räusperte mich. Das kam wirklich überraschend!

Hastig marschierte ich zurück zum Wagen, der sich jedoch langsam in Bewegung setzte und stetig schneller fuhr.

›Lia? Was soll das?‹, nahm ich Kontakt auf, doch sie sandte mir nur ein wütendes Schnauben. ›Was?! Ich habe das dämliche Ding.‹

Ophelias Gefühle, die ich auf einmal wahrnahm, machten mir schlagartig klar, was ich verbrochen hatte. Ich seufzte.

›Sie hat mich überrumpelt, in Ordnung?! Ich wollte sie nicht küssen! Und mal davon abgesehen, war dieser dämliche Test deine Idee‹, knurrte ich und der Wagen hielt.

»Beweg deinen Arsch hier rein, ehe sie es sich wieder anders überlegt«, brüllte Laer von der Fahrerseite aus.

Ich spurtete los.

***

»Gott sei Dank, wir sind da«, brummte Lias Bruder nach gefühlten Stunden der schlechten Stimmung im Wagen und fuhr auf den Parkplatz eines Hotels. »Jetzt arbeitet bitte wenigstens so lange professionell zusammen, bis wir diese Natascha geschnappt haben.«

Ich nickte, denn ich war ja nicht derjenige, der sich ausschwieg und mich erneut aussperrte. Gut, ich hatte ebenfalls das Verhalten eines bockigen Kinds an den Tag gelegt, aber da war ich nicht der einzige.

»Lia ...?« Laer sah sie streng an und sie verschränkte die Arme vor der Brust.

»Wir könnten die Hunde auch im Wagen lassen und unser Ding machen«, schlug sie vor, doch ihr Bruder schüttelte prompt den Kopf.

»Das gibt erstens Stress mit dem Tierschutz und zweitens kann zumindest Adrian hilfreich sein. Wir kennen das Ziel nicht so gut, wie er.« Seinem Gesichtsausdruck nach verfluchte er sich innerlich für die Wortwahl. »Du weißt schon, was ich meine...«

Lia gab einen merkwürdigen Ton von sich, der wohl ihr Missfallen zum Ausdruck bringen sollte, dennoch stieg sie aus und bewegte sich in Richtung Hotel. Ihre schlanke Gestalt entfernte sich rasch, sodass wir uns sputen mussten.

»Bring das bloß wieder in Ordnung«, raunte mir Laer zu und wies danach Nico an, im Café nebenan auf uns zu warten.

Der nickte artig und schlurfte müde los. Dieser schlaksige Kerl war echt eigen. Hinter dem Geschwisterpaar hertrottend, prägte ich mir die Umgebung ein. Sollte Natascha türmen, musste ich die schnellsten Wege kennen. Es gab genau drei Möglichkeiten und jede sollte kein Problem darstellen. Ich hoffte nur, dass dieses Miststück tatsächlich hier war. Wobei ... War das wirklich der Fall? Sie zu schnappen könnte mein Leben noch weiter verkomplizieren, wenn nicht sogar verkürzen. Wie war ich nur in diesen Irrsinn geraten?

Laertes sprach mit der Rezeptionistin und flirtete nicht schlecht, bis er die Zimmernummer von Professor Wilke in Erfahrung gebracht hatte. Ich verkniff mir jedweden Kommentar, um nicht abermals einen Streit zu provozieren.

»Alles klar. Nebengebäude – die Nummer 206«, brummte der vampirische Muskelmann, nachdem er zu uns zurückgekehrt war und wir folgten ihm nach draußen, einmal um das Hotel herum und dann auf einen modernen Glaskasten zu. Die Tür zu Nummer 206 lag am Ende des Flurs. »Und nur, dass es klar ist: keine Ablenkungen, Streitereien oder andere Scherze.«

Er näherte sich der Tür, klopfte und wartete auf Antwort. Diese kam nicht, doch ich hörte ganz leise ein gefährliches Klicken.

12

Als ich das Geräusch vernahm, war es im Grunde bereits zu spät. Ich sah nur noch Holz splittern und Adrian zusammen mit meinem Bruder gegen die Wand fliegen. Ich hatte mich glücklicherweise nicht in der Druckwelle befunden. Mein Herz schlug jedoch augenblicklich wie verrückt. Ging es den beiden gut?

Leider blieb keine Zeit, nach ihnen zu sehen. Schritte entfernten sich schon in Richtung Fenster und somit aus unserer Reichweite. Ich musste handeln!

»Halt! Stehen bleiben!«, rief ich und hastete hinterher, allerdings peinlichst darauf bedacht, keine Falle auszulösen, sollte eine vorhanden sein.

Eine Gestalt sprang aus dem Fenster und ich folgte. Es war ein Mann, jedoch hatte er ein erstaunliches Tempo vorgelegt. Das konnte unmöglich ein Normalsterblicher sein. Die Bewegung hatte etwas seltsam Vertrautes. Ein Vampir? Egal, was er war, es handelte sich um etwas Übernatürliches.

»Bleiben Sie stehen!«, schrie ich, doch dieser Vollidiot schien nur noch schneller zu werden. »Scheiße!«

Obwohl ich nicht gerade langsam vorankam, war der Typ immer eine Nasenlänge früher an Türen oder schlüpfte behände durch meine Netze, wenn ich ihn in die Enge treiben wollte.

›Ophelia, wo bist du?‹, vernahm ich Adrians dunkle und angestrengte Stimme und war unheimlich froh, ihn zu hören.

›Wir rennen in Richtung Bundesstraße.‹

›Bleib auf Abstand ... Das ist unheimlich wichtig, Lia! Ich komme‹, knurrte er und ich fragte mich, wieso ich seiner Anweisung folgen sollte.

Ich tat es dennoch, denn meist hatte Adrian seine Gründe, mich zu warnen. So weit kannte ich den Kerl schon. Die Gestalt vor mir schien etwas zu bemerken, denn auf einmal wurde sie langsamer, sodass ich aufschließen musste. Was sollte ich also tun?

›Ophelia!‹, klang Adrians Tonfall schon wie eine Warnung.

›Abstand halten. Ich hab verstanden!‹, gab ich genervt zurück. ›Könnte allerdings schwierig werden, wenn er mich gleich angreift.‹

Ich hätte es nicht beschreien sollen, denn nun ging die Gestalt tatsächlich zum Angriff über. Verdammt, was war das für ein Ding?! Es gab ein bedrohliches Grollen von sich, sodass sich mir die Nackenhaare aufstellten und ich eine Gänsehaut bekam. Das vor mir war kein Vampir und auf gar keinen Fall hatte es etwas von einem Wolf! Bis auf das viele Fell vielleicht. Es wirkte plötzlich wie ein unförmige Haarbüschel mit riesigen Reißzähne und gewaltigen Pranken.

›Ich glaube, ich stecke ziemlich tief in der Scheiße‹, sandte ich Adrian den Gedanken und tastete nach meiner Waffe, die ich normalerweise so gut wie nie benutzte.

Ich war eher die Spezialistin für Fallen und technischen Schnickschnack, weshalb ich normalerweise Laer den Vortritt ließ. Der war aber wohl noch nicht da, also blieb mir nichts anderes übrig. Das Vieh sprang auf mich zu, ehe ich schießen konnte. Mit voller Wucht wurde ich von den Füßen gerissen, und rollte mich gerade noch zur Seite, um nicht unter dem Ungetüm begraben zu werden.

›Lass dich nicht beißen! Ich bin gleich da.‹

Mein neuer Beschützer wirkte panisch, was ich gar nicht verstehen konnte. Schließlich war ich es, die hier mit einem Monster Fangen spielte. Mehrfach wich ich aus, hechtete aus dem Weg und handelte mir dadurch anderweitig Schrammen ein. Man glaubte gar nicht, welche Energie man benötigte, Hieben auszuweichen, statt diese zu blocken. Adrian musste sich beeilen, wenn er mich noch an einem Stück vorfinden wollte.

Ein Schatten löste sich und stürzte ebenfalls auf mich zu. Ich spürte die Gefühle dieses Neuankömmlings und atmete erleichtert auf. Adrian!

›Lauf zu deinem Bruder! Er ist an der Baumgruppe des Parkplatzes im Wagen‹, wies er mich an.

›Ich lass dich nicht allein!‹

Meinen Protest kommentierte der Alpha nicht, sondern stürzte sich auf das Monster vor mir. Diese schwarze Wolfsgestalt hatte es echt in sich und warf das andere Wesen in den Graben neben der Straße. Glücklicherweise schien diese Fahrbahn nicht allzu beliebt zu sein und kein Wagen war weit und breit zu erspähen. Falls doch, gab es für sich Nähernde ein echt beeindruckendes Schauspiel: Ein gigantischer Wolf gegen etwas, das man auch als Yeti hätte bezeichnen können. Einen dreckigen, eigenartig verkrüppelten, verformten und von grau-braunen Zotteln bedeckten Yeti.

›Lia ... Lauf!‹ Der Wolf schubste mich und ich lief ein paar Schritte, allerdings nur, um daraufhin erneut wie angewurzelt stehen zu bleiben und das Geschehen zu beobachten.

Das Monster ging auf Angriff, schlug mit der linken Pranke aus und erwischte Adrian an der Schulter. Mist! Ich musste ihm helfen!

›Ophelia! Würdest du bitte einmal auf mich hören und dich in Sicherheit bringen? Ich kann so nicht kämpfen‹, knurrte mein Beschützer mal wieder.

Ein seltsames Gefühl erfasste mich plötzlich. Es war, als würde mein Körper im Inneren brennen. Was war das? Ein schrecklicher Verdacht beschlich mich. Waren das etwa Adrians Emotionen? Was passierte mit ihm?

Aus der Tasche fischte ich kurzentschlossen einen meiner Zünder. Dieser sollte ausreichen, diesem Monster die Lichter auszupusten. Ich musste es aber richtig abpassen, um den perfekten Zeitpunkt zu erwischen. Falls nicht, wurde das Vieh höchstens stinksauer und noch ein bisschen hässlicher.

›Ich brauche eine Minute. Halte durch.‹

›Ich sagte, du sollst verschwinden, Weib!‹, brachte er herrisch heraus, was mich jedoch nur amüsierte.

Eilig bastelte ich den Sprengsatz zusammen und machte mich zum Sprung bereit. Es musste einfach klappen ...

***

Adrian brach im gleichen Moment im Graben zusammen, in dem sich die Gefahr in Matsch verwandelte. Mein Zünder hatte ganze Arbeit geleistet. Das Brennen in den Adern des Wolfs raubte jetzt selbst mir den Atem.

›Wirst du eigentlich jemals auf mich hören?‹, fragte er erschöpft.

›Nicht, wenn das bedeutet, dass ich dich allein deinem Schicksal überlassen soll. Was hast du? Woher kommt dieses Gefühl?‹

Rasch beugte ich mich über ihn und entdeckte eine weitere Wunde an seiner Seite. Eine Kralle des Monsters steckte darin. Ich streckte die Hand danach aus.

›Nicht ohne Handschuhe!‹, knurrte mich mein Wolf an und ich seufzte. Bevor ich etwas erwidern konnte, fügte Adrian hinzu: ›Dieser Mutant trägt eventuell einen Virus in sich.‹

Vorsichtig zog ich die dreckige Kralle mit einem Taschentuch heraus. Etwas schien diese zu bedecken. War das eine Art Lack? Oder eine Chemikalie?

›Wir müssen dich zurückschaffen. Ich brauche Informationen aus dem Zimmer.‹

Adrians Körper wirkte auf einmal so kraftlos, dass ich ihn nur mit größtem Aufwand meinerseits bewegt bekam. Ich ließ ihn also ausruhen und lief in Richtung Wagen, um Laer zu holen. Der hing aber ziemlich ramponiert auf der Rückbank.

»Geht es Adrian gut?« Nico, der plötzlich geräuschlos neben mir aufgetaucht war, ließ mein Herz flattern.

»Nein, geht es ihm nicht. Wir müssen ihn zurück zum Hotel schaffen. Meinst du, du bekommst das hin? Ich muss ins Zimmer und nach Hinweisen suchen«, meinte ich und der Wolf nickte. Er versprach, sich Adrian und Laers anzunehmen. »Prima. Aber bleibt bitte am Wagen. Ich werde die Zentrale einschalten müssen und die reagieren recht nervös auf Wölfe, verstanden?«

Ein weiteres Mal nickte der Junge und ich sauste in Windeseile in Richtung Hotel, während ich das Handy ans Ohr drückte, um Robert Allerton Bescheid zu geben. Der war natürlich hellauf begeistert und schimpfte erst wie ein Rohrspatz, ehe er verkündete:

»Ich schicke euch zwei Ermittler, denen ich vertraue und, die eh in der Nähe sind. Einer könnte dich dumm anmachen, aber lass ihn bitte leben. Er ist im Grunde ein guter Kerl.«

Der Chefermittler brummte und ich lächelte, obwohl mir nicht danach war. Ich musste unbedingt rausbekommen, was mit Adrian passierte. Das hatte nun höchste Priorität. Ohne ihn würden wir Natascha nicht aufspüren können.

›Das ist nicht alles. Du magst ihn, gesteh es dir ruhig ein‹, ärgerte mich meine innere Stimme, aber ich hatte nicht vor, auf diese Gedanken einzugehen.

Es hatte sich bereits eine Menschentraube vor der zerstörten Tür gebildet und neugierige Blicke hefteten sich sofort auf mich. Ich marschierte zum Manager des Hotels, der fassungslos aussah.

»Entschuldigen Sie«, sprach ich ihn an und er beäugte mich irritiert. »Bitte entfernen Sie die Schaulustigen. Es ist möglich, dass hier Giftstoffe eine Gefahr darstellen könnten. Spezialisten sind unterwegs.«

»Und Sie sind?« Der Mann wirkte mürrisch, als wäre ich diejenige, die in seinem Hotel etwas angestellt hätte.

»Lia Langton«, stellte ich mich vor und reichte ihm meine Visitenkarte.

Sogleich wurde der Manager blass. Er stotterte herum, dass er sich gleich um eine Evakuierung kümmern würde, der ich zustimmte.

»Und ist das Zimmer nebenan frei? Das bräuchten
wir zum Arbeiten.«

13

Adrian

Die Chemikalie fraß sich förmlich durch meine Eingeweide. Wieso war ich nur so dämlich gewesen, mich kratzen zu lassen? Das hätte Luke einen schrecklichen und nicht duldbaren Anfängerfehler genannt.

Lukas ... Ich hoffte inständig, dass mein Freund noch lebte. Meine Gedanken hüpften unstet umher. Egal, was ich im Blutkreislauf hatte, es würde mich mit der Zeit verrückt machen. Der Instinkt riet mir, zu fliehen, was jedoch kompletter Schwachsinn gewesen wäre – da schaltete sich zum Glück mein Verstand ein.

›Du musst ruhig bleiben. Ich durchsuche schon das Zimmer‹, sprach Lia mir in Gedanken gut zu.

›Sei vorsichtig.‹

Ich konnte nicht anders, als mir Sorgen um ihre Sicherheit zu machen. Seit ich dieser Vampirdame begegnet war, wusste ich, wie sich mein ehemaliger Wächter fühlte. Wenn seine Emotionen in Bezug auf Avalarie denen von mir glichen, hatte er keine andere Wahl gehabt, als mich zu hintergehen. Ich wäre für Lia ebenfalls dazu imstande. Eine ganz neue Erkenntnis für mich als Egoisten. Für diese Frau nahm ich selbst den Tod in Kauf.

Schmerz durchzuckte meinen Körper und machte mir klar, dass ich Letzterem ganz offensichtlich nahe kam. Bald gab es kein Zurück mehr. Die Heilung der Wolfsgestalt hatte bereits aufgehört zu wirken. Wieso, wusste ich nicht, denn es war noch nie vorgekommen. Das bedeutete wohl, dass ich demnächst Geschichte sein würde.

›Ich sag dir: Wenn du jetzt aufgibst, lernst du mich kennen! Ich habe die Aufzeichnungen des Professors gefunden. Er hat wohl daran geforscht, das Leben zu verlängern und Kräfte zu mehren. Der Typ war anscheinend besessen davon und überzeugt, dass die Wölfe der Schlüssel sind. Was hat ihm diese Natascha nur ins Hirn gepflanzt?‹ Lias Stimme in meinem Kopf beruhigte mich.

Ihre Anwesenheit verdrängte auf gewisse Weise das Brennen.

›Ophelia‹, begann ich müde, aber sie würgte mich ab.

›Egal, was du jetzt sagen willst: Verkneif es dir und wir reden später darüber. Ich will nichts hören, was du Pessimist zu äußern hast.‹ Ihre Abfuhr bewirkte, dass ich lächeln musste.

›Du bist wundervoll, Ophelia‹, meinte ich trotzdem. ›Eine Frau voller Leidenschaft, Ehre und Liebe.‹

Die Welt drehte sich seltsam um mich, während ich näherkommende Schritte vernahm. Wer war das? Meine Augen spielten mir Streiche und es flimmerten Blitze auf.

»Hab ihn! Er sieht echt beschissen aus. Bring du die anderen beiden zum Hotel, ich kümmere mich um das schwarze Fellknäuel«, wies eine tiefe Stimme einen anderen Anwesenden an, den ich allerdings nicht sehen konnte. »Oh, Mann, Robert hatte Recht: Du bist ein anstrengender Zeitgenosse ... und schwer bist du auch noch!«

Ich blinzelte, als man meinen Körper hochstemmte und mich über die Schulter warf. Sogleich schnaubte ich, denn ich bekam Zigarettenrauch in die Nase. Was für ein Gestank.

»Sorry, David kann es einfach nicht lassen. Er hat schon mehrfach aufgehört«, erklärte der Kerl und ich war mir plötzlich sicher, dass er ein Vampir war.

Robert. Meinte er Chefermittler Robert Allerton damit? Also kam der Typ aus der Zentrale! Ob das gut oder schlecht war, blieb abzuwarten. Wobei ich diesen bulligen Boss der Ermittler noch als angenehm empfunden hatte, im Gegensatz zu Ratsmitglied Markus.

»Hast du Schmerzen, Kumpel?« Der Vampir redete geduldig auf mich ein, um mich weiterhin bei Bewusstsein zu halten. Er hatte etwas Sympathisches an sich, sodass ich leicht nickte. »Keine Sorge, wir bekommen dich wieder hin. Das müssen wir, allein schon deshalb, weil uns diese Kleine sonst killt.«

Er lachte amüsiert und ich musste ebenfalls schmunzeln. Also hatte er Ophelia bereits kennengelernt. Ich wusste ja, sie konnte stur und unheimlich penetrant sein, doch Mord? Den traute ich ihr nur in Notwehr zu.

Mein Körper krampfte sich auf einmal zusammen und mir wurde übel. Ich fiepte, dass mich der Vampir runter lassen sollte, was er zum Glück auch prompt tat. Gerade noch rechtzeitig, ehe sich mein Magen einmal auf links drehte.

»Oh, verdammt, das ist nicht gut.«

***

Ich kam in einem Hotelzimmer zu mir. Direkt nach dem zweiten Zusammenbruch hatte ich die Wolfsgestalt nicht mehr halten können und war zum Menschen geworden. Der Ermittler – ein muskulöser Kerl mit längerem dunkelblondem bis braunem und lockigem Haar und fremdländischem Touch – hatte mich in seinen Mantel gewickelt und dann wie ein Baby hochgehoben. Auf dem Weg war meine Kraft geschwunden und ich hatte es nicht mehr geschafft, wach zu bleiben. Der Virus in mir schien die Oberhand gewonnen zu haben.

»Da bist du ja wieder!«, meinte der Vampir nun breit grinsend neben mir. »Hallo Sonnenschein!«

Er lachte.

Ich wollte etwas erwidern, bekam jedoch keinen Ton heraus. Der Vampir bewegte sich gerade ohnehin durchs Zimmer und achtete nicht mehr auf mich. Sein Ziel war die offenstehende Tür des Raums.

»Habt ihr was?«, erkundigte er sich bei jemandem, der wohl im Flur aufgetaucht war.

»Noch nicht. Und ich sag dir, die Kleine flippt deshalb gleich aus. Sie hat mich schon mehrfach angefahren und bedroht«, hörte ich einen anderen Mann sagen und mein Aufpasser blickte besorgt zu mir.

»Pass du jetzt auf ihn auf. Ich geh und schau, ob ich helfen kann. Du bist da drüben vermutlich eh fehl am Platz, David.« Der Ermittler schob sich an seinem Kollegen vorbei, der nun herein marschierte.

Irgendwie schienen Vampire in Sachen Gene den richtigen Lostopf gezogen zu haben, denn auch der Typ wirkte wie ein Sonnyboy. Er kam mir nicht sonderlich bedrohlich vor, eher wie jemand, mit dem man stundenlang feiern gehen konnte.

»B«, wandte sich der Neuankömmling nochmals an seinen Partner, der stehen blieb und sich umwandte.

»Zieh Handschuhe an. Frau ›Seuchenschutz‹ besteht darauf.«

Der Vampir mit dem Namen ›B.‹ nickte und verschwand. Ich war zwar extrem neben der Spur, doch die beiden kamen mir nicht so vor, als würden sie etwas Übles aushecken, weshalb ich mich beruhigt zurücklehnte. Trotzdem weiterhin auf der Hut, ließ ich den Ermittler nicht aus den Augen. Man konnte ja nie wissen. Ich hatte mich schließlich schon mehrmals getäuscht.

»Ich kann dir sagen: Das Weib hat Feuer. Aber das weißt du bestimmt«, scherzte dieser David und zwinkerte mir zu. »Sie scheint echt einen Narren an dir gefressen zu haben. Eine interessante Kombination.«

Ich war mir nicht ganz sicher, ob ich ihn mochte. Allein der Gedanke, er könnte Ophelia angebaggert haben ...

»Keine Sorge, ich war brav«, lachte David, der meinen Gesichtsausdruck wohl richtig zu deuten wusste. »Du bist ein Glückspilz. Ich hoffe, du überlebst es.«

In dem Moment begannen Krämpfe meinen Körper zu schütteln. Sie trafen mich vollkommen unvorbereitet und auch der Vampir vor mir wirkte plötzlich alarmiert. Er stürzte sich auf mich.

»Scheiße, das sollte ein Witz sein!«, knurrte er und hielt mich fest, sodass ich mich nicht verletzte, während die Zuckungen komplett außer Kontrolle gerieten.

Leider war es kein Witz, sondern eine Hitzewelle, die mich erfasste und mich aufschreien ließ. Diese Schmerzen waren die Hölle und weckten einen zuvor unbekannten Sterbewunsch. Verdammt, was passierte hier gerade mit mir?

›Adrian, atme ... Ich bin hier!‹ Ophelias Körper legte sich geradezu auf den meinen und drückte mich zurück in die Kissen.

Ich schnappte nach Luft, doch der Sauerstoff schien nicht in meinen Lungen anzukommen.

»Lia, ich bin mir nicht sicher, ob das eine gute Idee ist. Kann ihn das nicht auch umbringen?«, vernahm ich B., doch Ophelia schmiss die beiden Ermittler aus dem Zimmer, indem sie sie anfauchte:

»Wenn wir nichts unternehmen, wird er definitiv sterben. Das lasse ich nicht zu. Und jetzt raus hier!«

Schritte waren zu hören, die sich entfernten. Sie schienen auf sie zu hören. Erkennen konnte ich nichts, denn alles wirkte erneut verschwommen. Eine neue Welle an Hitze ergriff mich und ich öffnete den Mund, um zu schreien.

›Adrian, ich weiß, es ist riskant ... Aber bitte trink!‹ Lia war verängstigt, traurig und klammerte sich an eine einzige Hoffnung, sodass ich nicht anders konnte, als mich in ihre Richtung zu drehen.

Etwas lief mir in den Rachen und ich schluckte automatisch. Es besänftigte etwas das Brennen, überzog die Wunden und brachte mich zum Aufstöhnen. Was auch immer sie mir da einflößte, es zeigte Wirkung. Was war es nur?

»Oh Gott, bitte lass es wirken«, flüsterte sie und ich spürte etwas Nasses, das auf mein Gesicht tropfte.

Ophelia befand sich noch immer auf mir, hatte das Gewicht verlagert, um mir die Flüssigkeit besser geben zu können. Ich schluckte und schluckte, fühlte mich stetig besser und kräftiger. Meine Augen hatte ich geschlossen, konzentrierte mich allein auf die Frau, die rittlings auf mir saß.

›Ja, so ist es gut ... Trink weiter‹, hörte ich ihre Stimme und tat es.

›Ich danke dir‹, sandte ich Lia diesen Gedanken und schaffte es, meine Hände auf ihre Oberschenkel zu legen.

Ein Gefühl der Erleichterung durchströmte mich, das von der Hübschen auf meinem Körper ausstrahlte. Ich blinzelte zu ihr empor, erkannte zuerst nur Schatten, dann wurde langsam alles klarer. Ophelias Gestalt über mir, ihr Handgelenk auf meinem Mund und noch immer lief das flüssige Leben stetig aus der Wunde. Ihr Gesicht war nass von Tränen. War sie so derart verzweifelt gewesen?

Ich wollte mich bewegen, aber sie wies mich an, weiterhin still zu halten und noch zu trinken.

›Du hast mir schon zu viel von deinem Blut gegeben‹, ermahnte ich sie, doch Lias Blick zeigte eine Entschlossenheit, die ich bislang bei ihr noch nicht kannte.

›Mir geht es gut. Du brauchst es. Trink weiter.‹

Jemand kam in den Raum und blieb wie angewurzelt im Türrahmen stehen. Ich erkannte nur einen Schatten.

»Scheiße, Lia! Was machst du da?!« Es war Laer.

14

Mir war total egal, was mein Bruder dazu sagen würde – für mich zählte nur, dass Adrian am Leben blieb. Der leckte geradezu liebevoll über mein Handgelenk und schloss danach erschöpft die Augen. Dieser Anfall hatte seine Kraft komplett aufgezehrt.

›Der Schmerz hat aufgehört. Das war nun wirklich genug Blut‹, versicherte er mir und ich verschloss die Wunde mit meiner Zunge.

Laertes blickte uns beide weiterhin fassungslos an.

»Seid ihr beide irre geworden?!«, brüllte er auf einmal und ich seufzte.

»Bruder, ich bin weder in der Stimmung, noch habe ich die Kraft, mit dir zu streiten. Ich brauche zwei oder drei Blutbeutel.« Meine Stimme klang derart fertig, dass Laer sogleich einlenkte.

Wir konnten ihn allerdings den ganzen Flur hinweg fluchen und schimpfen hören.

›Er scheint nicht sonderlich froh zu sein‹, kommentierte Adrian in meinem Kopf und ich kicherte leise.

›Nicht sonderlich.‹

Ich ließ mich auf den Mann unter mir sinken und schloss für einen kurzen Moment die Augen. Diese Aktion hatte mich unheimlich müde gemacht. Nur ein bisschen ausruhen und eine Runde die Augen schließen.

›Alles okay?‹, wollte Adrian wissen und streichelte mir sanft über den Rücken.

Ich genoss diese Zärtlichkeit, wartete, ehe ich antwortete. Enttäuschung schwang in meinem Tonfall mit, als ich meinte:

›Du hast dich nicht gewandelt.‹

Er schob mich ein wenig von sich, um mich ansehen zu können. Seine Pupillen verengten sich, während er versuchte, mein Gesicht zu betrachten.

›Gewandelt?‹, hakte er nach und ich schämte mich etwas, dass ich mir dies überhaupt gewünscht hatte.

›Naja, zum Vampir.‹

Adrians Pupillen wurden riesig und ich nahm seine Überraschung wahr.

›Wieso sollte ich zum Vampir werden? Ich bin ein Wolf!‹, brummte er in meinem Kopf, als wäre das die logischste Erklärung.

Ich hätte nicht damit anfangen sollen. Es war dumm und naiv zu glauben, ich hätte das Glück, einen Mann in meinem Leben halten zu können! Um Adrian dies nicht wissen zu lassen, verschloss ich einen Teil meines Geistes und machte Anstalten, aufzustehen.

›Hey ...‹ Er hielt mich fest, zog mich sogar noch näher an sich heran. ›Reicht es für den Augenblick nicht, dass du mich gerettet hast?‹

Adrian betrachtete mich mit diesem durchdringenden Blick und ich nickte lächelnd. Obwohl er angeschlagen war, sah er noch immer unheimlich gut aus. Der Dreitagebart machte ihn fast schon verwegen. Diesen Mann wollte ich nicht missen.

›Natürlich‹, gab ich zurück, obwohl ich mich unsicher fühlte.

Wie sehr ich mir gewünscht hatte, er wäre am Ende doch einer von uns.

Wie in Zeitlupe hob der Mann vor mir den Kopf. Seine Lippen legten sich auf die meinen und ich erzitterte. Diese Geste brachte meine komplette Gefühlswelt durcheinander. Ich empfand sofort Lust, Liebe und den Wunsch, ihn für mich zu kennzeichnen.

Ich stutzte. Was dachte ich da?

›Ich fürchte, da sind meine Sinne Amok gelaufen.‹

Adrian schmunzelte an meinem Mund, was mich neugierig machte. Gab es etwa bei Wölfen ebenfalls eine Art Ritual?

›Wieso kennzeichnen? Wie meinst du das?‹

Er beschrieb es mir. Anscheinend war es bei Wölfen Gang und Gäbe, den Partner mit einem kräftigen Biss zu markieren, sodass die Abdrücke an einer offensichtlichen Stelle zu sehen waren, zwar nicht für Normalsterblich, aber als Warnung für andere Wölfe. Ich grinste bei dem Gedanken. Das würde bei mir nicht funktionieren, da Wunden bei Vampiren komplett verheilten. Das wiederum bedauerte Adrian spürbar.

›Wir sind schon ein eigenwilliges Paar‹, meinte er und betrachtete mich nachdenklich. ›Ich meine ...‹

Weiter kam Adrian nicht, denn Laer kehrte mit den Blutkonserven zurück und schien gar nicht zu realisieren, was er da unterbrach. Bestimmt drückte er mir einen Beutel an die bereits ausgefahrenen Zähne und murmelte verärgert vor sich hin.

Ich verstand nur etwas von »Mutter« und »Hölle heiß machen.«

***

»Er ist noch am Leben und weiterhin ein Wolf«, telefonierte David mit Robert Allerton und berichtete ihm zudem von den letzten Vorkommnissen.

Am liebsten hätte ich die Sache zwischen Adrian und mir geheim gehalten, doch David, dieses Klatschweib, war schneller am Handy gewesen, als ich gucken konnte. Währenddessen saß B. in aller Seelenruhe da und beäugte mich.

»Woher wusstest du, dass es klappen wird?«

Ich hatte es nicht gewusst. Es war mir schlichtweg keine andere Wahl geblieben. Adrian zu verlieren, wäre eine Qual für mich gewesen. Das musste ich mir mittlerweile eingestehen. Dahin war sie, meine ach so eisern erhaltene Professionalität. Wobei die bereits an der letzten Raststätte einen gewaltigen Knacks abbekommen hatte.

Der Ermittler nickte, ohne dass ich etwas auf seine Frage entgegnete. Er stand auf und tätschelte mir im Vorbeigehen die Schulter.

»Ich denke, David und ich werden demnächst fahren. Die persönlichen Dinge des Professors sind in eurem Wagen. Euer Haustier hat die ganze Zeit darauf aufgepasst.« B. lächelte. »Und ich schlage vor, ihr zieht weiter und der Aufräumtrupp nimmt sich dieser Etage an.«

Ich stimmte zu. Es war in der Tat besser, von hier zu verschwinden.

»Ich hoffe nur, Laer ist nicht allzu sauer. Schließlich haben wir Nataschas Spur durch den Tod des Professors verloren.«

B. zuckte mit den Schultern.

»Der kriegt sich bestimmt ein«, meinte er und grinste mich aufmunternd an.

Ich mochte den Kerl. Er hatte eine angenehme Art, ganz im Gegensatz zu seinem neuen Partner. Es war zwar schon etwas her, seit Laertes in der Zentrale aufgehört hatte, um nur noch für den Rat zu arbeiten, doch der eine oder andere Kontakt war geblieben. B. war stets loyal, ein echter Partner.

»Schauen wir mal«, seufzte ich und wandte mich dem Hotelzimmer zu, in dem Adrian nach wie vor auf dem Bett lag und sich ausruhte.

Er sah mich aufmerksam an, als ich den Raum betrat.

»Laer ist zur Balkontür raus. Ich denke, der brauchte etwas frische Luft.«

Der Wolf klang ruhig, aber seine Gefühle verrieten ihn. Adrian machte sich Sorgen, ob noch Ärger anstand, wenn mein Bruder zurückkkam.

»Das wird schon«, sagte ich leise und bewegte mich auf ihn zu. »Wie geht es dir? Bereit aufzubrechen?«

Der Alpha nickte. Er setzte sich an die Bettkante und wollte gerade aufstehen, als ich etwas an seinem Hals entdeckte. Hastig lief ich zu Adrian und untersuchte die eigenartige Verfärbung seiner Halsschlagader.

»Was ist?«, fragte er, während ich vorsichtig über die blaue Stelle strich.

»Lass uns einfach gehen. Ich muss dich in meinem Labor untersuchen.«

Ich wollte mich von ihm lösen, doch Adrian fing mich geschickt ein, legte die Arme um mich und schmiegte das Gesicht an meinen Bauch. Diese Geste sorgte dafür, dass es mir ganz warm wurde. Es war so vertraut, als wären wir ein Paar.

»Ophelia ...?«, raunte er und ich spürte seine Bartstoppeln, die sich durch den dünnen Stoff meines Oberteils drückten.

»Ja?« Ich konnte mich kaum bewegen, genoss diesen Zustand allerdings in vollen Zügen.

»Denkst du, dass jemand wie ich ein normales Leben führen kann? Ich meine, mit einer Frau, eventuell einer Familie?« Adrians Worte ließen mich zögern, da ich nicht genau wusste, worauf er hinaus wollte. Sein Gesicht war verborgen und die Emotionen angespannt. »Ich weiß, ich bin ein Wolf, du ein Vampir ... Das wird es schwierig machen.«

Ich schluckte.

»Worauf willst du hinaus?« Ich war noch nie eine Person mit sonderlich viel Geduld gewesen und dieses ›um den heißen Brei‹ reden, lag mir ebenfalls nicht.

»Könntest du dir eine Zukunft an meiner Seite vorstellen? Wir sind verbunden, hatten unseren Spaß, aber wärst du auch bereit für etwas Festes?«, murmelte Adrian in den Stoff und mir entglitten die Gesichtszüge.

Er wollte ernsthaft mit mir zusammen sein? Eine echte Beziehung führen? Seine kostbare begrenzte Lebenszeit mit mir teilen? Allein bei dem Gedanken, diesem Vertrauen nicht würdig zu sein, bekam ich einen Kloß im Hals und mein Magen zog sich schmerzhaft zusammen.

Hatte ich wirklich diese Chance verdient?

15

Adrian

Ich nahm wahr, auf welche Weise Ophelia reagierte. Es war nicht das erste Mal, dass man mich nicht wollte, doch hier fühlte es sich an, wie ein Dolchstoß ins Herz.

»Ich ... Du musst dich natürlich nicht sofort«, begann ich und zog mich hastig zurück, aber sie hielt mich fest.

»Adrian! Hör auf, gleich wieder den Rückzug anzutreten! Ich hab Schiss, okay?! Das bedeutet aber nicht, dass ich«, sagte nun Lia und suchte nach Worten.

»Wir müssen los! Der Rat hat nicht nur das Aufräumkommando geschickt.« Wir fuhren beide zu Laer herum, der in der Terrassentür stand und ziemlich außer Atem war. »Ich schätze, Markus ist besorgt, dass du den Auftrag nicht mehr ernst nimmst. Der scheint den Braten zu riechen.«

Es war seltsam, dies von dem Mann zu hören, der eigentlich den Auftrag hatte, mich umzubringen. Lia strahlte ihren Bruder jedoch an und warf ihm meine Tasche zu.

»In Ordnung. Lass uns verschwinden.«

Sie griff nach meiner Hand und zwinkerte mir zu.

›Komm, Bello, wir gehen Gassi‹, dachte sie, gefolgt von einem glockenhellen Kichern in meinem Schädel.

›Ich bin ein Wolf, Reißzähnchen, kein Hund.‹

›Ich werde mich hoffentlich daran erinnern. Dennoch sollten wir uns beeilen. Sonst landen die Wölfe im Zwinger.‹ Bestimmt zerrte mich Ophelia hinter sich her, lief Laer nach, der allerdings in die gegengesetzte Richtung des Wagens rannte.

»Was ist mit Nico?«, wollte ich wissen und Lias Bruder knurrte.

»Der andere Zeckenteppich ist im Auto. Das habe ich vorsorglich umgeparkt. B. wird uns etwas Zeit verschaffen.« Das Muskelpaket verlangsamte den Schritt, als er mich ständig straucheln sah.

Etwas stimmte nicht. Mein Körper fühlte sich seltsam taub an.

»Oh, nein! Jetzt werden keine Faxen gemacht, Freundchen«, brachte Laer heraus und schob sich unter meine Schulter. »Allein schon auf den Papierkram kann ich verzichten.«

Mit aller Kraft schleppte er mich weiter, während meine Sinne förmlich Amok liefen. Ich roch mindestens zehn Vampire, mal von David und B. abgesehen, die sich auf dem Gelände befanden. Und da war noch einer direkt vor uns.

›Lia, stop!‹

Mit einer Handbewegung teilte sie meine Gedanken ihrem Bruder mit, der die Stirn in Falten legte.

»Ihr geht weiter. Sollte ich in einer Minute nicht nachkommen, fahrt ihr los. Lia, Unterschlupf Omega«, meinte er und griff nach seinen Waffen.

»Laertes«, flüsterte Ophelia, doch ein Blick von ihrem Bruder brachte sie zum Schweigen.

***

»Scheiße, scheiße, scheiße! Wieso kommt er nicht?!«

Lia schlug frustriert auf das Armaturenbrett. Ich hatte neben ihr auf der Beifahrerseite Platz genommen und versuchte, sie zu beruhigen. Meine Erfolgschancen waren jedoch gleich null. Laer war Familie, zudem ihr Zwillingsbruder. Da konnte ich mir den Mund fusselig reden, es würde nichts bewirken.

»Da kommt jemand«, knurrte Nico plötzlich hinter uns und tatsächlich hörte ich Schritte im Gras vor dem Fahrzeug.

»Motor starten.«

Etwas durchzuckte meinen Körper. Eine eigenwillige Lust zu kämpfen erfasste mich. Was war das?

›Adrian, nein!‹, sandte mir Lia noch den Gedanken, doch ich hatte die Tür bereits geöffnet, und war in Wolfsgestalt.

›Wow!‹, ging es mir durch den Kopf, denn die Welt hatte sich auf einmal verändert. Alles schien sich in Zeitlupe zu bewegen und die Eindrücke der Umgebung waren berauschend.

»Da sind sie ja«, murmelte unser Verfolger und ging sogleich zum Angriff über.

Ich wich dieser Attacke problemlos aus, fühlte mich unbesiegbar. Diese lahme Schnecke konnte mir nichts anhaben. Die nächsten Versuche sahen ähnlich aus, was mich nur noch selbstsicherer machte. Ich spielte mit dem Vampir Katz und Maus, genoss die Überlegenheit.

›Verdammt, Adrian! Wir wissen nicht, was das Zeug in deinem Kreislauf anstellen wird. Schick ihn ins Land der Träume, dann suchen wir meinen Bruder und verschwinden‹, fuhr mich Ophelia an, was mich eigenartigerweise extrem verärgerte.

Was bildete sie sich ein, mir Vorschriften zu machen? Ich war ein Alpha!

›Bello, bitte ...‹

Dieser seltsame Kosename brachte mich ins Stocken. Ich bereute es sofort, denn ein Schlag in die Seite ließ mich nach Luft schnappen. Der Vampir hatte diese Ablenkung ausgenutzt und verpasste mir nun einen Haken nach dem nächsten.

»Ich sagte doch Unterschlupf Omega«, hörte ich eine bekannte Stimme schlecht gelaunt brummen und mein Angreifer begann auf einmal, unkontrolliert zu zucken.

Den Stromschlag bekam ich ebenfalls ab, der mich augenblicklich zur Besinnung brachte. Was passierte mit mir? Ich wollte mich zurückverwandeln, aber mein Körper streikte. Er quittierte einfach den Dienst!

»Ihr geht mir beide auf den Geist!«, fuhr Laer mich an und ergriff mich im Nacken. »Lia! Rückbank. Nico, Beifahrer.«

Die beiden folgten den knappen Befehlen und mich schob Lias Bruder in Wolfsgestalt wie einen Hund in den zum Wageninneren verbundenen Kofferraum. Ich brummte bedrohlich, was Laer jedoch nur dazu veranlasste, mir eine Kopfnuss zu geben.

»Die war dafür, euch alle in Gefahr gebracht zu haben!«

Ich zog also lieber den Schwanz ein und gab Ruhe. Der Vampir war stinksauer.

***

Die Fahrt wurde länger, als ich erwartet hatte. Die ganze Zeit wollte ich wieder zum Menschen werden, aber ohne Erfolg. Es war zum Verrücktwerden!

›Wenn du dich aufregst, wird es erst recht nichts. Ganz ruhig‹, flüsterte Lia mir ein.

Unsere Blicke trafen sich im Rückspiegel und ich seufzte gedanklich.

›Ich habe keine Ahnung, was dieses Zeug mit mir angestellt hat. Was, wenn ich mich gar nicht mehr zurückverwandeln kann?‹ Ich hatte unheimliche Angst davor, denn diese animalische Seite würde mir alles nehmen, was ich derzeit wollte: Ophelia.

›Sollte es nicht klappen, werden wir wohl ein Skandalpaar. Eine Vampirdame und ein riesiger Wolf? Eine wahrlich verwerfliche Kombination, sogar für normale Menschen.‹ Meine Hübsche lächelte und mir wurde es warm in meinem Pelz.

Sie würde auch so ihr Leben mit mir teilen? Das war unglaublich sexy. Ich hoffte nur, sie würde es am Ende nicht bereuen.

»Boah, Leute! Mir wird gleich schlecht! Hört mit dem Scheiß auf. Es gibt Dinge, die will ich einfach nicht hören«, knurrte Laer auf einmal und schlug sich fest gegen die rechte Schläfe. »Diese Bilder werden mich jetzt wohl auf ewig verfolgen.«

Lia prustete daraufhin lauthals los. Es klang gelöst und fröhlich, was mir in dieser Situation ebenfalls guttat. Statt, dass die Panik weiter anhielt, musste ich Lächeln. Die Zwillinge waren schräg, aber mit jeder Minute, die ich mit ihnen verbrachte, verstand ich diese Verbindung mehr.

»Ich meine es ernst, Lia! Du musst den Typen wieder hinkriegen. Es gibt keine andere Option, sonst werde ich zum Einsiedler«, fügte ihr Bruder hinzu, doch ich bemerkte ein leicht angedeutetes Lächeln um seine Mundwinkel.

Der Kerl war verrückt, aber schwer in Ordnung.

16

Adrians Gefühle waren ein schreckliches Durcheinander. Als Wolf schien er sich auf der einen Seite nicht sonderlich wohl zu fühlen und dennoch weigerte sich sein Körper, ihn freizugeben. Was, wenn er tatsächlich in Wolfsgestalt blieb? Es würde an meiner Zuneigung zu ihm zwar nichts ändern, aber was konnte das für sein Leben bedeuten? Brauchte ein Alpha nicht ein passendes Weibchen? In was für eine Lehre müsste ich gehen?

Lächelnd schüttelte ich den Kopf. Wie schnell eine Partnerbindung doch wirkte.

Laertes neben mir gähnte. Wir waren jetzt seit gut sechzehn Stunden auf den Beinen und der Einsatz begann nun doch langsam an seinen Kräften zu zehren. Wir hatten nur einmal gehalten, um uns die Füße zu vertreten und Plätze zu tauschen.

»Soll ich eine Runde fahren?«, erkundigte ich mich, aber Laer schüttelte den Kopf.

»Lass mal. Sind in der Nähe von Beta. Wir übernachten dort.«

Beta, sprich unser Zuhause aus Kindertagen. Ich seufzte leise. Zu dieser vertrackten Situation auch noch die Erinnerungen an früher ertragen müssen? Das hatte mir gerade noch gefehlt. Glücklicherweise war Adrian eingeschlafen und bekam von den Ängsten, die mich überkamen, nichts mit. Nervös knetete ich die Hände in meinem Schoß und starrte aus dem Fenster.

»Wegen Peter?«, raunte Laer und ich nickte. »Vielleicht ist es gut, wenn du dich damit beschäftigst und einen Abschluss findest. Schau nach vorn! So gruselig ich deine neue Wahl auch finde, besser als einem Toten hinterher zu trauern ist es allemal. Und nagel mich jetzt nicht darauf fest, aber der Typ hat wenigstens Charakter.«

Ich wusste ja, dass er recht hatte. Es war dennoch schwierig die Stimmen in meinem Inneren auszublenden, die selbst nach all der Zeit noch überlegten, was ich hätte tun können, um die beiden zu retten. Wegen mir wurde ihr Leben auf grausame Weise beendet. Maggie hatte noch nicht einmal die Chance gehabt, in die Pubertät zu kommen.

»Es war nicht deine Schuld, Lia«, wiederholte mein Bruder diesen Satz zum gefühlt tausendsten Mal.

»Ich weiß.«

Leider glaubte ich nicht daran. Mein Labor, meine Chemikalien. Zwei Leben auf meiner Liste.

***

Alles war wie damals. Leise schritt ich auf die Haustür zu und wartete auf Laertes, der die Klappe des Kofferraums geöffnet und Adrian in die Freiheit gelassen hatte. Der tänzelte etwas herum, ehe er kurzentschlossen in einem Gebüsch verschwand. Ich biss mir auf die Unterlippe, um nicht zu lachen. Bei Adrian konnte ich mir vorstellen, dass es ihm unangenehm war, sich auf diese Weise zu erleichtern.

Nico blickte dem Alpha nach und überlegte.

»Keinen zweiten Wolf«, knurrte mein Bruder direkt und der Junge schaute schuldbewusst drein.

Er folgte mir durch die alten Räume, bestaunte das Mobiliar und ließ sich schlussendlich von mir das Badezimmer zeigen.

»Und wo bleibt dein Spring-ins-Gebüsch?«, fragte mein Bruder, als ich ihn in der Küche traf.

Spontan zuckte ich mit den Schultern.

»Ich hol ihn«, flüsterte ich und marschierte in die Nacht hinaus.

Der Sommer war noch in vollem Gange und die Luft wirkte etwas stickig. Ich ging ein paar Schritte und lauschte. Vogelgezwitscher und das Rascheln der Blätter im Wind. Im Garten hörte ich eine Bewegung und lief darauf zu.

»Adrian?«, hauchte ich, konnte jedoch niemanden entdecken. »Adrian, wo bist du?«

Ein Schatten bewegte sich in solch einer Geschwindigkeit auf mich zu, dass ich nicht mehr in der Lage war zu reagieren, sondern erst, als ich zu Boden gedrückt wurde. Über mir baute sich der riesige schwarze Wolf auf und grollte bedrohlich. Sein Verhalten machte mir eine Gänsehaut. Was war denn nun schon wieder los?

›Bello?‹, sandte ich ihm diesen Gedanken und wurde unsicher, als er nicht gleich reagierte.

Etwas war hier definitiv faul. Mit der rechten Hand strich ich ihm zitternd durchs Fell. Der Wolf begann auf einmal zu winseln und stupste mich mit der Schnauze an. Wieso antwortete er mir nicht?

›Was ist los?‹ Ich rappelte mich auf und untersuchte ihn, doch äußerlich schien ihm nichts zu fehlen.

Er blickte mich nur mit traurigen Augen an.

›Okay, du kommst sofort mit rein‹, beschloss ich und bewegte mich in Richtung Haus. Adrian stand jedoch da, rührte sich nicht und machte keine Anstalten, mir zu folgen. ›Ich muss dein Blut untersuchen. Ohne das können wir nur raten.‹

Er hielt mir zwar die Pfote hin, wollte allerdings nicht mit ins Haus. Hielt er sich etwa für eine Gefahr? Vermutlich machte er sich deshalb Sorgen. Erst konnte er sich nicht mehr zurückverwandeln, dann fiel die Kommunikation zwischen uns aus. Was kam also als Nächstes?

»Nichts wird passieren, Mann!« Laertes war mir nach draußen gefolgt und beäugte den Wolf, der schnaubte. »Na, ich versteh dich noch gut. Und jetzt pack deinen Fellhintern ins Haus!«

Die Bestimmtheit meines Bruders beruhigte mich und auch Adrian schien auf ihn zu reagieren. Er lief zu mir und drückte den Körper leicht an meine Beine. Ich spürte seine Zuneigung und lächelte. Er wollte mich nicht verletzen, das verstand ich. Dieser Mann sollte allerdings verstehen, dass ich alles tun würde, um ihn zu retten. Vermutlich war das ein Grund, wieso mir unser Onkel nicht mehr traute. Ich war ein Risiko geworden – und Markus hasste unberechenbare Situationen.

***

Geduldig hatte er alle Untersuchungen über sich ergehen lassen, während Laertes und Nico in Richtung ihrer zugeteilten Betten marschiert waren. Immer wieder stupste mich Adrian an und sah dann zur Uhr, als wollte er mich ermahnen, dass es zu spät wurde. Es war mittlerweile kurz nach drei in der Nacht. Vielleicht hatte er ja recht.

»In Ordnung, lass uns schlafen«, gähnte ich und beobachtete, wie sich der schwarze Wolf auf dem Boden ausstreckte. »Oh nein ... Du kommst mit mir.«

Ich bestand darauf, obwohl Adrian brummte. Er tapste hinter mir her, die Treppen zu meinem Schlafzimmer hinauf und von den anderen weg. Ich hatte keine Lust, die ganze Zeit von deren Schnarchen gestört zu werden. Laertes betrieb, zumindest vom Geräusch her, ein aufgebautes Sägewerk und Nico stimmte mit ein. Schrecklich! Ob Adrian ebenfalls schnarchte?

Kaum in meinen eigenen vier Wänden sah sich mein Liebster aufmerksam um. Er schien die Umgebung genauestens zu studieren. Ich schüttelte den Kopf, denn er suchte automatisch nach Winkeln, die gesichert werden müssten. Mein Wachhund.

»Na komm, ab aufs Bett mit dir.« Ich klopfte neben mich und mit einem Satz war er bei mir.

Adrian brummte leise.

»Wärst du kein Wolf, würde ich unser Erlebnis auf dem Parkplatz glatt wiederholen«, hauchte ich und seufzte.

Der schwarze Wolf rieb den Kopf an mir und es klang fast wie ein Schnurren. Ich kraulte ihn hinter den Ohren und das Geräusch wurde lauter. Die Vibration kitzelte mich und ich bekam erneut an diesem Tag eine Gänsehaut.

»Ich hätte da ja noch eine Idee ... aber es bleibt riskant.«

Er legte den Kopf schief, verstand allerdings, als ich ihm mein Handgelenk hinhielt.

»Versuchen wir es?«, wollte ich im Flüsterton von Adrian wissen, der sichtlich überlegte.

Es dauerte einige Sekunden, ehe er nickte. Grinsend zückte ich eine meiner Klingen und zog sie durch das dünne Fleisch. Mein Liebster erzitterte. Mir machte es nichts aus, aber Adrian fand es wohl befremdlich, dass ich es tat, als wäre nichts dabei, mich zu verletzen. Aufmunternd lächelnd hielt ich ihm das Handgelenk hin.

»Trink!«

Ein Schauer überkam mich, als er den großen schwarzfelligen Kopf senkte und das Blut ableckte. Es war ein eigenartiges Gefühl, diese pelzige Zunge auf der Haut zu spüren. Ich zuckte mehrmals, da es kitzelte. Ein Verlangen durchströmte meinen Körper, das nicht von mir stammte. Automatisch lächelte ich.

›Weiter‹, forderte ich und Adrian brummte.

Er hatte mich also gehört. Ich stöhnte leise auf, als sich auf einmal Bilder in meinem Kopf formten. Dieser Mann, wie er mich auf alle möglichen Arten liebte und verwöhnte.

›Zieh dich aus‹, klang seine Stimme sogar in Gedanken rau und sehnsüchtig.

Oh Gott! Wollte ich das jetzt tatsächlich tun? Ich zögerte.

›Ophelia ...‹ Adrian entfernte sich etwas vom Bett. ›Ausziehen! Dann geh auf alle Viere.‹

Der Tonfall war sehr bestimmt, was mich dazu brachte, dem Befehl nachzukommen, obwohl ich vor Unsicherheit zu zittern begann. Was machte ich hier? Wollte ich das wirklich?

Vollkommen entblößt wurde ich von dem riesigen schwarzen Wolf begutachtet.

›Sei ein braves Mädchen‹, knurrte er und ich krabbelte aufs Bett zurück.

Auf allen vieren wartete ich, wobei mein Körper zitterte wie Espenlaub. Ich musste wirklich vollkommen verrückt geworden sein!

»Ich musste einfach wissen, wie weit du gehen würdest«, raunte Adrian auf einmal in mein Ohr und große Hände streichelten meine Kurven.

Er hatte es geschafft, sich zum Mann zurückzuverwandeln. Erleichterung machte sich in mir breit, obwohl ich diesen fiesen Kerl auch gern dafür bestraft hätte, mich derart zu hintergehen. Mich auf die Probe zu stellen! Und das auf diese Weise! Er lachte leise.

»Also, wenn du nicht möchtest ...« Er wollte sich von mir lösen, aber ich hielt ihn mit einem Wimmern auf.

»Doch. Jetzt! So«, keuchte ich und rieb mich an ihm.

Nun wollte ich keine Spielchen mehr. Ich wollte Adrian!

›Ganz wie du es wünschst, Weib.‹

Ich senkte mein Gesicht ins Kissen vor mir, als er sich in mich schob und stöhnte laut hinein. Die Emotionen waren so unglaublich intensiv. Wie hielten es andere gebundene Paare nur aus, nicht die ganze Zeit im Bett zu verbringen? Oder nahmen sie sich die ersten zehn Jahre einfach eine Auszeit? So lange, würde ich schätzen, bräuchten Adrian und ich für ein vernünftiges Maß an Emotionen.

›Wie wäre es mit auspowern bis zur Erschöpfung?‹ Adrians Stimme klang nun amüsiert, obwohl auch er schwer atmete.

›Challenge accepted.‹

17

Adrian

Obwohl ich meine Menschengestalt angenommen hatte, fühlte es sich irgendwie anders an. Es war wilder und ungezügelter. Einen Virus konnten wir mittlerweile ja ausschließen. Lag es also an Lia oder dem chemischen Cocktail, den ich intus hatte?

›Vielleicht auch beides‹, flüsterte eine Stimme in mir und ich biss meiner Vampirfrau spielerisch in den Nacken.

Ihr Körper zuckte und eine Welle der Erlösung schwappte über mich hinweg. Meine kleine Sexbombe kam zum Höhepunkt und stöhnte ins Kissen.

›Oh ja …‹, sandte ich ihr ein Keuchen. ›Ich könnte stundenlang so weitermachen. Du bist alles, was ich brauche.‹

Lias Fingernägel gruben sich in meine Oberschenkel, während ich sie weiterhin kraftvoll liebte. Der Schmerz brachte mich beinahe um den Verstand. Ich wollte mehr von ihr, stieß tiefer und jedes Stöhnen feuerte mich an, die Intensität noch zu steigern. Dieses Weib machte mich süchtig! Ihre Kurven, die helle zarte Haut und die langen schlanken Beine, die zu zittern begannen, wenn sie kam.

***

Müde und zufrieden strich ich Ophelia über den Rücken. Wir hatten uns zusammen gekuschelt und genossen das Gefühl der Vertrautheit. Genau jetzt waren wir eins.

›Also in Sachen Sex passen wir exzellent zusammen‹, meinte Lia in meinem Kopf und ein Hauch Röte stahl sich auf ihre Wangen.

›Ja, hier stimmt auf jeden Fall die Chemie.‹

Sie kicherte leise.

›Sagt der gedopte Wolf der Chemikerin‹, klang ihre Stimme amüsiert und auch ich lächelte.

Ich befürchtete jedoch, dass diese gelöste Atmosphäre nicht mehr lang anhalten würde. Mein Körper schmerzte unangenehm, als hätte ich etliche Runden mit Luke in dessen Kampfring hinter mir. Lukas. Wieso dachte ich ausgerechnet jetzt wieder an ihn?

Ein Ruck ging plötzlich durch meine Glieder und ich keuchte. Das Verlangen, mich erneut in einen Wolf zu verwandeln wurde fast übermenschlich. Die Triebe drehten völlig durch. Was war das nun schon wieder? Wieso ausgerechnet jetzt?

Lia legte die Hand auf meine Brust. Sie wirkte besorgt.

›Was ist los?‹

Wenn ich das nur gewusst hätte ... Ich konnte ihr weder antworten, noch mich bewegen. Panik ergriff mich. Was, wenn ich mich jetzt verwandelte und Ophelia verletzte?

›Ganz ruhig. Es wird nichts geschehen. Trink!‹, hauchte sie und ich schmeckte Blut.

Sie hatte sich abermals geschnitten. So konnte es doch nicht weiter gehen! Meine Partnerin ständig bluten zu lassen, nur, dass ich ein Mensch blieb?! Das würde sie auf Dauer nicht schaffen und ich ebenfalls nicht.

›Du grübelst schon wieder. Hör auf damit und trink. Wir brauchen ein bisschen Zeit, um dich zu retten, und das verschafft sie mir.‹ Liebevoll strich Lia mir über die Wange und ich nahm den ersten Schluck.

Schon beim ersten Mal war es mir aufgefallen, hatte es jedoch auf die Chemikalie und das Adrenalin geschoben, aber nun nahm ich es allzu deutlich wahr: Lias Blut schmeckte nach mehr! Es ertränkte mich in süßem Leben, stärkte meinen Körper und weckte den Wunsch in mir, nie wieder mit dem Nähren aufzuhören. Aber das musste ich! Je mehr ich von Ophelias Blut trank, desto schwächer wurde sie. Es war stets ein großes Risiko, dem sie sich aussetzte.

»Mir geht es gut«, hauchte sie und lächelte matt. »Ich werde nur langsam müde.«

Sie sank in die Kissen und ich säuberte die Wunde, sodass sie sich verschließen konnte. Schuldgefühle trafen mich, als ich meine Liebste ansah. Ihre Haut war blass, die Lippen ebenfalls und ihr Atem ging recht flach. Sanft strich ich ihr über die Wange.

»Ophelia? Wo habt ihr die Blutbeutel? Ich hole dir welche.«

»Leer. Morgen wieder«, flüsterte Lia und die Emotionen ebbten prompt ab.

Sie war eingeschlafen.

***

Ich war definitiv verrückt und lebensmüde. Laertes schnarchte in seinem Zimmer und würde mich killen, wenn er erfuhr, was ich mit seiner Schwester angestellt hatte. Sie brauchte jedoch Blut und er wusste, woher wir welches bekommen konnten. Hastig marschierte ich zu seinem Bett und begann, ihn zu rütteln und zu schütteln. Es dauerte, bis er eine Reaktion zeigte.

»Was?«, brummte er und wollte sich auf die andere Seite zum Weiterschlafen drehen, was ich allerdings gerade noch zu verhindern wusste.

»Lia braucht Blut«, zischte ich ihm zu und Laer riss sogleich die Augen auf.

»Scheiße, Adrian, was machst du hier? Ein beschissener Zeitpunkt für einen Kerl in meinem Zimmer.« Er wirkte weiterhin im Halbschlaf und gähnte herzhaft. »Was ist mit Blut?«

Ja, das Muskelpaket stand noch komplett neben sich. Laertes rieb sich die Augen.

»Wir müssen Blut besorgen«, knurrte ich und machte ein paar Schritte auf die Tür zu.

»Du bist ja nackt.« Laer wandte hastig den Blick ab. »Zieh dich an, verdammt! Und wieso willst du um diese Uhrzeit Blut besorgen? Es hat doch nichts offen. Ob du es glaubst oder nicht – nicht alle Vampire sind nachtaktiv.«

Allmählich machte mich diese Begriffsstutzigkeit sauer. Lia brauchte Hilfe und ihr dämlicher Bruder kam nicht aus dem Quark! Sollte ich es ihm aufmalen oder lieber einprügeln? Von meiner Stimmung her wäre letzteres meine erste Wahl gewesen.

»Lia braucht Blut«, wiederholte ich drängender und fuchtelte mit den Armen. »Sie liegt im Bett und ist total bleich. Ich fürchte, das kann nicht bis morgen warten.«

Das schien endlich Laertes Lebensgeister zu wecken.

»Was? Wieso hast du das nicht gleich gesagt?!«

Er stürmte an mir vorbei und ich musste mich beeilen, um ihm folgen zu können. Diese Vampire waren echte Sprinter und ich in der Menschengestalt noch sehr wackelig auf den Beinen.

Ophelia lag noch immer schlafend auf dem Bett, als ihr Bruder auf sie zu hastete. Rasch zog er sie an sich und drückte sein Handgelenk gegen ihren Mund. Ich unterdrückte ein Knurren. Im Bezug auf diese Frau war ich wohl auf alles und jeden eifersüchtig, auch wenn es sich hier um ihren Zwillingsbruder handelte.

»Beichte, was habt ihr angestellt?«, fuhr Laer mich an und ich zuckte schuldbewusst zusammen.

Sollte ich ihm tatsächlich die Wahrheit sagen? Dann war ich auf jeden Fall ein toter Mann.

»Erspar dir euren Sex! Das kann ich leider riechen.« Er rümpfte die Nase und mir wurde seltsam heiß. Sein Blick verriet, dass ich jetzt bloß nichts Falsches sagen sollte. »Wieso hat Lia so wenig Blut im Körper?«

»Nun ... Also«, stammelte ich und hatte keinen Schimmer, was ich Laertes erzählen sollte und von Ophelia aus durfte.

»Meine Schuld«, flüsterte die auf einmal.

Sie war wach geworden und hatte sich vom Handgelenk ihres Bruders gelöst.

»Es war ein Experiment. Ich gebe zu, es war unüberlegt.«

Laertes schnaubte.

»Unüberlegt ist gar kein Ausdruck dafür! Du ruhst dich jetzt aus. Morgen reden wir weiter. Und du ...« Laer funkelte mich wütend an, als wäre alles allein meine Schuld. »Du schläfst auf der Couch im Wohnzimmer, wo ich dich im Auge behalten kann.«

Ich nickte, zog es vor, dem Lebensretter meiner Liebsten nicht zu widersprechen. Lia fühlte großes Bedauern, als ich mich abwandte, um zu gehen, doch so müde, wie sie war, würde sie vermutlich eh gleich wieder einschlafen.

›Du wirst mir dennoch fehlen.‹ Sie lächelte. ›Mein heißblütiges Fellknäuel.‹

›Weißt du was? Du mir auch. Schlaf trotzdem schön, du Knallfrosch‹, scherzte ich und sie verkniff sich ein Grinsen.

»Raus jetzt! Es reicht!« Unsanft schob ihr Bruder mich aus dem Raum.

Ich blieb einen Augenblick vor der Zimmertür stehen, die mir Laer vor der Nase geschlossen hatte, unschlüssig, was ich tun sollte. Müde war ich nicht sonderlich, vor allem nach dem Adrenalinstoß. So schlurfte ich weiterhin nackt in Richtung Küche und füllte mir ein Glas mit Wasser. Ich lauschte. Eventuell hielt Laer seiner Schwester noch eine Standpauke, denn es dauerte, bis ich seine Schritte im Flur hörte.

»Keine Ausflüge mehr in fremde Schlafzimmer«, warnte er mich, als ich ihm im Wohnzimmer begegnete.

Er hatte mir eine Decke und ein Kissen auf die Couch geworfen, drehte mir bereits den Rücken zu und machte Anstalten, zurück in sein Zimmer zu stapfen.

»Danke.« Hätte man mir einmal gesagt, ich würde einem Blutsauger solch ein Wort entgegen bringen, wäre ich von dessen Irrsinn ausgegangen. Nun empfand ich es tatsächlich: Ich war dem Blade-Verschnitt zu Dank verpflichtet.

Er brummte als Antwort und verschwand in seinem Raum, lehnte die Tür jedoch nur an. Ich stand wieder unter Beobachtung.

***

Laertes Schnarchen war wirklich nervtötend und ich schaffte es einfach nicht, es auszublenden. Es war nicht das erste und auch nicht das lauteste Schnarchen, dem ich je ausgesetzt worden war, denn Bert hatte teilweise ganze Regenwälder im Schlaf niedergerissen, aber dennoch war es mir fremd. Gequält warf ich mich auf die andere Seite und startete einen erneuten Versuch, doch noch etwas Schlaf zu finden.

›Kannst du nicht schlafen?‹, hörte ich Ophelias Stimme und entspannte mich augenblicklich.

›Nein, ich bin hellwach.‹

›Das spüre ich. Aber wieso?‹, hauchte sie und ich wäre am liebsten aufgestanden und zu ihr zurückgekehrt.

Sie klang noch immer erschöpft. Das bereitete mir zusätzlich Sorgen.

›Du hast mir einen ziemlichen Schreck eingejagt.‹

Etwas bewegte sich im Dunkeln und ich hielt den Atem an. Lia kam beinahe lautlos auf mich zu. Sie wirkte wie eine Erscheinung. Ihr Traumkörper steckte in einem weißen Hauch von Nichts, das im schummrigen Licht seidig glänzte. Dieses Weib war so sexy. Wie sollte ich ihre Anwesenheit nur aushalten?

›Ich möchte kuscheln.‹ Sie schlüpfte unter die dünne Decke und schmiegte sich an mich.

Lächelnd atmete ich diesen umwerfenden süßen Duft ein. Ophelia roch einfach wunderbar.

18

Ich nahm wahr, wie sich Adrian an meiner Seite entspannte und langsam wegdämmerte. Er musste ebenfalls komplett erledigt sein, dank der vielen Vorkommnisse und meiner Dummheiten. Das Blut hatte ihn als Menschen erhalten. Keine Wandlung, aber der Stillstand der Mutation. Ich dachte an das Ding, das aus dem Professor geworden war. Für mich hatte es nichts mehr von einem Wolf gehabt.

›Das wäre auch aus Adrian geworden, wenn ich es nicht aufgehalten hätte. Und wer weiß schon, wie hartnäckig das Zeug ist. Ich muss weiterhin auf der Hut sein, jede Veränderung beachten.‹

Ich erinnerte mich an die Anzeichen, den fehlenden Kontakt und seine Verzweiflung. Auf jeden Fall würde ich ihn retten! Sollten wir diese Natascha in die Finger bekommen, würde ich sie gleich über die Arbeiten des Professors ausfragen, zur Not mit allen mir verfügbaren Mitteln. Ich brauchte dringend Antworten!

Im Schlaf zog Adrian mich näher an sich und vergrub das Gesicht an meinem Hals. Ich fühlte sogleich, wie sich eine Gänsehaut bildete und grinste. Mein Bello war recht verschmust, dann im nächsten Augenblick wild und leidenschaftlich. Das mochte ich sehr. Und dieser Kick, als er etwas dominanter geworden war ...

Ich unterdrückte ein Seufzen.

Seine Finger strichen im Schlaf über meine Seite, wanderten daraufhin zu meinem Bauch und dann tiefer. Ich biss die Zähne zusammen und betete, keinen Laut von mir zu geben. Hier würde uns mein Bruder auf jeden Fall hören.

›Hey, nur kuscheln‹, sandte ich ihm diesen Gedanken und Adrian regte sich.

Wie ein Schlafwandler schien er einfach einem Plan zu folgen und hatte nicht die Absicht, ihn aufzugeben. Stattdessen gelitten diese erkundungsfreudigen Finger in meinen Slip, den ich brav angezogen hatte, nachdem die beiden Männer gegangen waren. Ich schnappte nach Luft.

›Bello, so werden wir bestimmt erwischt‹, flüsterte ich ihm ein, obwohl das Gefühl erneut unglaublich gut war. ›Ich werde nicht ruhig sein können.‹

›Musst du aber, wenn du nicht willst, dass mich dein Bruder eigenhändig erwürgt.‹

Adrians Stimme klang verschlafen, aber er war definitiv wieder wach. Seine Fingerspitzen hatten ihr Ziel gefunden und ich rang zitternd um Atem.

Ich hörte in meinem Inneren einen amüsierten Laut, fast wie ein Lachen. Dieser Alpha hatte also seinen Spaß an diesem gefährlichen Spiel. Das fachte ebenfalls ein Feuer in mir an.

›Bello‹, stöhnte ich in seinem Kopf und wollte mich bewegen, um ihm die Möglichkeit zu geben, mich zu nehmen, doch er hielt mich fest.

›Nicht jetzt.‹

Der Druck auf meine empfindliche Mitte steigerte sich und ich biss mir in die Hand, um ja keinen Laut von mir zu geben. Adrian küsste zärtlich meinen Hals.

›Zu schade, dass ich dich nicht kennzeichnen kann‹, raunte er mir zu und allein dieser Gedanke wurde fast zu viel für mich.

Ich erzitterte, als mich der nächste Höhepunkt traf. In dieser Nacht hatte ich bereits einige gehabt, sie schienen jedoch jedes Mal eine andere Intensität zu haben, je nach Adrians Emotionen. Das war verrückt!

›Daran könnte ich mich gewöhnen‹, knurrte mein Lieblingswolf und rutschte plötzlich tiefer.

Mir wurde abwechselnd heiß und kalt, als er unter der Decke verschwand und an meinem Slip zerrte, bis dieser nachgab. Ich war ihm in diesem Moment hilflos ausgeliefert, vollkommen entblößt und verletzlich. Hoffentlich bekam keiner der anderen beiden etwas mit.

›Rutsch etwas höher und spreizt die Beine‹, befahl er und ich tat es, obwohl mir schon jetzt schwindelig wurde. ›Wie war das mit *Challenge accepted*?‹

Kaum war ich ein Stück nach oben gerutscht, nahm ich Adrians Lippen an meiner empfindlichsten Stelle wahr und rang um Selbstbeherrschung. Er schien wahrlich seinen Spaß daran zu haben, dass ich nicht auffliegen wollte.

›Ich will nur sichergehen, dass ich diese Wette gewinne‹, hörte ich die sexy raue Stimme und unterdrückte ein Keuchen.

Schritte im Flur ließen mich verkrampfen. Oh Gott! Nico war wach. Er bewegte sich auf uns zu. Hastig zog ich die Decke noch etwas weiter über mich. Was würde passieren, wenn er Adrian und mich in flagranti erwischte?

›Deshalb musst du leise sein.‹ Adrian legte sich noch mehr ins Zeug und ich lief Gefahr, Sternchen zu sehen, obwohl ich plötzlich wie Espenlaub zitterte.

Licht ging im Flur an und ich zupfte die Decke abermals zurecht, dass ich mir nicht vollkommen entblößt vorkam. Der junge Wolf stapfte durch die Räume und schien etwas zu suchen. Verzweifelt biss ich mir auf die Zunge. Ein Finger schob sich auf einmal in mich und ich zuckte. Dieser miese Kerl ließ uns noch auffliegen!

Nico hatte einen Blick ins Bad geworfen und war dann weiter geschlurft. Was suchte er, verdammt noch mal?!

Ich spürte einen erneuten Höhepunkt ganz deutlich auf mich zusteuern und krallte mich ins Bettzeug. Betend schloss ich die Augen, bettelte geradezu um Erlösung und Adrian wusste genau, was er tun musste. Mein Körper zuckte und wellenartig glitt der Orgasmus über mich hinweg. Ich seufzte leise, versuchte, dies noch im Kissen zu ersticken, doch es war zu spät. Hastige Schritte machten mir klar, dass Nico uns gehört hatte und fluchtartig das Weite suchte.

Adrian lachte leise zwischen meinen Schenkeln.

›Nicht lachen, schließlich bist du schuld! Oh Gott, wie peinlich ...‹

›Er wird es überleben und dir steht das Erröten ziemlich gut‹, meinte er in meinem Kopf und kassierte einen leichten Tritt.

Dafür biss er mir spielerisch in den Oberschenkel. Ich zuckte erschrocken zusammen.

›Au!‹

›Du hast angefangen‹, ermahnte er mich und ich grinste.

Vielleicht hatte er da ja ausnahmsweise recht.

»Ihr seid wie zwei sexhungrige Teenager!«, brummte mein Bruder genervt, als er uns am nächsten Morgen gemeinsam auf der Couch erwischte. Ich lief sofort rot an, aber Adrian versicherte feixend, dass wir keinen Geschlechtsverkehr gehabt hätten.

»Und das ist noch nicht einmal gelogen, auch wenn es all meine Selbstbeherrschung gekostet hat«, raunte er und ich blickte weg, um nicht noch mehr einer Tomate zu ähneln.

Nico kam dazu und wirkte peinlich berührt. Sogleich drehte ich mich um. Wie sollte ich den Tag nur überstehen? Ich konnte doch nicht jedem Anwesenden immerzu aus dem Weg gehen. Das würde ein wahrer Spießrutenlauf werden.

»Ihr frühstückt jetzt erst einmal, während ich die Blutbeutel organisiere.« Laer hatte wohl Brötchen organisiert, während wir schliefen, und rauschte nun ab.

Ich blickte hinter ihm her. Seine Stimmung war eigenartig, das konnte ich deutlich spüren. Machte er sich weiterhin Sorgen betreffend meiner Partnerwahl? Wobei man hier ja nicht wirklich von einer Wahl sprechen konnte! Es erinnerte eher an eine Geiselnahme. Ich kam nicht gegen diese Emotionen an.

»Komm, du brauchst Kraft«, murmelte Adrian und strich mir zärtlich über den Arm.

Ich blinzelte. Würde er dieses Verhalten ab jetzt etwa beibehalten? Und das nicht nur, wenn wir allein waren? Mein Bruder würde uns auf jeden Fall einen Kopf kürzer machen!

19

Nico war außergewöhnlich still, aber ich spürte seinen Blick auf uns ruhen. Etwas schien ihn schwer zu beschäftigen. Ob es sich dabei um Lias und mein nächtliches Abenteuer handelte? Aber wieso sollte ihn das interessieren? Wir waren weiterhin Fremde für ihn, auch, wenn wir es vermieden hatten, ihn als Beweis oder Zeuge an den Rat auszuliefern. Dieses unscheinbare Kerlchen wusste vermutlich eh nichts. Wobei er mir oft zu unbekümmert wirkte. Andere frisch gewandelte Wölfe hatten da wesentlich mehr mit ihren Triebe zu kämpfen – von Gefühlsausbrüchen ganz zu schweigen.

»Und was haben wir nun vor?«, erkundigte er sich und ich bemerkte eine Veränderung an Lia, die für den Bruchteil einer Sekunde überrascht die schmalen Augenbrauen hob.

»Wir suchen nach einer Spur und einem Mittel, um Adrian davon abzuhalten, wieder ein Monsterwolf zu werden.« Ihre Worte waren knapp und mich beschlich ein eigenwilliges Gefühl.

›Was ist los?‹, fragte ich sie, unsere gedankliche Verbindung nutzend.

›Nur so ein Gefühl. Könnte auch erneut meine Paranoia sein.‹ Sie schnappte sich ein Brötchen vom Tisch und einen Löffel voll Marmelade.

Ihre Art, sich ein Brötchen zurechtzumachen, war eigenwillig. Mit dem Daumen verpasste sie diesen ein großes Loch und ließ dann die Marmelade hineinlaufen, als wäre es die Füllung eines Berliners. Dies wiederholte sie noch zweimal. Nico und ich beobachteten sie dabei, ehe wir uns ebenfalls etwas zu essen nahmen. Die Stimmung war seltsam angespannt, was ich nicht verstand. Es könnte natürlich daran liegen, da mein Körper mal wieder gegen die menschliche Form rebellierte. Das blieb wohl niemandem verborgen. Es ließ selbst Nico nicht kalt.

»Wie hast du es geschafft, dich zurückzuverwandeln?« Die Neugier des jungen Wolfs erstaunte mich, denn es passte nicht zu seiner ruhigen und zurückgezogenen Art.

Oder spielte er uns nur etwas vor? Ich ließ mich hoffentlich nicht allzu sehr von Ophelias Paranoia anstecken. Das fühlte sich komisch an. Als Alpha war ich es gewohnt, dass mich Untergebene stets respektierten und umwarben – wobei dies bereits seit Natascha und deren durchgeknalltem Liebhaber ins Wanken geraten war. Man konnte doch niemandem ganz vertrauen.

»Ich weiß es nicht genau«, log ich, was er mir jedoch nicht abnahm, seiner Miene nach zu urteilen.

»Das sollten wir heute untersuchen«, kam mir auch Ophelia zu Hilfe.

»Falls ich euch behilflich sein kann ...« Nico lächelte schüchtern, aber Lia lehnte dankend ab.

***

Laertes hatte einige Blutbeutel mitgebracht. Seiner Aussage nach brauchte Ophelia dank mir ja nun doppelt so viel Blut und er hatte schließlich ebenso Bedarf. Er packte die Konserven in einen Kühlschrank, der sich im Labor befand.

»Meint ihr, ihr schafft es, etwa einen Monat ohne mich auszukommen?«, erkundigte sich Lias Bruder, was mich dazu brachte, ihn irritiert anzustarren. »Ich hätte da einen anderen Job zu erledigen. Der lässt sich leider nicht mehr aufschieben.«

Auch seine Schwester beäugte ihn eingehend. Ich spürte Angst. Also ging ich richtig in der Annahme, dass sich unser Blade merkwürdig verhielt.

»Was für einen anderen Auftrag?«, hakte sie nach, aber Laer meinte nur, das wäre seine Sache.

»Adrian, auf ein Wort«, forderte er ein paar Minuten später leise, als Lia mit einer Blutprobe von mir beschäftigt und ganz in Gedanken versunken war.

Ich folgte ihm nach draußen und einem kleinen Weg entlang bis zu einer Art Ruine. Es erinnerte an ein winziges, jetzt verfallenen Schloss. Laertes nahm auf einem Stein Platz und ich lehnte mich gegen einen daneben befindlichen Baum. Dieses Verhalten machte mich unruhig, doch ich bemühte mich, nach außen hin keine Schwäche zu zeigen.

»Was ist los?«

Seiner Miene nach zu urteilen, musste es etwas sehr Ernstes sein. Ich überlegte, ob es eventuell sogar um mein Leben ging, als Laer zu sprechen begann.

»Ophelia bedeutet mir alles«, war seine Stimme leise. »Sie hatte nie Glück in der Liebe. Dass sie also ausgerechnet an dich gebunden ist, passt irgendwie ins Schema.«

Ich wusste nicht, was ich darauf erwidern sollte, deshalb hielt ich den Mund und wartete ab. Anscheinend wollte Lias Bruder auch nichts von mir hören, zumindest bis er fragte:

»Ist es dir ernst?«

Ehe ich es selbst erfassen konnte, nickte ich. Obwohl Ophelia und ich uns gerade erst kennengelernt hatten, wusste ich instinktiv, dass sie die Richtige für mich war. Die Sache mit den geteilten Gefühlen und Gedanken kam nur noch als Zeichen erschwerend dazu.

Laertes seufzte und rieb sich mit der Hand grob übers Gesicht. Er wirkte wie ein Mann, der eine Entscheidung treffen musste. Er tat sich ganz offensichtlich schwer damit, was mich erneut dazu brachte, vorsichtig zu sein.

»Markus will deinen Tod. Ich weiß nicht, was du ihm getan hast, aber er fährt alle Geschütze auf«, brummte Laer nach mehreren Minuten. »Er hat einige Kopfgeldjäger auf dich angesetzt. Ophelia und ich geraten so ebenfalls ins Schussfeld.«

Mir entschlüpfte ein leises Knurren.

»Ich habe ihm nichts getan. Er hält nichts von Wölfen, das ist alles.«

Zu meiner Verwunderung nickte Laertes nur nachdenklich. Er schien auf einmal einen Anhaltspunkt zu haben, wieso mich das Ratsmitglied hasste.

»Ein Wolf hat seine erste Frau getötet«, fiel es Ophelias Zwillingsbruder ein und er schlug sich gegen die Stirn. »Dass ich daran nicht gleich gedacht hab! Gut, es ist schon ewig her, aber trotzdem.«

Es war eine Erklärung. Hass, ausgelöst durch Verlust, kannte ich nur allzu gut. So war es mir auch mit Avalarie ergangen, als ich an ihrer statt für den Mord an ihrem Vater verantwortlich gemacht und gejagt worden war. Ich hatte nie nach dem Wieso gefragt, sondern war selbst nur auf Vergeltung aus gewesen. Mittlerweile schloss ich nicht mehr aus, dass es ein Unfall und Angst gewesen waren, die sie zu ihrem Verhalten gebracht hatte.

»Wie lange ist es her?«, wollte ich von Laertes wissen und er überlegte.

»Wenn man bedenkt, dass er mit Frau Nummer zwei jetzt schon seit über dreihundert Jahren verheiratet ist.« Der Vampir strich sich übers Kinn. »Fünfhundert plus minus. Aber die beiden waren ebenfalls verbunden, deshalb setzte ihm das besonders zu. Ich versteh es ja nicht ganz, doch du solltest es nachvollziehen können.«

Ja, das konnte ich. Sollte jemand Lia etwas antun ... Ich knurrte erneut.

»Okay, also was machen wir?«, rief mich der Söldner zur Ordnung, woraufhin ich mit den Schultern zuckte.

»Ich könnte verschwinden, doch das dürfte euch ebenfalls Ärger bringen. Mich gefangen nehmen lassen ist keine Option! Noch einmal gehe ich nicht in dieses Loch zurück.«

Laertes wollte dies glücklicherweise auch nicht. Stattdessen schlug er vor, ich sollte mit Ophelia genau hierbleiben. Er würde die Sache mit Markus und dem restlichen Rat klären, schließlich schuldete er mir ebenfalls noch etwas für meine Rettungsaktion im Hotel. Dabei hatte ich ihn eher unbewusst zur Seite gedrückt, als ich das Klicken hörte. Purer Reflex ...

»Danach sind wir jedoch quitt!«, gab er als Kommentar dazu und ich schmunzelte.

»Alles klar, ich werde es mir merken. Und was machen wir mit Nico?«

Diese Frage war aus meinem Mund geschlüpft, ehe ich mir dessen selbst bewusst wurde. Der Söldner wirkte irritiert.

»Wieso? Was soll mit ihm sein?« Seine Miene zeigte Argwohn und ich überlegte, wie ich es ausdrücken sollte, ohne den jungen Wolf sogleich ans Messer zu liefern.

»Er ist nur sehr interessiert an meinem Zustand und macht Lia unruhig. Vermutlich ist es nichts, aber ...« Ich stockte, als ein Schatten an den Bäumen vorbei huschte. »Hast du das gesehen?«

Ophelias Bruder sprang auf. Er stürmte in die Richtung, die ich fixiert hatte. Ein eigenartiges Verlangen bemächtigte sich meiner. Ich wollte jagen. Töten! Meine Zähne ins Fleisch der Beute schlagen und dessen Blut trinken.

Mit Mühe und Not kam ich gegen dieses Verlangen an, lief Laer stattdessen in Menschenform hinterher.

***

Wo steckte dieser Vampir, verdammt nochmal?! So weit konnte er in den paar Sekunden doch auf keinen Fall gekommen sein. Suchend blickte ich mich um, konnte jedoch nichts entdecken.

»Laer?«, brummte ich und fluchte, als die Antwort auf meine Frage ausblieb.

Etwas lief hier schief, und zwar gewaltig! Wieso hörte ich nichts mehr? Kein Rascheln, das unnatürlichen Ursprungs war, nicht einmal gedämpftes Atmen. Ziemlich gestresst stolperte ich weiter, landete immer tiefer in dem angrenzenden Waldstück und brachte es nicht fertig, eine Fährte aufzunehmen. Meine wölfischen Sinne wirkten wie blockiert.

Plötzliche Totenstille brachte meine Nackenhaare dazu, sich aufzurichten, und eine üble Vorahnung machte sich in mir breit. Da kam etwas auf mich zu... Lautlos!

Mit einem Kampfschrei stürzte sich jemand hinterrücks auf mich und ich wurde zu Boden gerissen. Der Aufschlag war hart und machte mir bewusst, wie verwundbar ich in Menschenform doch war. Hastig rappelte ich mich auf und erstarrte, als ich meinem Angreifer in die Augen blickte.

»Was soll der Mist? Bist du verrückt geworden?«

Ophelias Bruder funkelte mich an, schwieg jedoch. Er schien den nächsten Angriff im Kopf durchzugehen. Was war hier los?! Ich hatte angenommen, er würde mich Lia zuliebe verschonen, doch das hier war das genaue Gegenteil. Wieso dieser plötzliche Sinneswandel?

»Laer, sag's mir. Was ist geschehen?«, redete ich weiter, doch der Ausdruck in Laertes Miene wurde erschreckend entschlossen, als hätte er meinen Namen nun auf seiner Todesliste.

Wenn er das tatsächlich durchzog und ich mich nicht verwandelte, war es mein Ende.

20

Ich fühlte mich auf einmal benommen und nahm einen Schluck Wasser, um dieses Gefühl rasch zu vertreiben.

»Was soll denn das schon wieder?«, stöhnte ich, als die Empfindung von Schwindel und leichter Übelkeit nicht verschwand.

»Adrian?«

Ich verließ das Labor und lief in Richtung Küche, in der sich mein Bruder und Adrian hatten Kaffee zubereiten wollen. Es war niemand zu sehen, stattdessen erfasste mich eine weitere Welle an Emotionen: Wut. Unbändige Wut sogar. Was war los?

›Adrian, wo steckst du?‹, wandte ich mich sogleich gedanklich an ihn und schnappte mir meine Jacke vom Küchenstuhl. ›Los, antworte mir!‹

›Wald. Wir haben da ein klitzekleines Problem ...‹ Mein Wolf keuchte und ich nahm seine Schmerzen wahr.

Sogleich war ich alarmiert und eilte in die Richtung, aus der ich Adrians Gefühle spüren konnte. Sie waren allerdings weniger intensiv, als bisher. Hatte er sich etwa wieder verwandelt? Ich betete darum, dass dies nicht der Fall war.

›Was für ein Problem?‹ Ich blieb stehen und versuchte weiter zu ergründen, wo genau sich Adrian befand.

Rasch bewegten sich meine Beine vorwärts, noch immer angespannt und auf seine Antwort wartend.

›Ich fürchte, dein Bruder hat den Verstand verloren.‹

Ein Körper flog plötzlich an mir vorbei und krachte gegen einen der Bäume. Ich fluchte, als ich das Brennen in meinen Eingeweiden spürte. Adrian blieb einen Augenblick liegen und ich wollte schon auf ihn zu eilen, da wurde meine Aufmerksamkeit abgelenkt. Starke Hände ergriffen mich und legten sich bedrohlich an meine Kehle.

›Was zum Henker ...?‹, schoss es mir durch den Kopf und ich starrte fassungslos in das Gesicht meines Bruders, während mir seine Finger die Luft zum Atmen raubten.

»Laer«, ächzte ich und versuchte, mich aus dem Griff zu befreien, aber vergebens.

Die kräftigen Finger meines Bruders ließen nicht locker. Kleine Lichtblitze erschienen vor meinen Augen und ich wusste, dass ich bald das Bewusstsein verlieren würde. Die Welt drehte sich und ich war fassungslos. Ausgerechnet mein eigener Bruder sollte es sein, der mich umbrachte? Das war so unglaublich falsch!

›Lia‹, sandte mir Adrian einen Hoffnungsschimmer. ›Ich komme. Lauf gleich so schnell du kannst und bring dich in Sicherheit.‹

Was hatte er nur vor? Er wollte doch nicht ...?

Als ich das tiefe Grollen des Wolfs hörte, war es schreckliche Gewissheit. Mit einem gewaltigen Satz und den Pranken voraus, sprang mein Liebster Laertes an, der den schraubstockartigen Griff um meinen Hals löste. Mit einem Kampfschrei und lautem Knurren gingen die beiden aufeinander los und ich tat, was

138

Adrian von mir verlangt hatte: Ich spurtete los, als wäre der Teufel persönlich hinter mir her.

›Du darfst nicht anhalten, hörst du?! Solltest du zurückkommen, wirst du dich gegen zwei Monster zur Wehr setzen müssen‹, hörte ich noch und ein leises: ›Ich liebe dich, Ophelia.‹

Der Kontakt zu Adrian brach ab und ich taumelte. Diesen Verlust würde ich nicht allzu lang ertragen können. Erneut fühlte ich mich, als würde man mir die Kehle zuschnüren. Was passierte da gerade? Mutierte der Alpha etwa?

***

Nico wirkte erschrocken, als ich ihn beinahe über den Haufen rannte. Ich hielt mich mit keiner Erklärung auf, sondern stürmte nur in mein Labor. Laertes hatte mich nicht erkannt, sonst hätte er mich niemals angegriffen. Etwas war daran mehr als faul. Gift? Drogen? Hypnose? Was konnte es nur sein?

»Was ist los?«, erkundigte sich der junge Wolf und beobachtete mich dabei, wie ich ein Serum zusammenmischte.

Ich musste die beiden im Wald betäuben und herausfinden, was mit ihnen los war. Adrian klang normal ... wobei sich das nun als Wolf auf einmal erneut anders angefühlt hatte. Seine Menschlichkeit war komplett verschwunden. Hoffentlich konnte ich ihn durch mein Blut noch einmal retten, ansonsten würde ich ihn irgendwie festhalten müssen, bis ich ein Gegenmittel gefunden hatte. Allein der Gedanke daran, machte mich unruhig. Ich durfte nicht den Mut verlieren, denn sonst war alles zu spät!

»Lia, was ist los?« Nico hielt mich erstaunlich fest und ich war dadurch gezwungen, ihn anzusehen.

»Probleme mit meinem Bruder. Ich kümmere mich darum. Bleib du hier und warte, in Ordnung?«

Eigentlich hatte ich es nicht als Frage formulieren wollen, denn der Wolf war weiterhin, genau wie Adrian, in unserer Obhut und wir mussten entscheiden. In Bezug auf Adrian stand mein Entschluss bereits fest, doch Nico gab mir stets jede Menge Rätsel auf. Wieso hatte ich ein so seltsames Gefühl ihm gegenüber? Er wirkte nicht wie eine ernste Gefahr. Dieser schmächtige Junge konnte allerdings kräftiger zupacken, als erwartet! Das machte es mir schwierig, ihn ganz einzuschätzen.

Er nickte zwar, doch in seiner Miene erkannte ich einen Unwillen, den ich ebenfalls nicht deuten konnte. Was dachte er wohl gerade?

»Bis gleich. Wünsch mir Glück«, murmelte ich und eilte in Richtung des Waldgebiets, in dem ich Adrian und Laertes zuletzt gesehen hatte.

›Adrian?‹, versuchte ich eine Kontaktaufnahme, aber es kam natürlich keine Antwort. ›Wäre auch zu schön gewesen.‹

Ein Rascheln in der Nähe ließ mich aufhorchen. Es klang nach etwas Großem. Vorsichtig und angespannt pirschte ich mich heran, die Spritze mit dem Schlafmittel in der rechten Hand haltend. Sollte sich der große schwarze Wolf auf mich stürzen, musste ich schnell handeln. Das Mittel sollte zumindest einen Elefanten umhauen können, deshalb war ich guter Hoffnung.

»Adrian?«, flüsterte ich und arbeitete mich durchs Gebüsch, das nicht allzu leicht nachgab.

Ich fluchte leise, als sich ein Zweig in meiner Jacke verfing, diese hängen blieb, sich stattdessen Dornen meinen Arm entlang rankten und in die Haut schnitten. Genau aus diesem Grund war ich kein Fan des Landlebens! So ein Mist würde in einer Stadt niemals passieren.

Eine Gestalt lag am Boden und ich kämpfte mich zu ihr durch. Es war mein Bruder. Seine Augen waren weit aufgerissen und er atmete, als hätte er einen Spurt hinter sich. Sein Brustkorb hob und senkte sich hektisch.

»Laer? Alles in Ordnung?« Ich lief auf ihn zu, doch er schien mich nicht zu bemerken, starrte nur ins Leere und keuchte.

Als ich ihn berührte, fühlte ich die Hitze. Sein Körper brannte förmlich. Was war nur geschehen? Sofort suchte ich ihn nach Kampfspuren und Verletzungen ab, fand jedoch keine. Er schien meinen Griff wahrzunehmen und bemühte sich, mich abzuschütteln. Ich fühlte mich allmählich extrem frustriert und krallte mich geradezu fest. Wenn er meinte, man könnte mich wie eine lästige Fliege verscheuchen, dann hatte er Pech.

»Bruder«, fauchte ich irgendwann, als es mir zu viel wurde.

»Verraten! Feuer! Mein Arm«, ächzte er, aber es war nicht an mich gerichtet. Sein Blick war weiterhin leer.

Ich ergriff sein Handgelenk und untersuchte den Unterarm, doch da war nichts zu finden. Nachdem ich allerdings den Oberarm abgetastet hatte, fühlte ich eine eigenartige Verhärtung. Was war das?

»Feuer!«, brüllte Laertes und schlug plötzlich um sich.

Ehe ich es verhindern konnte, landete eine Faust in meinem Gesicht. Schmerz und Schwindelgefühl machte sich explosionsartig in mir breit und ich musste mich zusammenreißen, nicht das Bewusstsein zu verlieren. Mein Bruder wusste, wie man die richtigen Stellen traf!

»Scheiße, Laer!«, fluchte ich und drückte ihm kurzentschlossen die Spritze ins Fleisch.

***

»Nico!«, schrie ich, aber der junge Wolf antwortete nicht. »Nico?!«

Ich zog meinen Bruder hinter mir her, der durch das Schlafmittel sediert, wie ein nasser Sack in meinen Armen hing. Das Muskelpaket war ein ziemlich schwerer Brocken. Ich fluchte und zerrte an ihm herum. Von Adrian hatte ich leider keine Spur entdecken können.

»Verdammt nochmal, Nico! Wo bist du?«

Es kam keine Reaktion. Wo, verdammt nochmal, steckte er?

21

Nico

Ich hatte mir ein paar Sachen zusammengesucht und wollte schleunigst die Kurve kratzen. Das war doch alles Irrsinn! Man brauchte mich hier nicht. Die meisten Probleme würden sich von allein erledigen, da war ich mir sicher.

Zumindest lief alles nach Plan!

›Nico was soll das? Weshalb tust du das diesen lieben Menschen an?‹

»Halt dich raus, Nicolas! Das geht dich nichts an. Ich habe es entschieden und ich ziehe es bis zum Ende durch!«, knurrte ich und ging ins Badezimmer, um mir kaltes Wasser ins Gesicht zu spritzen.

›Du warst früher immer so ein netter Mensch ... Hast jedem geholfen! Deine Mutter wäre entsetzt, wenn sie dich so sehen würde!‹

Erneut knurrte ich, betrachtete mein Spiegelbild und wunderte mich, dass Nicolas darin auftauchte.

»Na, dich hab ich ja lange nicht mehr gesehen. Ich dachte, deine Stimme in meinem Kopf wäre mit der Wandlung abhandengekommen«, murmelte ich amüsiert, während er die Stirn runzelte.

›Du als *mein Ego* müsstest doch wissen, dass ich nicht verschwunden bin, Schätzchen‹, lächelte er und machte einen Kuss-Mund.

Vor Wut schlug ich den Spiegel ein. Ich wollte diesen Wichser nicht sehen, der meinte, er müsste mich zur

Vernunft bringen. Ich war noch nie klarer, als zu dem jetzigen Zeitpunkt.

›Jetzt hör aber auf! Du bist krank, das wissen wir beide. Und nur, weil dieses Weib dir versprochen hat, mich zu vertreiben, bedeutet es nicht, dass es auch gelingt.‹ Lachen hallte durch meinen Schädel und ließ mir Tränen in die Augen schießen.

»Das vielleicht nicht, aber sie hat mir versprochen, mir etwas zu geben, das den Tumor in meinem Kopf verkleinert und dich für immer erlöschen lässt. Also Nicolas, spotte über mich so lange du noch die Möglichkeit dazu hast«, lachte ich fies und rieb mir gequält mit den Händen durchs Gesicht.

Vor meinem inneren Auge setzte sich Nicolas auf einen Stuhl und betrachtete mich skeptisch.

›Was erhoffst du dir davon, mich loszuwerden? Ich bin deine Vernunft, dein Verstand, dein Denken, dein Mut und dein Stolz! Wenn ich gehe, was bleibt dann noch von dir übrig?‹, meinte er, was mich nur noch wütender machte.

»Mir bleibt ein Leben ohne diese Stimme im Kopf, die mich ständig belehrt, sich über mich lustig macht, wenn ich ein Mädchen küsse oder berühre. Niemand, der mich nachts weckt, nur um mir mitzuteilen, wie jämmerlich meine Existenz doch ist«, schrie ich und schmiss alles, was ich zu greifen bekam weg.

›Aber Nico, ich will doch nur dein Bestes! Hör zu ... Ohne mich bist du ein Nichts. Das ist Fakt und wird sich nicht ändern. Ich prophezeie dir allerdings, dass sollte die Kleine gleich wieder zurückkommen und eins unserer Zielobjekte bei sich haben, es ziemlich ungemütlich für uns wird.‹

Wie ein Raubtier im Käfig lief ich auf und ab. Eins musste ich Nicolas lassen: In diesem Punkt hatte er Recht. Mein Problem war, dass ich hier nicht so einfach heraus kommen würde, wie erhofft. Adrian war erst in der Anfangsphase der Mutation. Gerade schien er zwar noch in der Lage zu sein, sich mit viel Kraft gedanklich vom Wolf zu distanzieren, doch auch das würde nicht mehr lange funktionieren. Zu Schade, denn der Kerl sah schon ziemlich süß aus.

›Ach, komm schon! Dich hat es doch total genervt, als du ihn auf dieser Blutsaugerin gesehen hast. Dennoch war er es, an den du beim Wichsen denken musstest.‹ Belustigt schien Nicolas in meinem Kopf eine Rumba aufs Parkett zu legen, denn das Pochen wurde erneut schlimmer.

»Halt die Schnauze! Ich steh auf Frauen. Frauen wie Natascha!«, zischte ich ihn an und hoffte, er würde endlich mit den Spielchen aufhören.

›Also wenn du mich fragst ...‹

»Was niemand tut«, knurrte ich ihm dazwischen und es wurde für einen kurzen Moment still.

***

»Kleiner, ohne dich würden wir das gar nicht schaffen. Zuerst hatten der Professor und ich überlegt, das Zeug an dir auszuprobieren, allerdings wäre es eine Schande so einen talentierten Bengel ins Messer laufen zu lassen«, lächelte die Schönheit neben mir und richtete sich auf, um auf meinem Schoß Platz zu nehmen.

Mein Schwanz richtete sich sofort wieder auf und war bereit, ein weiteres Mal in diese heiße Enge zu tauchen. Ich strich ihr über die Hüften, sie begann sich zu bewegen. Es dauerte nicht lang, bis sie meine Männlichkeit erneut in sich einführte.

»Oh Gott, Nico«, stöhnte sie, krallte die Nägel in meine Brust und ritt mich um den Verstand.

Ich hörte auf zu zählen, wie oft ich in dieser Nacht zum Höhepunkt gekommen war. Diese Frau brachte mich wahrlich um den Verstand.

»Du bist die Einzige, die mich versteht, Natascha«, schluchzte ich beinahe und sie strich mir durch die dunkelblonden Haare.

»Ach, mein Liebster. Natürlich verstehe ich dich. Mich nimmt man ebenfalls nie ernst und mir wird oft nicht zugehört. Das soll sich aber ändern. Wenn der Professor mit der Arbeit fertig ist, werden wir aus den Wölfen, die unsere Regeln missachten, die Tiere machen, die sie sind. Und dann beginnt die große Jagd. Ich hoffe, du wirst an meiner Seite sein«, hauchte sie lächelnd und ihre Lippen legten sich erneut auf die meinen.

»Ich werde überall sein, wo du es möchtest«, flüsterte ich ihr ins Ohr und begann, an ihrem Hals zu knabbern.

***

Nicolas stöhnte genervt.

›Könntest du mal aufhören in deinen Sex-Erinnerungen zu schwelgen? Das ist ja peinlich! Vor allem: Warum glaubst du, hat sie dich so oft geritten? Die Hoffnung, sie würde so auch mal auf ihre Kosten kommen, starb ziemlich spät!‹

Ich konnte sehen, wie er sich auf dem Boden wälzte vor Lachen und rieb sich sogar ein Tränchen aus den Augen.

146

»Sei still! SEI STILL!«, schrie ich ihn an, doch er reagierte nicht.

Ein Poltern holte mich zurück in die Realität. Das musste Lia sein! Hatte sie einen der beiden gefunden? War sie wenigstens schwer verwundet?

»Nico! Ich brauche dich hier! Du musst auf Laer aufpassen, während ich versuche, Adrian zu finden! Komm her. Wir müssen ihn festbinden«, schrie sie, als ich mich ihr vorsichtig näherte.

Es hätte auch eine Falle sein können. Eventuell wusste sie Bescheid, dass ich ihren Bruder vergiftet hatte. Das wäre mein sicherer Tod.

›Stell dich nicht so an. Sei unbeholfen wie immer ... Geh auf sie zu, binde den Koloss von Kerl fest und während sie das Flohbündel suchen geht, machst du die Biege.‹

Ich rollte mit den Augen. Als hätte ich für diesen Plan Nicolas gebraucht.

›Gern geschehen, du undankbarer Kerl‹, brummte er und verstummte daraufhin, um mich machen zu lassen.

»Was ist denn passiert? Er sieht schlimm aus«, spielte ich den Besorgten und nahm ihr den Zentner schweren Kerl ab.

Ich hievte ihn auf einen Stuhl.

»Ich weiß es nicht. Das werde ich jedoch herausfinden, sobald ich Adrian ebenfalls hier habe. Du passt auf Laer auf. Wenn er zum Bewusstsein kommen sollte, jagst du ihm das hier in den Oberschenkel, verstanden?«, wies sie mich an und brach dabei beinahe in Tränen aus.

Irgendwie war es ein wundervolles Gefühl, sie leiden zu sehen. Wenn diese Blutsaugerin nicht rechtzeitig herausfand, welches Gift ich ihm verabreicht hatte, würde sie ihren Bruder, ihr eigen Fleisch und Blut verlieren. Von Adrian ganz zu schweigen, dessen Hirn nur noch triebgesteuert sein würde. Keinen Gedankenaustausch, keine Verbundenheit, keine Rückwandlung und erst recht keine Zukunft als Paar.

»Was grinst du denn so dämlich? Du musst mir zuhören! Das ist wichtig für dich, sonst wird mein Bruder dir den Kopf abreißen, bevor du es mitbekommst. Lass ihn nicht aus den Augen, Nico!«, fuhr sie mich an und es traf mich eine schallende Ohrfeige.

Hatte das Miststück es wirklich gewagt?

»Ich habe es verstanden«, zischte ich und sie verließ nach kurzem Nicken und mit einer Waffe im Arm das Haus.

War das ein Betäubungsgewehr?

Kaum, dass ich sie nicht mehr wittern konnte, griff ich nach dem Telefon, das in der Wand verankert war. Ich tippte die Nummer, die ich schon so oft gewählt hatte.

»Was gibt es, mein Liebster?«, erklang ihre sanfte und unglaublich erotische Stimme mit dem russischen Akzent, sodass ich sofort einen Ständer bekam.

»Es läuft alles nach Plan. Einen Blutsauger hab ich bereits außer Gefecht gesetzt, der andere wird gleich von einem Wolf zerfleischt.«

Mein Herz klopfte wie wild, als ich ihre Worte hörte:

»Guter Junge!«

22

Der Trieb war so dermaßen stark, dass ich mich weit von Laer entfernte, um nicht in Versuchung zu geraten. Meine Wandlung hatte etwas ausgelöst, dem ich schlichtweg nicht Herr werden konnte. Die Verbindung mit Lia riss genau in dem Augenblick ab und etwas in mir war sich sicher, dass dies nicht mehr rückgängig gemacht werden konnte. Mit einem beherzten Spurt war ich aus dem Gebiet geflohen, in der ich Gefahr lief, Laertes oder meiner Liebsten zu begegnen. Bloß kein Risiko eingehen!

Ein Knacken lenkte meine Aufmerksamkeit auf die rechte Seite, zu einem Gebüsch, dann hörte ich diese Stimme:

›Na los, stürz dich drauf‹, flüsterte sie mir ein.

Ich blickte mich um, versuchte auszumachen, woher die Stimme kam, doch da war niemand.

›Komm schon, Alpha! Du wirst doch nicht dieser Verlockung widerstehen können. Fass, Hündchen!‹

Gestresst schluckte ich und fühlte mich verfolgt. Wo war der Kerl, den ich hörte? Was hatte er vor? Weitere Stimmen machten sich in der Umgebung breit, dann vernahm ich das helle Lachen einer Frau.

»Was machen wir hier, Tim?«

Ihr Duft stieg mir in die Nase und automatisch machte ich ein paar Schritte in die Richtung, aus der ich sie witterte. Ich würde nur nachsehen, was dort vor sich ging ... Es konnte doch nicht schaden, oder?

Hastig näherte ich mich den beiden.

»Was wir hier machen? Das wirst du gleich sehen.« Ein Kerl zerrte das Mädchen weiter in den Wald hinein.

Sie lächelte ihn an, wusste anscheinend nicht, dass dort weitere Jungs auf sie warteten. Die Kleine konnte einem jetzt schon leidtun, denn ich spürte die Ungeduld und die Lust der Wartenden. Automatisch fletschte ich die Zähne.

»Tim, ich finde es hier nicht sonderlich gemütlich. Lass uns doch zurück in die Stadt fahren«, hörte ich das Mädchen auf einmal betteln, aber ihr Begleiter blieb unnachgiebig.

»Ach was! Das wird dir gefallen, das verspreche ich dir.«

Ich bezweifelte es, allerdings roch sie so verführerisch, dass ich mich nicht von ihnen lösen konnte. So folgte ich den beiden in gewissem Abstand, um nicht bemerkte zu werden.

›Na, komm schon! Schnapp dir die Kleine. Sie wird es eh nicht lebend aus diesem Wald herausschaffen. Die Kerle werden Spaß mit ihr haben und sie danach wegwerfen. Da hast du doch mehr davon‹, drängte mich die Stimme in meinem Inneren, zumindest das war mittlerweile sicher.

Ich war im Begriff, überzuschnappen.

In einem Gebüsch blieb ich einen Moment liegen, hielt die Luft an, um meine Triebe zu beruhigen. Die schrien nämlich, ich sollte mich auf sie stürzen.

»Tim ...« Das Mädchen begann nun zu schluchzen, was ihren Begleiter dazu bewegte, sein Verhalten zu ändern.

Erschrocken zuckte ich zusammen, als ein lautes Klatschen ertönte und die Kleine nach hinten taumelte. Der Schlag, den er ihr verpasst hatte, war heftig gewesen.

»Jetzt halt endlich die Schnauze! Die ganze Zeit dieses Gejammere ... ›Tim, das ist nicht gut genug.‹, ›Tim, ich will wieder nach Hause.‹, ›Tim, ich will mit dem Sex noch warten.‹ – damit ist jetzt Schluss!«, brüllte er sie an und danach ein paar Namen.

Seine Kumpels traten auf den Plan und ich nahm die Panik des Mädchens deutlich wahr. Sie hatte auf einmal Todesangst.

›Und ...? Gib zu, du genießt es.‹

Leider hatte die Stimme Recht, denn ich genoss diese Emotionen tatsächlich. Ich wollte mehr davon: Mehr Panik, mehr Schmerz und vor allem wollte ich das Blut der Anwesenden!

Die Gestalten drängten sich um die Kleine, die wimmernd um Gnade flehte. Diese Panik ließ meine Triebe förmlich durchdrehen und aus meiner Kehle kam ein Knurren. Es war tief und bedrohlich.

»Hast du das gehört?« Einer der Kerle drehte sich zu mir um und spähte ins Unterholz.

Er war der Erste, der durch meine Kraft zu Boden gerissen wurde. Mit den Krallen zerfetzte ich ihm den Brustkorb und Blut spritze. Wie die Kakerlaken, wenn das Licht angeht, stoben die anderen auseinander, versuchten, im Wald Schutz zu finden und mir zu entkommen. Was für ein Spaß! Zwei erwischte ich noch auf der Lichtung, riss ihnen die Hälse auf, einen anderen brachte ich kurz danach zu Fall und er brach sich das Genick beim Aufprall. Das Krachen war Musik

in meinen Ohren. Diese kleinen miesen Bastarde hatten
es nicht anders verdient!

»Scheiße, was ist das für ein Vieh?!«, hörte ich den
Typen, den das Mädchen ›Tim‹ genannt hatte und
fletschte die Zähne.

Diesen kleinen Scheißer würde ich mir als letzten
vornehmen. So bekam er den passenden Einblick, was
ihn erwartete.

Nachdem ich seine Freunde getötet hatte, alle für
meinen Geschmack viel zu schnell und relativ schmerz-
frei, rannte ich diesem scheinheiligen Arschloch hinterher. Er hatte es bis zu einer Ruine geschafft und
bemühte sich doch tatsächlich, dort vor mir Zuflucht zu
finden. Er hielt mich wohl für einen ganz gewöhnlichen
Wolf. Was für ein Vollidiot!

Das Haus, in das er sich flüchtete, wirkte so, als wäre
es vor Jahrzehnten abgebrannt und niemand hatte sich
die Mühe gemacht, diese Überbleibsel zu entfernen.
Tim war durch eins der zerbrochenen Fenster geklettert
und fühlte sich dadurch sicher. Da hatte er jedoch die
Rechnung ohne mich gemacht. Ich rannte auf die Tür
des Hauses zu und warf mich dagegen. Der in
Mitleidenschaft gezogene Rahmen gab nach und ich
krachte mitsamt der Tür in den Flur. Der Lärm war
ohrenbetäubend.

»Scheiße!«, keuchte der Junge und ich nahm erst jetzt
wahr, welches Alter er hatte. Dieser Bengel konnte noch
keine zwanzig sein. Er war fast noch ein Kind. Zwar ein
extrem bösartiges, aber immerhin ...

›Wen interessiert denn schon sein Alter? Er ist ein
Lügner, ein Arschloch und wer weiß, wie viele
Mädchen er bereits in diesen Wald gelockt hat.‹

Die Stimme in meinem Kopf war leise, wenngleich nachdrücklich. Und das Schlimmste: Ich glaubte ihr! Dieses Verhalten hatte für eine gewisse Routine gesprochen. Seine Kumpel hatten dafür mit ihrem Leben bezahlt – wieso sollte es bei diesem Jungen anders sein?

Panisch rannte der Halbstarke die Treppen nach oben, dicht gefolgt von mir. Ich spürte, wie die Stufen unter meinem Gewicht leicht nachgaben, hörte das Ächzen. Bald würden sie es nicht mehr aushalten.

Im Obergeschoss verbarrikadierte sich Tim in einem Zimmer. Ich genoss abermals die Emotionen des Jungen und freute mich, denn nun saß er in der Falle. Die Sicherheit eines verschlossenen Raums konnte einem auch stets zum Verhängnis werden ...

Wer hatte mir das damals stets gesagt? Da gab es jemanden. Ich erinnerte mich nicht mehr daran, wer es war. Das hatte etwas mit meiner Vergangenheit zu tun und ich lebte im Hier und Jetzt.

›Die Wand zwischen Flur und Schlafzimmer ist dünn. Nur zwei oder drei Hiebe mit der Pranke‹, schlug die Stimme in meinem Geist vor und ich ging in Stellung.

***

Ein Schrei im Wald lenkte mich von meinem letzten Opfer ab, das nun komplett verstümmelt auf dem Boden des Raums lag, und ich hob den Kopf. Was war da draußen los?

Ich rannte den Flur entlang, die Stufen hinab, die erneut ächzten, teilweise anbrachen. Der nächste, der diese betreten würde, dürfte die Bekanntschaft des Flurs darunter machen – oder gab es hier vielleicht noch einen Keller? Falls ja, hätte derjenige das Pech, einen netten Absturz zu erleben.

Mir fiel das Mädchen ein, das ich auf meiner Jagd im Wald allein gelassen hatte. Ob es eine gute Idee war, mich ihr zu nähern? Die Stimme in meinem Innern schien sich für eisernes Schweigen entschieden zu haben, was mich ruhiger werden ließ. Ich musste es versuchen. Vielleicht brauchte sie ja meine Hilfe. Ohne diese Manipulation würde ich es bestimmt schaffen, ihr kein Leid anzutun.

Glücklicherweise würde man das Blut auf meinem Fell nicht sehen, denn das Schwarz machte es so gut wie unmöglich dies zu unterscheiden. Ich hoffte, nah genug an die Kleine heranzukommen, sodass ich ihr den Weg aus dem Wald weisen konnte, aber weit genug wegzubleiben, um keine Angst hervorzurufen. Wobei es eher wahrscheinlich sein dürfte, sie in Panik zu versetzen.

»Adrian?«, hörte ich plötzlich Lias Stimme ganz in der Nähe der Lichtung.

Verdammt! Was machte sie hier? Was sollte ich tun, wenn meine Triebe bei ihr erneut durchdrehten? Eine Normalsterbliche würde schon schwierig werden, doch bei einer Vampirin?! Blutsauger waren die natürlichen Feinde der Wölfe. Das hatte ich sogar in den Genen!

Eine Welle an Ekel, Entsetzen und Enttäuschung schlug mir entgegen, als ich den Rand der Lichtung erreichte. Diese Gefühle brachten mich ins Straucheln und verlangsamten meinen Schritt. Hatte Ophelia die Leichen der Jungs entdeckt? Hielt sie diese Scheißer etwa für Unschuldige? Ich konnte mich verbal leider nicht verteidigen, also hoffte ich, die Kleine würde das für mich erledigen.

Der Geruch von frischem Blut machte mich allerdings unruhig. Etwas stimmte nicht. Diesen Duft hatte ich zuvor nicht wahrgenommen.

»Adrian! Scheiße, komm raus aus deinem Versteck, du Mistvieh«, schrie Lia in ungewöhnlich schrillem Ton.

Langsam bewegte ich mich auf sie zu. Das ungute Gefühl verstärkte sich, wurde zur schrecklichen Gewissheit, dass etwas ganz und gar aus den Fugen geraten war. Mein Herz blieb einen Augenblick stehen, als ich es sah: Der zarte Körper des Mädchens lag in einer Lache aus Blut, ihre Augen weit aufgerissen und die Kehle zerfetzt. Ich hatte bei dieser Szene das Gefühl, als würden mich meine Beine nicht mehr tragen. Wie konnte das nur sein? Ich hatte mich extra von ihr entfernt, dass ihr nichts passierte.

»Wie konntest du nur ...?« Ophelias Stimme wirkte brüchig, während sie dies sagte und aus ihren Augen sprach pure Abscheu.

Wie in Zeitlupe und leicht taumelnd näherte ich mich dem, was von der Kleinen übrig geblieben war. Ich musste die Fährte des Angreifers aufnehmen. Gab es hier noch einen Wolf, von dem wir bislang vielleicht nichts mitbekommen hatten? Dann wäre meine Seelenverwandte ebenfalls in Gefahr, das Leben zu verlieren. Das musste ich verhindern!

»Bleib weg von ihr!«, fuhr mich Lia an. »Du hast schon genug angerichtet.«

Ehe ich ihr begreiflich machen konnte, was ich vorhatte, fühlte ich einen brennenden Schmerz an meiner Seite. Ich schaute dorthin und sah ein eigenartiges Glitzern.

Was war das?

Schwindelgefühl brachte mich zu Fall. Ich knurrte, bemüht, mich aufzurappeln, aber meine Läufe wollten mir nicht mehr gehorchen. Mit einem leisen Winseln blieb ich liegen, obwohl ich weiterhin versuchte, die Fährte aufzunehmen. Bis jetzt war es noch nicht zu spät ...

In meinem Kopf drehte sich alles. Was hatte Lia nur mit mir gemacht?

»Acht Menschen«, flüsterte meine Liebste und Traurigkeit erfasste mich. »Wenn der Rat deinen Tod bisher noch nicht wollte, wird er ihn nun fordern.«

23

Niemals hätte ich erwartet, ein solches Blutbad vorzu-finden. Mein Herz wurde schwer, während ich meinen Wolf betrachtete, den das Schlafmittel ausgeknockt hatte. Dazu war noch nicht einmal das Gewehr von Nöten gewesen, sondern nur einer der Pfeile.

›Was mach ich jetzt nur mit dir?‹, überlegte ich und blickte in die braunen Augen des Wolfs, die ins Leere starrten.

Einen Moment lang dachte ich tatsächlich darüber nach, einen meiner Dolche zu zücken und ihn von seinem Dasein zu erlösen. Er hatte getötet und der Rat würde ihn deshalb jagen und am Ende ausbluten lassen. Es wäre sicherlich besser, wenn Adrian nicht nochmal in deren Hände geriet. Markus wusste, wie man Wesen quälte. Allein meine Gefühle für ihn brachten mich davon ab. Ich konnte mir eine Welt ohne ihn nicht vorstellen, auch wenn er ein Monster geworden war.

»Jetzt reiß dich zusammen, verdammt!«, schimpfte ich mit mir selbst und wischte mir über die Augen, die sich mit Tränen gefüllt hatten.

Ich war eine Söldnerin und sollte alles unter Kontrolle haben ... Stattdessen befand sich mein Bruder mit Wahnvorstellungen bei uns zu Hause und ich hatte mehrere Leichen gefunden, die der Wolf zu verant-worten hatte, den ich liebte. Gerade jetzt fühlte es sich definitiv nicht so an, als könnte ich irgendwas kontrollieren. Mehrmals atmete ich tief durch, versuchte, den Gestank des geronnenen Bluts um mich herum zu ignorieren, und zog Adrian daraufhin auf meinen Rücken. Ich musste ihn ins Labor schaffen und ein Gegenmittel für dieses miese Gift finden. Ob er mich noch erkannt hatte oder komplett mit dem Monster verschmolzen war, wusste ich nicht. Lediglich die Hoffnung ließ mich nicht durchdrehen. Er hatte ganz offensichtlich gestoppt, als er meine Enttäuschung spürte. Vielleicht gab es ja noch Chancen.

›Ruhig bleiben! Du schaffst das ... Wenn ich im Labor bin, finde ich erst etwas gegen Laers Irrsinn und danach werde ich Adrian zum Menschen zurückverwandeln, dass er mir Rede und Antwort stehen kann. Wehe ihm, er hat keine Erklärung‹, ging es mir durch den Kopf, ehe ich mich auf den beschwerlichen Rückweg machte.

Der schwarze Wolf war leider wuchtiger, als gedacht und ich hatte natürlich vergessen, einen weiteren Blutbeutel zu mir zu nehmen. Da würde ich einiges an Spaß haben. Hoffentlich wachte Adrian währenddessen nicht auf.

***

Am Haus fluchte ich erneut. Eins der Fenster war zerstört worden und es wirkte irgendwie bedrohlich still. Hatte Nico etwa Probleme mit Laertes bekommen?

Sogleich ließ ich von Adrian ab und stürmte ins Haus. Im Flur schaute ich in jedes Zimmer.

»Nico?«, schrie ich, aber der war nicht zu finden, dafür stürzte sich ein fuchsteufelswilder Vampir auf mich.

Panisch trommelte ich Laertes gegen den Brustkorb, während ich gegen die nächste Wand geknallt wurde. Mein Rücken schmerzte, doch ich konzentrierte mich auf meinen Bruder.

»Laertes, du musst zur Besinnung kommen!«, beschwor ich ihn, doch er schien mich weiterhin nicht zu erkennen. »Verdammt nochmal, Laer! Ich bin es, Ophelia ...«

Keine Reaktion – Jetzt saß ich wirklich in der Klemme. Die Hände Laertes´ wanderten in Richtung meines Halses, was mich beinahe zum Wimmern gebracht hätte. Wieso erkannte er mich nicht?

Ein lautes Grollen war zu hören und die Härchen an meinem Arm stellten sich auf. Adrian stand im Türrahmen und gab ein Knurren von sich, das ich so noch nicht gehört hatte. Er funkelte meinen Bruder an, der ihn nicht minder böse anstarrte.

»Du?!«, platzte es aus ihm heraus und ließ mich abrupt los.

Augenblicklich machte ich ein paar Schritte aus der Schusslinie. Sollten sich die beiden hier drin bekämpfen wollen, würde ich es nicht verhindern können. So weit ich die Lage mittlerweile analysiert hatte, war eher ich es, die etwas abbekommen könnte. Das würden wohl beide nicht wollen.

Adrians Gestalt änderte sich plötzlich, wirkte größer und kam auf den Hinterläufen zum Stehen. Ich fühlte mich an eine Szene in einem Vampirfilm erinnert, in der der Werwolfmenschen annahm. Das hier vor uns war nicht mehr der normale schwarze Wolf. War das der Mutant oder vielleicht eine besondere Form des Alphas? Adrian hatte mir ja verraten, dass die Anführer von Wölfen mehr Macht besaßen.

»Lia, in dein Labor!«, brachte dieses Wesen auf einmal hervor und mir wurden die Knie weich.

Er wusste noch immer, wer ich war und schien mich weiterhin beschützen zu wollen. Wie konnte das sein?

Laertes rannte auf den Werwolf zu und krachte in dessen Seite. Es war ein erschreckendes Bild, denn das riesige Ungetüm, das einmal mein Wolf gewesen war, bewegte sich dennoch keinen Meter und blieb stehen. War Adrian tatsächlich so mächtig in dieser Gestalt?

»Bitte verletz ihn nicht!«, bettelte ich noch, bevor ich in Richtung des Labors eilte.

Hinter mir hörte ich Holz splittern und Glas zerbersten. Unser Zuhause würde sicherlich nie wieder so aussehen, wie es das früher einmal getan hatte. Dafür würden Adrian und Laer sicherlich sorgen.

»Lia, fang!«

Ein Gegenstand sauste hinter mir die Treppe hinunter und ich erkannte einen meiner Dolche, der ein Kissen erstochen hatte.

Was sollte das?

»Bist du jetzt verrückt geworden?!«, brüllte ich nach oben, doch dann entdeckte ich das Blut an der Klinge. »Ist das von Laertes?«

Ein lautes Knurren folgte und weitere Kampfgeräusche drangen an mein Ohr.

›Verdammt! Ich muss mich beeilen, ein Gegenmittel zu finden!‹

***

Die Blutprobe meines Bruders hatte mir einiges verraten. Das Gegengift in einer Spritze aufgezogen, hechtete ich erneut nach oben. Was für ein Glück, dass ich bereits in diese Richtung für Adrian geforscht hatte und eine Probe besaß. Allerdings wusste ich nicht, ob die Zusammensetzung zu hundert Prozent funktionierte.

In der letzten Stunde hatte ich in regelmäßigen Abständen irgendeinen der beiden gegen durchbrechende Wände oder an die Decke der Etage poltern hören. Mein Bruder schien verbissen zu kämpfen, während Adrian ihn tatsächlich nur außer Gefecht setzen wollte. Ich betete auf dem Weg nach oben, dass es klappte und damit diese Kämpfe endlich aufhörten. Wir hatten so viel zu erledigen.

»Achtung!«, knurrte Adrian, doch da war es bereits zu spät.

Ich fluchte, als ein Dolch meine Seite streifte und in der Wand hinter mir stecken blieb.

»Verfluchter Mist! Wollt ihr erreichen, dass ich nie wieder einen Bikini tragen kann?!«, schimpfte ich und blickte in das schuldbewusste Gesicht des Werwolfs, der sich trotz allem ein Grinsen verkneifen musste. Mein Sarkasmus war wohl ausgeprägter als ich gedacht hatte. »Halt Laertes fest.«

Als hätte der Alpha nur auf diesen Befehl gewartet, pflügte er meinen Bruder um und nahm auf dessen Brust Platz. Wutentbrannt versuchte Laer zu entkommen, aber der Wolf pinnte ihn fest, wie man einen Schmetterling auf eine Nadel aufspießte.

»Sachte, Adrian!« Ich kniete mich neben beide, drückte meinem Bruder die Spritze in den Arm.

Der keuchte und verdrehte die Augen.

»Geht es dir gut?«, fragte das Werwolfwesen und ich nickte.

Die Wunde hatte sich schon geschlossen, doch ich würde demnächst auf jeden Fall einen weiteren Blutbeutel trinken müssen. Während des Zusammenmischens des Gegengifts hatte ich mir bislang nur einen Beutel gegönnt. Das war dank der letzten Erlebnisse viel zu wenig gewesen.

»Kannst du dich nicht zurückverwandeln?«, erkundigte ich mich, doch der Werwolf schüttelte nur bedauernd den Kopf.

»Lasst mich los! Ich werde euch alle töten. Diese Töle ist als Erster dran ... Jetzt verstehe ich, wieso Markus ihn unbedingt tot sehen will! Er wird definitiv sterben«, ächzte Laertes und bemühte sich, aufzustehen, was weder Adrian, noch ich zuließen.

»Ruhe!«

Zu meinem Entsetzen atmete der Alpha schwer und Blut war zu sehen. Hatte Laer ihn etwa verletzt? Er wandte sich an mich, als sich mein Bruder nicht mehr rührte. Mit glasigen Augen sah er mich an. Der Blick ging ähnlich ins Leere wie bei Laertes zuvor. Ich bekam augenblicklich einen Adrenalinstoß.

»Ich muss in den Käfig in deinem Labor. Etwas passiert mit mir ... Lia, ich werde mich nicht mehr lange unter Kontrolle halten können«, stöhnte er.

Die Worte erstarben, als sich Adrian in den schwarzen Wolf zurückverwandelte und in Richtung Labor tappste. Ich fühlte bei Laer noch einmal kurz den Puls, der sich glücklicherweise beruhigt hatte. Er würde uns vorerst keine Schwierigkeiten machen. Rasch folgte ich dem Alpha. In einer Sache hatte er definitiv Recht: Sollte er sich nicht mehr unter Kontrolle haben, würde ich einem schrecklichen Feind gegenüberstehen. Und ich war mir nicht sicher, ob ich es tatsächlich fertig-

bringen würde, ihm etwas anzutun, selbst wenn es hieß,
er oder ich.

***

Mein Blick verweilte auf den beiden wichtigsten
Männern meines Lebens. Der eine lag wie leblos da und
schien im Stillen einen Kampf gegen das Gift in seinem
Körper anzugehen, auf der anderen Seite befand sich
Adrian in einem massiven Käfig und schlief. Woher
Laertes dieses Ding organisiert hatte, wusste ich nicht,
doch nun war es echt praktisch.

Die riesige Wolfsgestalt bebte. Er schien zu träumen.

›Ob dich dein Tag verfolgt? Die Erlebnisse müssen
dem Mann in der Bestie zu schaffen machen‹, dachte
ich und wandte mich danach erneut meinen
Forschungen zu.

Ich musste einen Weg finden, den Alpha zu retten.
Die Frage war nur: Wie? Bestand überhaupt eine
Chance?

Ein eigenwilliges Geräusch lenkte mich ab und ich
suchte dessen Ursprung. In Laertes Jackentasche fand
ich ein Handy, das auf Vibration geschalten war. Es
hörte allerdings auf, ehe ich es herausgezogen hatte. Ein
Blick aufs Display verriet mir, dass irgendjemand
bereits mehrfach versucht hatte, meinen Bruder zu
erreichen.

›Wer es wohl war?‹

Um diese Frage beantwortet zu bekommen, drückte
ich eine Taste des altmodischen Geräts. Zum Glück
versperrte mir kein PIN den Zugang und ich fixierte
nur kurz den Namen des Anrufers – Robert Allerton.

»Wieso habt ihr beide weiterhin Kontakt?«, murmelte ich irritiert und warf Laertes einen Blick zu.

Dieser rührte sich jedoch nicht, was für mich weitere Fragen aufwarf: Konnte ich es riskieren den Chefermittler um Hilfe zu bitten? Aber wäre er danach nicht verpflichtet, den Rat darüber zu informieren, dass etwas nicht nach Plan lief? Und das würde auch Markus auf unsere Spur bringen.

Ich seufzte.

»Das ist wohl keine gute Idee.«

Ich dachte an den Mann, den ich damals als Laers Kollege kennengelernt hatte. Früher war er noch ein einfacher Ermittler gewesen, eher der Typ Einzelgänger und die Kollegen hatten sich gegenseitig gewarnt, lieber auf Abstand zu bleiben. Jeder wusste, dass der vorangegange Chefermittler Karl Ludwig ihn auf dem Kicker hatte. Keiner wollte sich mit diesem arroganten Schnösel anlegen, also blieb Robert meist für sich. Soweit ich erfuhr, änderte sich das schlagartig, als er Evelyn Terrin über den Weg lief. Leider war diese Frau auch ein Ratsmitglied, was mich in meinem Entschluss bestärkte, es lieber sein zu lassen. Ich musste die beiden Männer wohl allein retten.

24

Nico

Du hättest ihn umbringen sollen, statt ihn loszubinden. Nichts aber auch gar nichts kannst du allein!‹, knurrte Nicolas.

Ich lief mehrere Minuten im Kreis und rieb mir dabei die Stirn.

»Halt den Mund!«, forderte und bettelte ich zugleich, denn ich konnte diese Stimme nicht mehr ertragen.

›Du hast nur Angst, dass die Kleine herausfindet, womit du ihren Bruder vergiftet hast. Sie ist nicht dumm, sie wird wissen, dass du es warst und dann wird der Jäger zum Gejagten‹, lachte Nicolas und kreierte Bilder von meinem Tod, wie auf eine Leinwand geworfen.

»Denk dran: Wenn ich drauf gehe, dann du ebenso«, schrie ich und wurde abermals unruhig.

Was war, wenn Lia mich in die Finger bekam? Oder noch schlimmer, Adrian! Wenn er mich mit der Mutation ansteckte und ich das restliche Leben als Wolf ertragen müsste, unfähig, mich zurückzuverwandeln?!

›Sei doch froh! Wenn du als Wolf stirbst, gibt es keine teure Beerdigung, keine Freunde und Verwandten, die Abschied nehmen müssen und deine Schulden sind passé. Dein einzig wahres Ende – voller Maden am Waldrand und angefressen von anderen Viechern.‹

Geräusche hinter mir ließen mich herumfahren und ich war bereit, mich sofort zu wandeln. Ich musste jedoch noch abwägen, ob ich die Flucht oder den Kampf antrat. Lediglich ein Hase sah aus dem Gebüsch heraus und die Stimme in meinem Kopf brüllte:

›Ui, toll, Mittagessen!‹

Ich spürte, wie mir das Wasser im Mund zusammen lief.

»Dafür haben wir jetzt keine Zeit«, ermahnte ich mich selbst, denn es musste mir etwas einfallen, wie wir aus diesem Schlamassel herauskamen.

›Was wäre, wenn wir zurückgehen und das Haus anzünden?‹, schlug mein zweites Ich vor, was mich dazu brachte, den Kopf zu schütteln.

»Sie würden draußen sein, sobald sie es riechen. Wenn sie uns jagen und wir nicht weit genug weg sind, war's das.«

›Und ihnen die Kehle aufschneiden?‹

Hatte dieser Spinner eigentlich seit neuestem nur noch mörderische Ideen?

»Ich schlage vor, wir bleiben hier, versuchen, irgendwie mit Natascha Kontakt aufzunehmen, und lassen sie den Rest erledigen.«

Ein Stöhnen machte mir klar, dass Nicolas nicht wirklich meiner Meinung war. Was blieb ihm allerdings schon übrig? Er saß in meinem Kopf und hatte keinerlei Entscheidungsgewalt. Zumindest bis jetzt nicht ...

›Du bist eine Schande‹, brummte er und verstummte daraufhin für ein Weilchen.

Das war die reinste Wohltat. Meine eigenen Gedanken waren hörbar und der stechende Schmerz im Kopf klang etwas ab. Wenn es doch immer so sein könnte.

Ich ging weiter den Waldweg entlang, bis wir an einer kleinen Hütte ankamen, die sich als Gaststätte herausstellte. Dort gab es mit Sicherheit ein Telefon, das ich nutzen konnte, schließlich kannte ich die Nummer meiner Liebsten auswendig.

»Hallo, wer ist da?«, brummte eine männliche Stimme, während im Hintergrund ein leises Stöhnen zu hören war.

»Ich bin Nico und wollte mit Natascha sprechen«, bat ich, doch der Mann am anderen Ende kicherte.

»Sie ist gerade sehr beschäftigt und voller Elan dabei! Sie ruft später zurück.«

Das Gespräch wurde beendet, ehe ich erläutern konnte, wo sie mich erreichen konnte. Was war das für ein Kerl gewesen?

Eine halbe Stunde wartete ich, bis ich es erneut versuchte, und diesmal ging meine Schönheit selbst dran.

»Hallo?«, sagte sie sanft wie ein Engel und mein Herz begann in meiner Brust in Wallung zu geraten.

»Hey Natascha, ich bin es, Nico«, meinte ich und schmunzelte, als sie sich freute.

»Nico, es ist schön von dir zu hören. Wie laufen unsere Pläne?«, fragte sie vorsichtig und neugierig zugleich.

»Schwierig. Die drei sind leider zäher als vermutet und geben nicht so leicht nach. Den Blutsauger habe ich außer Gefecht gesetzt, aber es ist nur eine Frage der Zeit, bis seine Schwester das Gegengift findet. Adrian ist nur noch der Köter, den du haben wolltest, allerdings auch eine enorme Gefahr. Wenn du also handeln willst, tu es jetzt«, versicherte ich ihr und hoffte, sie somit wiederzusehen.

»Werden die Vampire Adrian freiwillig übergeben?«

Ich schüttelte den Kopf, was meine Herzdame natürlich nicht sehen konnte.

»Soweit ich mitbekommen habe, ist die Blutsaugerin sehr an ihm interessiert. Sie sind anscheinend miteinander verbunden, daher vermute ich, sie wird ihn nicht einfach so hergeben. Davon mal abgesehen, ist Lia bei weitem das kleinere Problem. Ich mache mir mehr Sorgen darüber, dass mich Adrian in die Finger bekommt und ich mich anstecke. Danach kannst du mir die Kugel geben«, jammerte ich, was ein schallendes Gelächter am anderen Ende verursachte.

»Glaub mir, Nico, ich werde dir dann den Gefallen tun und dich erlösen. Keine Angst, mein Liebster, du wirst nicht leiden müssen!«

Ich bekam eine Gänsehaut bei diesen Worten und es lief mir eiskalt den Rücken herunter.

***

Auf leisen Sohlen näherte ich mich wieder dem Haus, in dem Lia und ihr Bruder mich hatten verweilen lassen. Sie waren von Anfang an nett zu mir gewesen und sogar dazu bereit, mich in ihre Gruppe aufzunehmen. In diese Gedanken verloren, war ich mir gar nicht mehr so sicher, ob ich ihnen wehtun und sie verraten wollte.

›Natürlich willst du das! Nur keine falsche Bescheidenheit. Gnade ist was für Weicheier, schließlich hast du dem Mädchen ebenfalls keinerlei Chance gegeben, nachdem Adrian sie gerettet hat‹, erwachte das Böse in meinem Kopf erneut zum Leben.

»Wenn ich sie nicht getötet hätte, wäre sie Adrians Opfer geworden«, rechtfertigte ich mich, doch Nicolas ermahnte mich, realistisch zu bleiben.

›Na, na, na! Wir wissen doch beide, dass es nicht so war. Du hast es genossen, ihr die Tränen von der Wange zu lecken, deine Pranke auf den Brustkorb zu legen und sie genüsslich zu zerfleischen ...‹

Ich schüttelte den Kopf. So war das nicht gewesen! Ich wollte sie weglocken, hoffte, dass sie vor mir als Wolf abhauen würde. Es kam jedoch anders.

›Oh, Nico, aber das ist sie doch! Besonders, als du mit ihr Katz und Maus gespielt hast. Sie hatte nie eine reale Chance, wieder nach Hause zu kommen und in die Arme ihrer Mutter geschlossen zu werden.‹

Tränen rollten mir übers Gesicht und ich gab mir Mühe, nicht zu sehr zu blinzeln, um das Haus nicht aus den Augen zu lassen. Ein Schatten im Rauminneren ließ mich erneut aufmerksamer werden. Lia rannte einige Male hin und her zwischen den Räumen. Sie hatte die beiden wahrscheinlich getrennt oder umgebracht. Eventuell hatten sich die beiden auch gegenseitig erledigt und sie war dabei, die Spuren zu verwischen und abzuhauen.

›Glaubst du das im Ernst? Die Kleine überlegt, wie sie dich am ehesten findet und dir den Garaus machen kann. Wie naiv bist du denn?‹, fuhr mich Nicolas plötzlich an und ich schreckte zusammen.

»Du hast gar keine Ahnung«, murmelte ich eher für mich selbst und beobachtete, wie Lia von einem Raum in den anderen mehrere Reagenzgläser trug.

»Was hat sie nur vor?«

***

Es war stockfinster. Die Augen wurden allmählich schwer und mein Körper war von der Wandlung und dem Zwischenfall im Wald geschwächt.

›Muss das kleine Mädchen gleich zu seiner Mami und weinen? Mensch, du bist ein Kerl! Reiß dich zusammen.‹

Ich schlug mir gegen den Kopf und das Klingeln in meinen Ohren sorgte dafür, ein paar Minuten Ruhe vor Nicolas zu haben. Es musste einen anderen Weg geben, ein wenig Kraft zu tanken! Nur ein bisschen ausruhen.

In einer Ecke, wo man mich nicht direkt im Schatten erahnen konnte, hockte ich mich hin und lehnte den Rücken an einen Felsen. Wieso konnte Natascha nicht einfach mit mir abhauen? Eine Familie gründen und glücklich sein, mehr wollte ich nicht. Sie war allerdings so extrem auf Rache aus, dass sie blind für alles andere war. Besonders sah sie nicht die Liebe, die ich für sie empfand.

Meine Gedanken drifteten ab.

Die erste Begegnung mit Natascha war der Hammer gewesen. Ich hatte die pure Panik gehabt, traute mich nicht, sie anzusprechen, bis sie schließlich lächelte und mich in ein Gespräch verwickelte. Die Wandlung hatte sich leider als Hölle herausgestellt, doch der darauffolgende Sex ließ mich die Strapazen sofort vergessen. Wie oft ich ihr seitdem gesagt hatte, wie schön sie war, sie wollte es nicht hören. Nachts wälzte sie sich hin und her, von Albträumen gepeinigt und rief ständig einen Namen: Maze. Wenn ich sie danach fragte, zögerte sie und antwortete:

»Maze war mir sehr wichtig und meine Familie. Adrian hat ihn mir genommen!«

Was auch immer Adrian getan hatte, er war es gewesen, der sie verletzt hatte und verdiente somit, dass man ihm ebenfalls wehtat! Allerdings war ich dafür zu schwach und hatte meine Triebe und Sinne noch nicht allzu gut im Griff. Daher war es unvermeidlich, dass Natascha früher oder später hier auftauchen musste. Innerlich freute ich mich, da ich sie vermisste, andererseits brachte ich sie damit in Gefahr.

Ich würde sie jedoch mit meinem Leben beschützen!

***

Die ersten Sonnenstrahlen kamen zum Vorschein und tauchte die Welt in ein warmes Rot-orange. Im Haus war es seit ein paar Stunden ruhig geworden, zumindest eilte Lia nicht mehr wie ein aufgescheuchtes Huhn hin und her. Ab und an drangen Schreie aus dem Haus, die von ihrem Bruder stammen dürften. Hoffentlich überlebte er es.

›Was denkst du da schon wieder? Dir ist klar, dass, sollte Laertes überleben, er ihr alles erzählen wird? Auch wer es war, der ihn vergiftet hat? Sie werden dich danach sicherlich nicht mehr mit offenen Armen, sondern mit einer Mistgabel empfangen‹, meinte Nicolas und ich fühlte einen Anflug von Sorge.

»Na und? Dann ist es eben so! Was habe ich denn schon zu verlieren? Wenn Natascha hier ist, wird sie es sowieso erledigen, wie sie es versprochen hat. Danach können wir endlich daran arbeiten, dich aus meinem Kopf zu verbannen«, brummte ich und innerlich tauchten Bilder auf, in denen Nicolas mich grimmig ansah.

›Kennst du Pinocchio? Der hat eine Grille, die für ihn das Gewissen ist. Mal darüber nachgedacht, ob ich vielleicht genau wie diese Grille bin?‹, hörte ich ihn nörgeln.

»Was? Grün, lästig und kann man mit dem Fuß zerquetschen? Schön wäre es«, amüsierte ich mich.

›Nein! Jemand, der das ausspricht, was du im Inneren längst weißt oder befürchtest. Fakt ist, die da drin werden dir das Fell über die Ohren ziehen. Natascha amüsiert sich sicherlich mit einem anderen, während du hier die Drecksarbeit für sie machst. Ach, und mit hoher Wahrscheinlichkeit wirst du keinen Gehirntumor, sondern einfach nur eine gespaltene Persönlichkeit haben, die man mit Medikamenten in den Griff bekommen kann. Nico, mach es nicht dramatischer als es eh schon ist ... Vermissen wird dich keiner, wenn du dabei drauf gehst!‹

Unruhig dachte ich darüber nach, spürte, wie ich Angst bekam, und spielte sogar mit dem Gedanken abzuhauen.

»Du hast Recht. Wir müssen hier weg«, flüsterte ich und war im Begriff, mich aufzusetzen, als ich diese mir nur allzu bekannte Stimme hörte.

»Wo willst du hin, mein Liebster?«

»Natascha!«, gab ich verlegen von mir und in meinem Kopf zischte Nicolas:

›Verdammt, nun stecken wir echt im Schlamassel!‹

25

Das Geräusch von raschelndem Stoff weckte mich. Meine Sinne liefen augenblicklich auf Hochtouren. Wo war ich? Was war geschehen?

Als ich die Augen öffnete, fiel mein Blick auf eine Gestalt, die zusammengesunken an einem Tisch saß und tief und fest schlief. Es war eine Frau. Sie wirkte, als hätte sie sich die Nacht um die Ohren geschlagen und war nun am Ende ihrer Kräfte. Perfekt! Ein leichtes Opfer ...

Mein Magen begann zu rebellieren. Ich brauchte etwas zu essen und Bewegung, doch als ich mich aufrappelte, stieß ich gegen ein massives Stahlgitter. Man hatte mich wohl in einen Käfig gesteckt. Wieso wusste ich davon nichts mehr?

»Guten Morgen«, flüsterte die Gestalt auf einmal und richtete sich auf.

Die Frau hatte kurzes dunkles Haar. Ihre braunen Augen verweilten auf mir, ehe sie herzhaft gähnte. Kannte ich sie? Hatte sie mich hier eingesperrt?

»Ich muss eingeschlafen sein. Aber ich denke, ich bin einen riesigen Schritt weiter. Die Verbindungen der Chemikalien dürften nicht allzu kompliziert sein. Ein oder zwei Tage und ich kann zumindest schon einmal Laertes aufwecken. Und dich werde ich ebenfalls von diesem Dasein erlösen«, flüsterte sie, was mich plötzlich nervös machte.

Erlösen? Das klang nicht gut. Wer war diese Frau, verdammt nochmal, und wieso redete sie mit mir, als wären wir uns vertraut? In meinem Kopf herrschte Leere, doch mein Instinkt riet mir, mitzuspielen und den Wissenden zu mimen.

»Hast du Hunger? Ich könnte eine ganze Kuh verspeisen!« Abermals gähnte die Frau und bewegte sich dann in Richtung Tür. »Ich hole uns was. Bin gleich zurück.«

Ich nickte artig, um ihr zu zeigen, dass ich verstanden hatte und sie verschwand. Egal, wohin sie auch gehen würde, ich wollte nicht abwarten, bis sie zurück war. Ich musste hier raus und schleunigst verschwinden.

***

Dieser Käfig war die Hölle! Wie sehr ich auch bemüht war, es gab keinerlei Möglichkeit, mich zu befreien. Die Zeit rannte mir allerdings davon. Bald würde diese Unbekannte zurückkommen und dann arbeitete sie weiter an meiner ›Erlösung‹, was auch immer das bedeutete. Allein bei der Vorstellung wurde mir heiß und mein Herz raste. Was sollte ich nur tun? Sterben stand noch nicht auf meiner ›Zu erledigen‹-Liste.

Mittlerweile wusste ich wenigstens, was mich hier komplett die Fassung verlieren ließ: Diese Frau war eine Vampiren gewesen!

»Das sieht echt schlimm aus, mein Liebster«, erklang auf einmal eine Stimme im Flur und ich wandte den Kopf in die Richtung, aus der die Worte gekommen waren.

Meine Triebe liefen genau in diesem Moment beinahe Amok. Ich kannte diese Frau, die da im Türrahmen stand und lächelte. Diesen Geruch! Ich hatte ihn schon oft in der Nase gehabt. Wieso wusste ich nichts mehr? Ich musste mich doch wenigstens an ihren Namen erinnern.

»Du weißt, dass wir etwas gemeinsam haben, nicht wahr?« Ihre Stimme wurde zu einem Flüstern und sie näherte sich gemächlich schlendernd dem Käfig.

Ihr Gang hatte etwas Ungelenkes, als hätte sie sich erst kürzlich verletzt. Einem ungeübten Auge wäre dies wohl nicht aufgefallen, doch ich studierte sogleich die Bewegung. Es handelte sich dabei mindestens um eine Prellung, eher um einen heilenden Bruch der Hüfte. Zudem zog sie ganz leicht das Bein nach, was für einen Schlaganfall sprach. Was hatte sie überlebt? Einen Angriff oder einen Unfall?

»Schatz, du kennst mich nur allzu gut. Hör auf, mich mit Blicken auszuziehen«, kicherte sie und legte den Kopf schief.

Zu meinem Erstaunen streckte sie die Hand durch das Gitter und strich mir selbstbewusst übers Fell. Ihre Augen, die unterschiedlicher Farbe zu sein schienen, betrachteten mich wohlwollend.

»Du hast keine Ahnung, wer ich bin oder? Dein Gedächtnis ist wie leergefegt, nicht wahr?«, brachte sie das auf den Punkt, was ich ihr durch meine körperliche Verfassung nicht mitteilen konnte.

Auf ihrer Miene zeichnete sich auf einmal ein trauriges Lächeln ab.

»Ja, das ist eine Nebenwirkung der Experimente. Wir müssen dich befreien, ehe diese Vampirfrau zurückkommt.«

Experimente? Was meinte sie? Hatte es etwas mit dieser anderen Frau zu tun? Ich ärgerte mich unheimlich, dass ich keine Fragen stellen konnte. Gerade jetzt hatte ich Unmengen davon. Entschlossen griff das Weib mit den unterschiedlichen Augen in die Hosentasche und zog ein kleines Mäppchen hervor. Mit dessen Inhalt hantierte sie am Schloss des Käfigs herum, bis ein leises Klicken zu hören war.

Ich fühlte Erregung, bald in die Freiheit entlassen zu werden. Was sollte ich aber mit dieser Frau tun? Sie schien mich zu kennen, befreite mich sogar, obwohl sie nicht sicher sein konnte, dass ich ihr gegenüber freundlich gesonnen war. Wieso empfand ich ihr gegenüber so etwas wie Misstrauen? Sie verhielt sich doch sehr nett, gar liebevoll.

»Ich vertraue dir, mein Liebling«, hauchte sie und diese Worte machten mir eine Gänsehaut. »Bald wird alles gut werden. Wir zwei verschwinden einfach ...«

»Da wäre ich mir nicht so sicher, Natascha!«

Erschrocken fuhren wir beide herum. Die Frau von vorhin stand da und funkelte meine Retterin wütend an. Gut, dass Blicke nicht töten konnten, sonst wäre ich als einziger Überlebender im Raum verblieben. Eins war sicher: Diese beiden hassten sich!

»Ich hole mir nur zurück, was mir gehört, Vampir!«, fauchte die Frau neben mir, die von der Vampirin ›Natascha‹ genannt worden war.

Dieser Name kam mir eigenartig bekannt vor. Woher kannte ich ihn? Ein Bild flackerte in meinem Geist auf. Diese Frau vor mir, ich die Arme um ihren Hals und mein Gemächt tief in sie stoßend. Aber was waren das für widersprüchliche Emotionen? Mir wurde eigenartig flau im Magen.

»Dir gehört hier in diesem Hause überhaupt nichts!«, zischte die Vampirin und zückte zum Entsetzen Nataschas zwei Dolche.

Sie schien sich für den Kampf bereit zu machen.

»Adrian, bitte hilf mir ...« Die Tür des Käfigs wurde aufgezogen und ich machte einen Hechtsprung in die Freiheit.

Sogleich fühlte ich mich wohler. Gefangenschaft war nichts für mich. Das würde dieses Weib bereuen!

»Adrian? Ich bin es, Lia.«

Die Entschlossenheit dieser Lia kam ins Wanken und für einen Moment sah es aus, als wollte sie die Waffen senken. Ich stellte mich vor Natascha, um sie zu beschützen. Gegen einen Vampir kam diese schwache und verletzte Frau schließlich nicht an. Die Blutsaugerin fluchte und reckte geradezu bockig das Kinn in die Luft. Dieser Anblick gefiel mir eigenartigerweise, dennoch machte ich knurrend einen Satz auf sie zu.

›Natürlicher Feind!‹, brüllte mein Instinkt. ›Töte sie, ehe sie dir oder Natascha etwas antun kann.‹

Wie im Wahn hob ich eine Pranke und schlug aus. Die Krallen wurden jedoch von den Dolchen abgelenkt und gingen ins Leere. Natascha hinter mir fluchte.

»Was ist nur los mit dir?« Lia keuchte, als ich sie mit dem nächsten Hieb gegen eine Wand beförderte.

»Wölfe sind nicht dafür gemacht, in Gefangenschaft zu leben. Wir sind wild und frei, ganz auf unsere Triebe eingestellt. Und Adrian hat einen besonders Ausgeprägten. Du hättest ihn damals mitbekommen sollen«, redete Natascha schwärmerisch auf Lia ein, die sie entgeistert anstarrte. »Einmal hätte er mich während des Fickens fast umgebracht, so ausgehungert war er!«

Die Vampirin erzitterte und ich nahm ein merk-
würdiges Gefühl wahr. Hatte ich sie etwa doch verletzt?

***

»Töte sie, dass dieses Monster keine Gefahr mehr für
uns darstellt«, stachelte Natascha mich an, und mein
Instinkt schien diese Meinung zu teilen.

»Adrian, du musst endlich zur Vernunft kommen!«
Die Stimme meiner Feindin klang erstickt.

Was sollte das?

Natascha hatte sich mir genähert und strich liebevoll
über meinen Wolfskopf. Sie tat dies so selbstverständlich, dass mehr zwischen uns gewesen sein musste, als
nur dieses eine Erlebnis. Wenn ich mich nur hätte
erinnern können!

»Du wirst dich nicht zwischen uns drängen«, hauchte
die Wölfin in ihrem russischen Akzent und ein Lächeln
legte sich auf ihre Lippen. »Deine Macht wirkt nicht
mehr, du billiges Flittchen. Der Alpha gehört mir.«

Was meinte sie nur mit dem Wort ›Alpha‹? Und
wieso hatte ich auf einmal das Gefühl, auf der falschen
Seite zu stehen? War das der Einfluss dieser Vampirin?
Hatte sie mich irgendwie verhext? Konnten diese Wesen
das?

Als hätte sie meine Unsicherheit gefühlt, heftete sich
ihr Blick auf meine Wolfsmiene.

»Du fühlst es, nicht wahr? Diesen schwarzen
Zauber«, flüsterte Natascha und ich ging abermals zum
Angriff über.

Auf keinen Fall würde ich mich von dieser schönen
Sirene bezirzen lassen!

26

Männer konnten solche Dummköpfe sein! Wieso hatte sich Adrian von diesem Miststück derart leicht einwickeln lassen? Und wieso zur Hölle ging er nun auch noch auf mich los?! Hatte er etwa den Verstand verloren?

Gerade rechtzeitig sprintete ich los, schaffte es an der vor Wut schnaubenden Natascha vorbei, die mich festzuhalten bemüht war und mir dadurch einen Kratzer am Arm verpasste. Ich musste die beiden aus dem Haus locken, in dem mein Bruder ihren Launen vollkommen ausgeliefert wäre. Die Vergiftung hatte ich zwar in Schach gehalten, doch er war weiterhin ohne Bewusstsein. Mein Gegenmittel zeigte bislang leider keine Wirkung.

›Adrians Heilmittel‹, schoss es mir durch den Kopf, aber mein Labortisch, auf dem ich die Ampullen aufbewahrte, war außer Reichweite.

Zuerst musste ich fliehen, um etwas später zurückkehren zu können.

»Liebster, du darfst sie nicht entkommen lassen! Sie wird sonst Verstärkung holen und alles ist verloren«, schrie Natascha und Adrian jagte tatsächlich mit schweren Schritten hinter mir her.

Mein Herz trommelte aufgeregt in der Brust und eine schreckliche Gewissheit machte sich in mir breit: Ich lief

Gefahr, in diesem Wald mein Leben zu verlieren, zerfleischt von dem Wolf, mit dem ich verbunden war.

Äste schlugen mir ins Gesicht, während ich vor ihm davonlief und immer tiefer ins Unterholz stolperte. Weiterhin hörte ich Adrians mächtige Pranken auf dem moosbewachsenen Waldboden. Sie kamen stetig näher.

›Ich muss mich irgendwo verstecken!‹

Eine Wurzel brachte mich zu Fall und ich nahm den brennenden Schmerz auf meinen Handflächen wahr, als ich mich abrollte und somit verhinderte, mit dem Gesicht über den Pfad zu rutschen. Ich stöhnte auf vor Pein, biss allerdings die Zähne zusammen. Es blieb genug Zeit meine Wunden zu lecken, wenn ich ein Versteck gefunden hatte.

›Ob dieses Miststück die Wahrheit gesagt und Adrian wirklich mal was mit ihr gehabt hatte?‹, geisterte es mir durch die Gedanken und ich schüttelte heftig den Kopf, um diese zu vertreiben.

Es machte mich beinahe wahnsinnig, dass ich es nicht wusste, vor allem, weil ebenfalls die Frage war, ob mir Adrian die ganze Zeit etwas vorgespielt hatte. War er auf den Deal des Rats eingegangen, um am Ende bei Natascha zu sein? Aber was war mit unserer Partnerbindung? In meinem Schädel begann es zu dröhnen. Allmählich wurde mir diese ganze Scheiße zu viel!

Eine Mauer tauchte vor mir auf und ich zwängte mich durch einen Spalt, der hoffentlich zu schmal für den Wolf war.

***

»Oh mein Gott!«, ächzte ich, als mir bewusst wurde, wohin ich geflüchtet war.

Peters Haus. Ich befand mich tatsächlich in der Nähe der Überreste meines ehemaligen Labors... Der Ort, den ich seit Jahrzehnten gemieden hatte. Meine Knie zitterten und ich schleppte mich mehr schlecht als recht in Richtung Keller. Vielleicht gab es ja dort etwas, das ich verwenden konnte, um Adrian zu bändigen. Hoffentlich hatte Laertes nicht alles zerstört bei seiner Aufräumarbeit.

Im oberen Bereich des Hauses hörte ich bereits sein Knurren. Es wurde höchste Eisenbahn, dass ich mir etwas einfallen ließ!

›Komm schon, Adrian, bitte werde doch wieder vernünftig‹, bettelte ich gedanklich, aber mein Wolf konnte dies schon lange nicht mehr hören.

Unsere Verbindung war tot. Keine Emotionen, keinerlei Gedanken und diese Leere war unerträglich. Ich wollte die Stimme des nervtötenden Mannes zurück, der mich stets ermahnte, mich aus dem Geschehen fern zu halten! Stattdessen musste ich jetzt gegen ihn antreten.

Das Krachen und Splittern der Tür machte mir klar, dass ich zu sehr getrödelt hatte. Ich würde meinem Mann ohne Waffen entgegentreten müssen, denn die alten Reagenzgläser hatte ich weiterhin unberührt gelassen.

»Adrian, bitte erinnere dich! Du gehörst zu mir, nicht zu Natascha«, redete ich auf ihn ein, was jedoch genauso erfolgreich war, als würde ich mit einer Wand quatschen.

Der Trieb ließ den mächtigen schwarzen Wolf rot sehen und er holte aus, um mich mit der Pranke niederzustrecken. Glas klirrte und Scherben verstreuten sich auf dem Boden, als ich mich wegduckte und in einem anderen Teil des Kellers Schutz suchte. Eine schlechte Entscheidung, wenn ich mir die Gefäße in den Regalen so ansah!

›Ätzend‹ und ›explosiv‹ waren noch die nettesten Begriffe dieser Chemikalien. Wieso hatte ich nur vergessen, diese aus dem Haus schaffen zu lassen?! Und aus welchem Grund waren sie nicht durch Laer vernichtet worden? Wenn es ganz dumm lief, würden Adrian und ich hier mit einem lauten Knall abtreten.

»Oh Gott, Adrian, nein!«, schrie ich, als er abermals ausholte.

Diesmal erwischte er eine Reihe an Flaschen, die auf dem Boden Zischlaute von sich gaben, während sie sich in den Stein fraßen. Ein paar Spritzer bekam ich ebenfalls ab und Tränen schossen mir in die Augen. Die Dämpfe benebelten nicht nur mir die Sinne, denn auch seine Bewegungen wurden mit der Zeit eigenwilliger.

Panik schnürte mir die Kehle zu und ich tastete mich weiter, gefolgt von Adrian, der jetzt erst richtig in Rage geriet. Gefäß um Gefäß zerbarst auf dem harten Steinboden. Die Mischungen brannten mir in der Nase und in den Augen. Ich zog mir den Ärmel des Oberteils vors Gesicht und stürzte in Richtung Fenster. Ich musste hier raus!

Etwas Schweres rempelte mich an und gemeinsam fielen wir der Länge nach hin. Säure arbeitete sich durch meine Klamotten und danach in mein Fleisch. Ich roch Blut, welches nicht zu mir gehörte, also hatte sich dieses Teufelszeug mittlerweile auch durch Adrians Fell gefressen. Die Atmung des Wolfs war unregelmäßig und das Schwindelgefühl schien ihn gleichfalls zu schaffen zu machen. Wenn ich ihm nicht half, würde er hier unten in diesem Kellerraum verrecken. Vermutlich hatte die Mutation zu viel seiner Energie aufgefressen, sodass er bald selbst ohne diese Dämpfe umgekippt wäre.

»Nicht beißen!«, fauchte ich Adrian an und zerrte an seiner Pranke.

Obwohl ich ebenfalls sehr geschwächt war, schaffte ich es, ihn bis zum Fenster zu schleifen und dieses zu öffnen. Ein weiterer Fehler, wie sich herausstellte, da uns dadurch Adrians fabriziertes Gemisch des Kellers um die Ohren flog.

***

In meinem Gehör war ein nervtötendes Klingeln zu hören. Meine Finger tasteten neben mir im Gras umher, während ich die Augen geschlossen hielt. Ich hoffte, Adrians Fell zu erwischen, doch da war nichts. Stattdessen spürte ich auf einmal etwas Heißes an meinem Gesicht. Ich blinzelte, wartete, dass ich klar sehen konnte, aber alles blieb verschwommen. Es zeichnete sich ein schwarzer Fleck ab, der sich tief grollend über meinem Körper erhob. Anscheinend war das nun mein Ende, denn ich hatte keine Kraft mehr, davonzulaufen. Wenn Adrian nun kurzen Prozess mit mir machte, konnte ich von Glück reden.

»Bitte, Bello ...«

Meine Stimme war nur ein heiseres Krächzen. Die Chemikalien hatten ganze Arbeit geleistet. Natascha würde wohl doch gewinnen.

Weitere Erschütterungen im Inneren des alten Hauses lockerten etliche Dachziegel, die auf uns herabsegelten. Einer schlug genau neben mir ein, dennoch brachte ich es nicht fertig, mich in Sicherheit zu bringen. Ich würde eh sterben ... Ob von meinem Wolf zerfleischt oder einem Dachziegel erschlagen, dürfte aufs gleiche herauskommen. Tot war tot.

Über meinem Kopf splitterte der Ton und kleine Brocken machten mir klar, dass Adrian einen der herabfallenden Ziegel zerschlagen hatte.

»Ist egal«, lallte ich förmlich, doch weitere Geräusche, die nach brechenden Tonziegeln klangen, übertönte das schreckliche Klingeln und Pfeifen in meinem Kopf.

Der Wolf über mir heulte laut auf. Gleich würde er die Zähne in mein Fleisch schlagen, daran reißen und das Leben beenden, von dem ich erst kürzlich noch gehofft hatte, dass es gut werden könnte.

»Ophelia?!«

Meine Sinne schienen mir einen Streich spielen zu wollen, denn es war Adrians Stimme, die ich ziemlich dumpf vernahm. Als wollte mir mein Unterbewusstsein eine letzte Freude bereiten.

›Wie schwer bist du verwundet?‹, übertönte diese Stimme plötzlich alles um uns herum und ich zuckte zusammen.

Emotionen strömten auf mich ein: Wut, Bedauern, Sorge, Liebe und Verzweiflung. Ein wahrlich angsteinflößender Cocktail in diesem Moment. Was war denn los? Phantasierte ich etwa? Oder war ich bereits tot und im Himmel?

›Verdammt nochmal, rede mit mir!‹

Ich hätte vor Glück heulen können, traute mich jedoch nicht, dieser wundervoll dunklen und weichen Stimme zu antworten. Die Angst, es mir nur einzubilden, ließ mich zögern.

27

Adrian

Natascha, dieses Miststück! Sie hätte mich durch ihre Manipulationen beinahe dazu gebracht, meine eigene Partnerin umzubringen! Wie hatte sie mich nur dazu bewegen können? Fassungslos starrte ich auf Lia hinab, die schrecklich mitgenommen aussah.

›Ophelia, Liebling‹, begann ich erneut, doch sie kniff die Augen zu, während sie schluchzte und den Kopf schüttelte.

Meine Hübsche war definitiv mit den Nerven am Ende. Zudem spürte ich, dass da noch etwas anderes war. Hastig ergriff ich ihren Arm, der brannte. Ein Kratzer befand sich an Lias Handgelenk, der sich blau verfärbt hatte. Was zum Henker war das?

›Woher hast du diesen Kratzer?‹, fragte ich sie in Gedanken und das Bild von Natascha kam mir in den Sinn, wie sie sich nach meiner Frau gestreckt hatte.

Diese kleine Mistratte musste Ophelia erwischt und irgendwie vergiftet haben!

›Adrian?‹ Zaghaft nahm sie den Kontakt auf und ich schloss meine Liebste sogleich erleichtert in die Arme. Wenigstens war unsere Bindung erneut so stark, dass wir kommunizieren konnten. ›Ich ... Es brennt.‹

Schwindelgefühl, das Brennen und Übelkeit beherrschte die Emotionswelt Ophelias. Ohne zu Überlegen zog ich sie zu einem Baum in der Nähe und lehnte sie dagegen. Sie brauchte Blut, um sich wenigstens eine Zeit lang dagegen zur Wehr setzen zu können. Ich durfte nicht trödeln, sondern machte das, was mir mein Instinkt riet: Ich setzte mich neben sie, gab ihr Halt, während ich mir die Ader aufschnitt und daraufhin Lias Lippen mit meinem Blut benetzte.

›Trink!‹, forderte ich.

Natürlich blieb ein Risiko, denn ich war ein Mutant. Allerdings hatte ich das eigenartige Gefühl, dass ich nur für andere Wölfe gefährlich war.

Mit flatternden Augenlidern hing mein Weib halb auf mir und es dauerte etwas, bis sie endlich den Mund öffnete. Sie keuchte und ihr Körper versteifte sich für einen Augenblick, während die Fänge geradezu aus dem Oberkiefer schossen. Statt mich, wie es mein Trieb brüllend verlangte, von ihr zu lösen, verringerte ich die Distanz noch und legte mein Gesicht an ihres. Das Handgelenk verblieb an ihren Lippen. Sie musste endlich anfangen richtig zu trinken! Die paar Tropfen würden nicht helfen.

›Na, komm schon, Ophelia. Nähr dich von deinem Bello‹, brummte ich lockend und vernahm ein leises Lachen in meinem Kopf.

›Bello ...? Jetzt weiß ich, dass es ein Traum sein muss. Mein Wolf hätte hier gemault und Einspruch eingelegt.‹ Lia machte dennoch einen mächtigen Zug aus der lebensspendenden Quelle.

›Wenn du durchhältst, darfst du mich nennen, wie auch immer du willst. Ich werde nie wieder murren, unser ganzes Leben lang‹, erwiderte ich und meine Liebste erzitterte, wobei sie dabei zu schluchzen begann. ›Lia, öffne endlich die Augen! Ich bin wirklich da.‹

Ich strich Ophelia zärtlich über den Nacken, was ihr eine Gänsehaut bescherte. Ganz langsam öffnete sie tatsächlich die Augen, doch die Pupillen starrten ins Leere. Sie konnte mich nicht erkennen.

›Gift‹, seufzte sie. ›Wie hast du es geschafft, dich zurückzuverwandeln?‹

Ich hatte keine Ahnung. Das Letzte, woran ich mich in diesem Zusammenhang erinnerte, war ihr Kosenamen, den sie voller Verzweiflung gesagt hatte. Danach war ich wie aus einem Albtraum aufgewacht. Ob es die Chemikalien bewirkt hatten oder die Verbindung zu Lia, wusste ich nicht.

›Kannst du dich nicht einfach freuen, dass es so ist, du Knallfrosch? Ich sitze hier splitterfasernackt neben dir wundervollem Geschöpf und du analysierst nur, wie ich das Fell losgeworden bin. Du kränkst mich und mein männliches Ego‹, gab ich scherzend zurück, aber Lia brachte nur ein müdes Lächeln zustande.

Das Blut wirkte nicht so wie erhofft. Das war leider meine einzige Lösung gewesen. Was sollten wir jetzt machen?

›Ich fürchte, ich brauche ein Serum gegen das Gift. Es fühlt sich an, als hätte Natascha die Rezeptur so angelegt, dass es einem die Kraft nimmt.‹ Ophelia verschloss die Wunde an meinem Handgelenk und sank erneut schwer gegen mich.

›In Ordnung. Meinst du, du hältst es hier noch ein bisschen aus? Dann besorge ich dir das Gegengift.‹

Im Grunde gab es dabei nur eine Chance: Ich musste wieder zum Wolf werden, mich Natascha nähern und ihr das Serum abnehmen. Das weibliche Mitglied meines ehemaligen Rudels hatte mit Sicherheit irgendwo ein Mittel dabei, um sich gegen eine Vergiftung zu schützen.

›Bello, bitte nicht ... keine Verwandlung‹, bettelte Lia, doch ich küsste sie auf die Stirn.

›Keine Sorge. Ich mache Fehler aus Prinzip nur einmal. Dieses Mal werde ich behalten, wer die Böse ist und wer zu mir gehört.‹ Ich lächelte sie an, was mein Weib leider nur erahnen konnte. ›Ich bin bald wieder da. Du bleibst hier und hältst durch, verstanden? Ich liebe dich.‹

›Bello‹, setzte sie erneut an, doch da hatte ich mich bereits verwandelt und eilte davon – einmal quer durch den Wald und in Richtung des Hauses, in dem Natascha vermutlich noch auf mich wartete.

***

»Schau mal, Nico, da ist Adrian ja!«, hörte ich den fröhlichen Schrei Nataschas und hätte am liebsten geknurrt.

Der junge Wolf, den ich in meiner Dummheit verschont hatte, stand neben der Russin. Er bedachte sie mit einem Blick, der deutlich sagte, dass er sie für sich beanspruchte. Wenn der Kleine nur wüsste, wie viele Kerle über diese Spaßzone schon drüber gerutscht waren ...

»Hast du die Vampirin erwischt?«, wollte Maze´ Witwe wissen und ich nickte.

Eigentlich war es keine Lüge, weshalb ich mich nicht verraten konnte. Um weitere Fragen im Keim zu ersticken, rieb ich meine Lefzen an Nataschas Hand. Das Blut, das ich mir noch von einem Hasen im Vorbeieilen beschafft hatte, färbte ihren Handrücken rot und sie kicherte begeistert.

188

»Ich sehe, du hast es wirklich geschafft. Das ist wundervoll!«

Nico wirkte davon weniger begeistert, starrte eher besorgt auf das rote Nass und schien nachzudenken. Was denn? Hatte er vielleicht doch ein Gewissen?

»Oh, das weißt du ja nicht mehr. Das ist Nico. Er ist ebenfalls in unserem Rudel«, erklärte Natascha, als sie meinen Blick bemerkte, den ich auf den jungen Wolf geheftet hatte. »Nico, freust du dich nicht auch, dass Adrian wieder bei uns ist?«

»Unheimlich.« Die Worte kamen sehr gepresst heraus. Was für eine Farce!

Was machte ich hier, verdammt nochmal?! Ich musste doch nur das Serum finden und zu Lia zurückkehren ... Aber leider schienen Natascha und Nico noch weitere Dummheiten anstellen zu wollen.

»Gut. Vampir eins ist also aus dem Weg, jetzt fehlt nur noch der zweite. Der dürfte dir besonders viel Spaß machen, Liebling«, hauchte die Russin und wir beide – Nico und ich – versteiften uns bei dieser Aussage.

Ich, weil mir dieser Kosename zuwider war und Nico, da er es nicht war, den sie so nannte. Der junge Wolf kniff die Augen zusammen, während er mich fixierte.

»Laertes liegt halb tot auf dem Bett im Haus. Bei dieser Verletzung könnte ich ihm leicht den Garaus machen«, knurrte er.

»Das ist gut möglich, aber ich wollte Adrian dieses Vergnügen überlassen, schließlich hat er ja nun seine Freiheit wieder. Die sollte er voll auskosten können.«

Nataschas fröhlicher Tonfall erzeugte bei mir Brechreiz, was ich vor den beiden Wölfen jedoch verbarg. Maze' Witwe war zu aufgekratzt, um etwas mitzubekommen. Vermutlich schäumte sie fast über vor Triumph, den Alpha gezähmt zu haben. Ein plötzliches Aufblitzen in Nicos Augen brachte mich allerdings dazu, daran zu zweifeln, dass er mir all das Schauspiel gleichfalls abnahm.

»Hast du ein Gegengift dabei? Ich denke, wir sollten uns dem Blutsauger nicht nähern, wenn wir keins haben. Das Risiko ist zu hoch«, raunte er, mich bei dieser Frage an Natascha genau beobachtend.

Was hatte der Junge vor? Wollte er mir eine Falle stellen? Oder war er eventuell im Begriff mir zu helfen?

»Natürlich habe ich ein Gegengift dabei. Ich liebe die Gefahr, aber ich bin nicht dumm!« Die Russin rollte mit den Augen und ließ die Hand in ihr Oberteil wandern.

Na klasse! Sie bewahrte das Zeug doch tatsächlich in ihrem BH auf. Dass ich da nicht gleich drauf gekommen war. Dieses Weibsbild war wirklich das absolut Letzte!

Mit einem strahlenden Lächeln zückte sie zwei kleine Ampullen und zwinkerte mir dann zu. Das entging auch Nico nicht.

»Nur zwei?«

»Meinst du, ich kann noch mehr Ampullen in meinem BH mit mir herumschleppen? Falls du es nicht mitbekommen haben solltest: Da braucht etwas anderes einiges an Platz. Also sei jetzt lieb und hör auf zu quatschen. Und Adrian, bitte erledige noch den anderen Vampir für mich. Denk daran: Wenn diese Blutsauger überleben, werden wir niemals sicher sein.« Natascha legte einen Wimpernaufschlag hin, den ich erstaunt zur Kenntnis nahm.

Sie war mir nicht auf die Schliche gekommen. Nico hingegen starrte weiterhin auf die beiden Ampullen des

Serums in ihren Fingern, die erneut in den Ausschnitt wanderten. Wieso tötete ich die beiden nicht einfach?

›Was ist, wenn Natascha blufft?‹, beantwortete ich mir diese Überlegung selbst.

Also musste ich noch etwas länger mitspielen, um an das zu kommen, was Ophelia dringend benötigte, ganz zu schweigen von Laertes. Aber wie sollte ich seinen Tod vortäuschen? Hier würde Natascha sicherlich zusehen wollen.

28

Ich wusste, dass sie eine Schlampe ist! Ich hab es dir gesagt, Nico! Aber nein, du wolltest davon ja nichts hören‹, tadelte mich Nicolas und ich merkte, wie zornig ich dadurch wurde.

Es war ein Wechselbad der Gefühle.

Vom ganzen Herzen freute ich mich, sie endlich wieder in meine Arme schließen zu können, allerdings war ich auch traurig, dass es Lia wohl nicht geschafft hatte, dem Wolf zu entkommen. Wütend machte mich außerdem dieses Geschäker. Wollte Natascha ernsthaft mit dem schwarzen Wolf anbandeln?

›Stört es dich denn so gar nicht, dass sie lediglich zwei Gegengifte bei sich hat? Ich meine, schau dir Adrian doch an! Du weißt, wie er als Mensch aussieht ... Glaubst du wirklich, sie wird deinen schmächtigen Körper vorziehen, wenn sie diesen Berg an Muskeln haben kann? Junge, Junge, wenn der mir nackt bei Nacht begegnen würde.‹

»Ruhe!«, schrie ich plötzlich, was Natascha aufblicken ließ.

»Was ist los, mein Kleiner? Wieder die Stimmen in deinem Kopf, die dich ärgern?«, erkundigte sie sich, kam auf mich zu und strich mir mit den Fingern durchs Haar.

»Es ist nur eine Stimme. Eine Einzige! Und sie nennt sich aktuell mein Gewissen«, brummte ich, denn in meinem Kopf tanzte Nicolas gerade triumphierend herum.

Ich warf einen Blick an ihr vorbei und sah Adrian, der sich auszuruhen schien. Natascha erlaubte ihm eine Verschnaufpause, um seine Kräfte zu sammeln.

»Der Vampir ist schließlich keine leichte Nummer. Sein Ruf eilt ihm weit voraus, auch wenn dieser Name echt ein Unding ist«, kicherte sie und wandte sich zum Gehen um.

›Nico, denk nach! Würde sie dich kaltblütig sterben lassen, wenn du infiziert wärst? Oder wenn Adrian dir an die Kehle geht, würde sie einschreiten? Sich etwa dazwischen werfen? Wohl kaum!‹

In meinem Kopf überschlugen sich die Neuronen förmlich und im Seitenblick erkannte ich, wie genau mich der schwarze Wolf durch leicht geschlossenen Augen beobachtete.

»Ist was?«, zischte ich ihn an und er senkte die Lider.

Natascha hatte sich nach draußen bemüht, um ein paar klärende Telefonate zu führen. Es war die Gelegenheit, vorsichtig einiges zu hinterfragen.

»Es ist erstaunlich, dass Natascha nicht gerochen hat, dass es sich um Tierblut handelte. Und noch viel interessanter finde ich, dass diese Leere nicht mehr in deinen Augen ist. Ich weiß, du bist wieder so wie vorher. Wegen Ophelia tut es mir übrigens wirklich leid«, beteuerte ich ehrlich und sah, wie sich die Ohren des Wolfs spitzten.

Sein Grollen ließ mich unsicher werden, ob ich Recht hatte. Die Tatsache aber, dass er damit aufhörte und nicht auf mich losging, reichte als Antwort.

»Wenn sie gleich wieder hereinkommt, wirst du dich verpissen, Adrian! Es gibt da ein paar Dinge, bei denen ich Erleichterung brauche«, zischte ich, als ich ein Kichern im Türrahmen hörte.

»Wobei brauchst du Erleichterung?«, flüsterte sie sanft und kam Schritt für Schritt auf mich zu.

Ihre Absätze bohrten sich geradezu in den Boden, bis sie vor mir stehen blieb und sich ganz eng an mich drückte.

»Ich brauche lediglich dich«, raunte ich ihr ins Ohr und fasste beherzt an ihren Hintern.

Ihr Mund legte sich auf den meinen und unsere Zungen boten sich einen heißen Tanz. Adrian war ein braver Hund und schob sich an uns vorbei, um sich in den Nebenraum zu begeben.

»Na, wo willst du denn hin? Magst du uns nicht zuschauen?«, witzelte Natascha und verging sich am Reißverschluss meiner Hose.

Adrian brummte nur und drehte uns den Rücken zu.

»Du liebst doch den Nervenkitzel. Lass es uns treiben ... Gleich hier und jetzt! Oder noch besser, direkt neben diesem Blutsauger«, redete ich mich in Rage und das Grinsen auf Nataschas Lippen wurde breiter.

»Mir reicht ein Schäferstündchen hier in Sicherheit«, lachte sie und ließ sich von mir auf den Esstisch setzen.

Ihre Beine spreizte sie, bereit und einladend, was ich gerne annahm. Meine Hose rutschte bis zu den Knien hinab, die Shorts hinterher und meine Pracht kam zum Vorschein. Sie lag nun auf dem Rücken, streckte sich mir mit der Hüfte entgegen und wartete darauf, dass ich ihn in sie stieß.

»Fass mich an«, forderte sie, doch ich schmunzelte.

»Was, wenn das Gegengift in deinem BH zerbricht? Dann haben wir beide nichts mehr davon«, gab ich ihr zu bedenken, was dafür sorgte, dass sie sich skeptisch auf die Lippe biss.

»Na gut. Ich zieh ihn aus!«, lächelte sie und streifte ihn tatsächlich ab.

›Du Lausebengel! Was hast du mit dem Gegengift vor, wenn du es hast? Beide trinken, um doppelt geschützt zu sein?‹, machte sich Nicolas lustig, aber er würde schon sehen.

Ich besorgte es Natascha mit aller Kraft. Sie stöhnte, schrie, zerkratzte mir wie wild den Rücken bis er blutete! Hoffentlich war es das wert! Als sie zum Orgasmus kam, erleichterte auch ich mich und begann zu heucheln, ich hätte gern eine Familie mit ihr und würde sie lieben. Von Liebe konnte allerdings keine Rede mehr sein, zumindest war es bisher einseitig gewesen.

»Herzchen, darüber denken wir nach, wenn wir diese Probleme entsorgt haben, okay? Ich verschwinde mal eben im Bad, dann erledigen wir den Rest des Jobs und können endlich glücklich und zufrieden bis an unser Lebensende sein«, schmunzelte sie und klatschte mir sanft auf die Wange.

Ihr nackter und perfekter Körper ging schwungvoll in das nächste Bad und ich betrachtete den BH, den sie mit Absicht hatte liegen lassen, nur um ihre Knospen auch dem schwarzen Wolf präsentieren zu können.

›Und nun? Jetzt hast du sie gefickt und ihr deine Liebe gestanden! Was war nochmal der Plan?‹, brabbelte erneut die Stimme Nicolas' vor sich hin.

Ich griff in das Polster des BHs und zog die Fläschchen heraus. Sachte klopfte ich mit den Füßen auf den Boden und hoffte somit, Adrians Aufmerksamkeit auf mich zu lenken. Wie erwartet kam der Wolf in meine

Richtung und beobachtete jede Bewegung, die ich tat. Unsere Blicke trafen sich. Ich hielt die kleinen Ampullen hoch und ging auf leisen Sohlen zum Bücherregal. Ich verstaute sie in einer Vase, die dort zur Deko stand und noch nicht zerbrochen war.

Adrian nickte, hatte ganz offensichtlich meinen Wink verstanden und zog sich erneut zurück.

***

»Wo sind sie?«, schrie Natascha panisch und suchte unter dem Tisch.

Ich kam gerade, angeblich nichts ahnend, aus dem Badezimmer und zog den Reißverschluss meiner Jeans hoch.

»Was meinst du? Wo soll was sein?«, spielte ich den Dummen, ging auf meine Liebste zu und strich ihr über die Arme.

Natürlich reagierte sie distanziert, riss sich von mir los und das nur, um mich dann erneut anzubrüllen.

»Die Ampullen! Das Gegengift! Sie waren im BH! Verdammte Scheiße, Nico, das ist kein Spaß ... Wo hast du sie hingelegt?«, fauchte sie, riss mir am Hemd und blickte mir prüfend in die aufgesetzte Unschuldsmiene.

»Ich weiß es nicht«, log ich erneut und schon spürte ich Schmerz auf der Wange.

Natascha hatte zugeschlagen und ich war mir ziemlich sicher, dass die Antwort auf die nächste Frage und der nächsten Lüge nicht netter ausfallen würde.

»Natascha ich habe sie nicht weggetan! Was weiß ich, wo du sie eben hingerollt hast. Es ist schließlich dein BH«, zischte ich vielleicht ein wenig zu übermütig, denn ich fühlte ihre aufkeimende unbändige Wut.

»Nico, spiel keine Spielchen mit mir! Ansonsten sorge ich dafür, dass Adrian dich mit Haut und Haaren frisst«, knurrte sie und fixierte mich mit bösem Blick.

»Na, dann hoffe ich, Adrian hat Mitleid und beendet es schnell und schmerzlos«, wimmerte ich beinahe und für einen kurzen Moment sahen wir uns an.

Der Wolf schien mich verstanden zu haben, denn auch wenn ich es nicht wirklich wusste, legte sich Wärme auf mein Herz.

›Glaubst du wirklich, das wird Lia zurückholen, wenn du dich opferst? Du bist ein Idiot, Nico‹, regte sich Nicolas auf und setzte sich in meiner Vorstellung auf den Boden. ›Aber ein Idiot, der am Ende doch das Richtige macht‹, lächelte er und das erste Mal seit Langem verschwand er.

Weder seine Stimme noch seine Erscheinung konnte ich wahrnehmen. Es war klar, dass diese feige Sau mich allein sterben lassen würde.

29

Mittlerweile hatte ich komplett das Gefühl in Armen und Beinen verloren. Mein Körper lag im Schatten der Bäume, ich lauschte dem Wind, der durch die Äste stob und das Blattwerk zum Rascheln brachte. Alles um mich herum blieb verschwommen, weshalb ich mich nicht mehr auf die Augen verlassen konnte. Zudem toste Adrians Blut in meinem Körper umher wie ein riesiger Schwarm Fische im Ozean. Diese genmanipulierten Blutzellen schienen ihren eigenen Kopf zu haben.

›Ich bin bald wieder da. Du bleib hier und hältst durch, verstanden? Ich liebe dich.‹ Seine Worte kamen mir immer wieder ins Bewusstsein.

Ich lächelte.

Was für eine schräge Geschichte, wenn man es mal genau betrachtete. Ich hatte mich in einen ›Verbrecher‹ verliebt, dessen Wesen mein Todfeind sein sollte, zudem eilte er in Wolfsgestalt zurück zu der Frau, die ihn auf mich gehetzt hatte. Nun wollte er jedoch sie betrügen, um mich zu retten. So einen Blödsinn konnte sich doch keiner ausdenken ...

In seiner Wolfsgestalt hatte ich den Kontakt zu Adrian verloren. Dieser Schmerz war wohl der heftigste gewesen, was ich bislang hatte ertragen müssen.

Schritte näherten sich dem Haus und mein Herz schlug schneller. Jemand kam hierher! Man würde mich entdecken, sollte ich es nicht schaffen, mich zu verbergen. Schattengestalten bewegten sich aus dem Wald. Es waren keine Normalsterblichen. Ihre Art sich fortzubewegen wirkte befremdlich. Ein leises Grollen und Fauchen machte mir klar, dass es sich hier auch nicht um normale Wölfe handelte. Diese Wesen erinnerten mich sogleich an die mutierte Gestalt des Professors. Hatte Natascha etwa noch weitere dieser Wesen erschaffen?

»Du schaust drinnen«, ertönte ein heiseres Krächzen, das mir Angstschweiß auf meiner Stirn ausbrechen ließ.

Sie suchten etwas.

»Ich rieche Tod«, gab ein anderes Wesen von sich, nicht minder gruselig.

Panik machte sich in mir breit. Was, wenn sie mich hier fanden? Würden sie mein Leben sogar noch vor dem Gift beenden? Und was würde aus Adrian werden? Ich durfte nicht sterben!

***

Markus hatte sich über den Schreibtisch gebeugt und mich kritisch angesehen.

»Ich vertraue dir, Ophelia. Ich vertraue dir mehr als allen anderen um mich herum ... sogar mehr als Mary. Wir sind aus dem gleichen Holz geschnitzt!«, brummte er und ich rollte mit den Augen.

»Jetzt erzähl mir schon, welchen Auftrag es für mich gibt. Es kann sein, dass du so viel Zeit hast, aber meine ist begrenzt und aus diesem Grund kostbar.« Ich lehnte mich gegen das massive Holz des Schreibtischs und beobachtete die Vögel, die sich vor dem Fenster auf einem Ast gegenseitig kabbelten.

»Ihr werdet euch um diesen Wolf kümmern. Er soll euch verraten, wohin seine Verbündeten verschwunden sind und dann wandert er wieder in das Loch zurück, aus dem er gekrochen ist!« Die Stimme meines Onkels war verbittert, was mich dazu brachte, ihn mit leicht schief liegenden Kopf anzusehen.

»Was ist da noch?«, forderte ich, denn es konnte nicht nur an seiner verstorbenen Frau liegen, dass er sich wegen diesem Wolf solche Sorgen machte.

»Ich erhalte Drohungen. Es ist kompliziert und nichts für deinen Bruder und dich. Ich werde mich damit an Matthias wenden. Er hat in solchen Angelegenheiten mehr Erfahrung. Hast du von Vladis gehört? Ein herber Verlust.« Mein Onkel schwafelte und der Blick ging ins Leere, was ich nur allzu gut von ihm kannte.

Manche meinten, Vampire würden mit der Zeit, die sie in Einsamkeit verbrachten, ›absonderlich‹ werden. Ich dachte eher, Markus hatte sie schon ewig und drei Tage nicht mehr alle. Im Grunde seit dem Tod seiner ersten Frau, die ich noch nicht einmal kennengelernt hatte. Sie war sein Geheimnis.

»Deine Gabe ist besonders. Wir haben ein solches Phänomen noch nie zuvor erlebt. Und du weißt, was die Seherin gesagt hat … Du wirst eines Tages *Großes vollbringen und die Schatten vertreiben*. Was das am Ende heißen soll, hätte man sie allerdings auch noch fragen sollen«, seufzte mein Onkel und legte ein paar Akten beiseite.

»Mir reicht es schon meine Aufgaben zu erfüllen und zu überleben. Also gib mir die Papiere, sodass ich mich um den Gefangenen kümmern kann. Ich denke da an die übliche Ausstattung. Handschellen mit Funken und

Implantat mit Bums.« Ich grinste frech und brachte Markus damit ebenfalls zum Schmunzeln.

Er wusste, wie sehr ich meine Spielzeuge liebte.

***

›Das Implantat mit Bums‹, schoss es mir durch den Kopf und meine Finger ertasteten dessen Überbleibsel in meiner Hosentasche. Die ganze Zeit hatte ich es mit mir herumgetragen.

Dass ich es dort vergessen hatte, hätte natürlich während des letzten explosiven Erlebnisses bereits mein Ende sein können, aber jetzt wäre ich damit zumindest in der Lage zu verhindern, dass es Adrian mit noch mehr Gegnern zu tun bekam.

»Blut«, gurrte einer der Mutanten und ich wusste, er hatte mich erschnuppert.

Es wurde ernst. Normalerweise würde die kleine Sprengkapsel erst dann explodieren, wenn sich derjenige mit dem Implantat zu weit von mir entfernte. Ich hoffte allerdings, dass dies auch durch genügend Druck zu bewerkstelligen war.

Zwei dunkle Gestalten bewegten sich auf mich zu und meine Unruhe stieg. Die Finger schlossen sich um meine letzte Waffe.

»Halt!«, zischte eins der Wesen, das sich mir genähert hatte.

Ich fluchte innerlich. Das Mistvieh musste in einer geringeren Distanz zu mir stehen, sonst wäre die Explosion nicht tödlich. Ich hatte keine Chance, wenn ich sie nicht zu mir gelockt bekam. Mit aller Kraft bewegte ich mich und lehnte nun am Baumstamm, an dem Adrian mich zurückgelassen hatte.

»Sucht ihr mich?«, flüsterte ich und automatisch gingen diese Missgeburten ein paar Schritte auf mich zu.

»Solltest tot sein!« Das heisere Krächzen des einen Mutanten, der wohl das Sagen hatte, klang verärgert. »Wird Natascha nicht gefallen.«

»Ich scheiße darauf, was diesem Miststück gefällt«, brachte ich heraus und abermals näherten sie sich ein paar Schritte.

Es reichte noch nicht! Sollte ich jetzt die Sprengfalle auslösen, würde sich der zweite Mutant maximal eine blutige Nase holen.

Ein lautes Heulen war zu hören und der eine der beiden, der mich fast erreicht hatte, schien mit seiner Selbstbeherrschung zu kämpfen. Er knurrte, fiepte und mit einem gewaltigen Satz war er über mir. Jetzt, da er mir so nah war, konnte ich etwas mehr als nur Umrisse erkennen.

Es war eine männliche Gestalt, hatte wahrlich nichts mit einem Wolf gemein. Dieses Biest hatte Fangzähne, die riesig erschienen. Seine Hände ergriffen mich, wobei ich die langen Fingernägel und die haarigen Handrücken registrierte. Nataschas Experimente schienen sich mehr in Richtung Werwolf aus den Märchen und Legenden zu entwickeln. Sein heißer und nach Blut stinkender Atem streifte mein Gesicht und ich hörte das Schnauben.

»Fast tot. Wirkungsvolles Gift«, raunte das Vieh und ich gab Druck auf das Implantat.

So würde ich also nur einen mit in den Tod reißen.

****

»Verrate mir deine Geschichte.« Adrian saß auf der Rampe in Richtung Kofferraum und bedachte mich mit einem neugierigen Blick.

Es war das erste Mal, dass er und ich allein waren, wobei ich mich wesentlich weniger bedroht fühlte, als bei Laertes Anwesenheit. Der Wolf strahlte eine spezielle Ruhe aus, seit wir ihn aus dem Loch geholt hatten. Freiheit bekam ihm auf jeden Fall besser. Ich blinzelte zu ihm hinüber.

»Meine Geschichte?«

Ich hatte keine Ahnung, worauf er hinaus wollte und lud nur weiter die Waffen ein, während Laertes einen Plausch mit einem alten Bekannten führte. Adrian Landon nahm eine bequemere Haltung ein. Wieso hielt man ihn für einen Verbrecher? Er hatte ein erstaunlich gutes Benehmen dafür. Oder war das alles nur Fassade?

»Ja, wie kommt eine Frau dazu, einen solchen Job auszuüben? Da muss doch eine Geschichte dahinter stecken.« Er ließ mich nicht aus den Augen, lehnte sich jedoch recht entspannt gegen den Betonpfeiler neben sich.

»Da gibt es nichts. Ich sprenge nur gern Sachen in die Luft und mache mit Vorliebe Lärm.« Ich grinste frech und auch dem Wolf schien diese Aussage zu gefallen.

»Pyro-Lia?« Er lachte. »Oder doch eher eine Art Knallfrosch?«

Diese Miene hatte etwas äußerst Anziehendes. Adrian war extrem gut aussehend, wusste das allerdings auch. Er versuchte, mich einzulullen! Das war echt dreist, wenn man seine Lage betrachtete.

»Achtung, Freundchen, sonst verbrennst du dir noch die Pranken«, warnte ich ihn, doch er ließ sich davon nicht stören.

Dieser Blick – was hatte er nur zu bedeuten?

»Ich spiele gern mit dem Feuer, wenn es sich lohnt.« Ein weiteres Mal grinste er mich an, als wäre ich der Preis in einem Wettbewerb.

»Hey, Zeckenteppich! Beweg deinen Arsch auf den Rücksitz«, knurrte mein Bruder auf einmal und beendete damit das Gespräch. Meine erste Unterhaltung mit Adrian Landon.

Adrian

Nico spielte ein sehr gefährliches Spiel. Natascha war außer sich, schien das ›Für und Wider‹ abzuwägen. Ich beobachtete sie dabei, wie sie in Versuchung geriet, mir einfach den Befehl zu geben, den jungen Wolf zu erledigen. Was sollte ich dann tun? Ihn zu verschonen, brachte Ophelia in Gefahr! Aber jetzt einen Mord zu begehen, kam mir ebenfalls als schlechtes Omen vor.

Sich nähernde Schritte machten mich nervös. Wer konnte das sein?

»Hier sind wir!«, rief Natascha.

Sie schien den Neuankömmling bereits erwartet zu haben.

»Wer ist das?« Nico hatte anscheinend keine Ahnung, wer da angekommen war und wurde sichtlich nervös.

Hoffentlich behielt der Junge die Nerven. Ein Fehler von ihm, ein paar falsche Worte, und wir waren dran. Die Mutation hatte mir zu sehr zugesetzt, sodass ich es nicht derart leicht mit irgendwelchen mir fremden Gegnern aufnehmen konnte.

»Nenn es meinen Plan B«, kicherte die Russin und mir schwante böses.

Ein riesiger Kerl kam durch den Flur auf uns zu und ich konnte spüren, dass er kein einfacher Wolf und kein Normalsterblicher war. Er hatte etwas an sich, das Nico in Panik versetzte. Er begann, leicht zu zittern.

»Noch so einer?«, wimmerte er beinahe.

»Es ist ein Hobby.« Sie lächelte den bulligen Typen an. »Hallo Darling.«

Der Kerl nickte nur und sah dann von Nico zu mir. Ich hatte definitiv ein ungutes Gefühl. Was war er?

»Adrian, ich denke, du hast dich genug ausgeruht. Jetzt erledige den Vampir dort oben für mich. Oder soll Darling das für dich übernehmen?« Nataschas unterschiedliche Augen betrachteten mich abschätzend.

Hastig schüttelte ich den Kopf. Auf gar keinen Fall wollte ich, dass dieses Ding in die Nähe von Lias Bruder kam! Aber was sollte ich tun, um ihn zu retten? Obwohl Blade ab und an ein Vollidiot sein konnte, hatte ich mich doch an ihn gewöhnt. Und Ophelia brauchte ihren Bruder. Sie hatte schon einmal jemanden verloren und schien bis heute damit zu kämpfen. Was würde also passieren, wenn man ihr noch den Bruder nahm?

Hinter Nataschas Rücken bewegte sich Nico in Richtung des Gegengifts und bedeutete mir, die Russin abzulenken. Ich machte also ein paar langsame Tapser auf sie zu und rieb den Kopf an ihr. Sie reagierte mit einem selbstgefälligen Lächeln. Meine Rolle, als ihr Haustier, schien ihr zu gefallen.

»Brav, Adrian. Deine Belohnung bekommst du, wenn du den Auftrag erledigt hast.«

Zu meiner Überraschung wurde ich danach von Nico angerempelt, der mich anfuhr, ich sollte mehr Abstand halten. Im ersten Moment war ich irritiert, doch dann bemerkte ich die kleine Ampulle vor meiner linken Tatze und verstand. Rasch ließ ich sie zwischen den Ballen meiner Pfote verschwinden und wandte mich ab. Mein Ziel war Laertes im oberen Stockwerk. Ich musste nur herausbekommen, wie ich das Gegengift verabreichen sollte und hoffen, dass Lias Bruder dadurch schnell wieder auf die Beine kam.

Er lag auf dem Bett und starrte mich mit roten Augen an. Seine Temperatur hätte einen Topf Wasser zum Kochen bringen können, was meine Hoffnungen schwinden ließ. Ich roch den nahenden Tod.

›Verdammter Mist!‹

»Wolf«, keuchte er, schien mich jedoch nicht zu erkennen.

Vermutlich sah er, wie es bei Ophelia der Fall gewesen war, nur Schatten und musste sich auf die anderen Sinne verlassen. Zum Glück war Natascha unten geblieben, um Nico wegen des Gegengifts weiter ins Gewissen zu reden. Ich hoffte zumindest, dass sie nur Worte gebrauchen würde. Er hatte sich auf unsere Seite geschlagen. Das konnte nicht leicht für ihn gewesen sein.

Eine Bewegung hinter mir zeigte, die Russin schien auf Nummer sicher gehen zu wollen, und hatte mir das experimentelle Kraftpaket hinterhergeschickt. Ich musste handeln, ehe dieses Ding zuschlagen konnte. Denn das wollte es, das spürte ich deutlich.

Schnell legte ich das kleine Fläschchen mit dem Serum auf Laers Oberkörper ab, der zusammenzuckte und es abstreifen wollte.

›Gegengift!‹, sandte ich ihm den Gedanken, ehe er den Fehler beging und es wegwarf. ›Wir sind nicht allein.‹

Meine Warnung wirkte, denn er hatte erstaunt den Mund geöffnet, um etwas zu sagen, schloss diesen nun jedoch wieder. Das erste Mal fand ich es praktisch, dass diese Nervensäge eine solche Gabe hatte und die Gedanken der Tiere hörte. Mit zittrigen Fingern brach

Laer den Verschluss der Ampulle ab und ich wusste, was er zur Einnahme tun musste.

›Es ist Gas! Du musst es einatmen. Es geht über die Lunge in deinen Kreislauf.‹

Weiter kam ich nicht, da mich ›Nataschas Darling‹ von hinten umriss. Er hatte unsere Zusammenarbeit erkannt.

***

»Verrat«, kreischte das Wesen und ich starrte es entgeistert an.

Ich hatte es nach dessen Angriff abgeschüttelt und gegen die nächste Wand befördert. Es war kein Wolf, aber auch kein normaler Mensch mehr. Das Ding erinnerte an frühere Filme, in denen man versucht hatte, einen Werwolf darzustellen. Was hatte Natascha da nur gemacht?!

Im Erdgeschoss war auf einmal Tumult zu hören, danach rasche Schritte. Ich blickte allerdings erstaunt in Nicos Gesicht, als dieser in seiner schwarzen Kluft in den Raum geeilt kam und einen längeren Dolch durch den Hals des Mutanten zog. Der Kopf des Wesens fiel auf einmal von den Schultern und der Körper sank zu Boden. Ich schluckte, denn eine solche Entschlossenheit hatte ich ihm gar nicht zugetraut. Dieses Bürschchen erinnerte mich an jemanden. Statt blond war dieses Kerlchen allerdings schwarzhaarig gewesen, jedoch nicht minder wandlungsfähig.

»Das einzige Mittel gegen diese Biester«, keuchte er und sah dann zu Lias Bruder, der sich die Ampulle unter die Nase hielt. »Wir müssen hier weg. Es kommen wohl noch mehr von denen.«

Ich lief auf Laer zu und forderte ihn auf, auf meinen Rücken zu steigen und sich festzuhalten. Der Vampir tat es, auch wenn er was von ›braves Hündchen‹ brabbelte. Ich würde es ihm noch einmal durchgehen lassen, da er so lange außer Gefecht gesetzt worden war. Wäre er bei Kräften gewesen, hätte es eher einen Tritt in seinen Allerwertesten gegeben!

›Adrian, du entwickelst dich zum Softie‹, schoss es mir durch den Kopf und Laertes prustete in mein Fell.

»Beeil dich!«, drängte Nico, aber ich blickte zu der kaputten Ampulle, dann zu ihm. Ich würde nicht ohne das zweite Fläschchen mit Serum gehen. Ophelias Leben hing davon ab.

Genervt zog der junge Wolf die Ampulle aus der Hosentasche.

»Ich hab es, okay? Und jetzt raus hier!«

***

Wir rannten durch den Wald, ich mit Laertes auf dem Rücken voraus und auf die Stelle zu, an der ich Lia zurückgelassen hatte. Nico trug das Gegengift bei sich – es war also noch nicht zu spät für ein Happy End. Das hoffte ich zumindest inständig.

»Wohin willst du?«, ächzte Nico, aber ich konnte nicht antworten.

Stattdessen meldete sich Laertes zu Wort.

»Lia!«

»Sie lebt noch?«, brachte der junge Wolf keuchend heraus und ich nickte.

Laer erklärte ihm, dass Ophelia zwar am Leben war, jedoch dringend das Serum brauchte, um zu überleben.

Eine Emotion von schwindender Hoffnung wehte zu mir herüber. Glaubte Nico etwa nicht an Lias Rettung?

»Hier!« Er warf Laer das Fläschchen zu, der es auffing. Anscheinend hatten sich seine Augen bereits erholt. »Rennt voraus! Ihr dürft keine Zeit verlieren. Ich hole euch schon ein.«

Er hatte Recht. Ich war wesentlich schneller, wenn ich nicht auf ihn und seine menschliche Gestalt warten musste. Wieso sich Nico nicht in einen Wolf verwandelt hatte, war mir ein Rätsel gewesen, aber ich hinterfragte es nicht. Es war seine Sache, ob er eine Vorliebe für die Wolfsform hatte oder nicht. Ich beschleunigte meinen Schritt, während Laertes noch den Dolch fing, den ihm Nico zuwarf.

»Es riecht nach Ärger. Weitere Mutanten«, knurrte dieser und wir brachen durch das Astwerk ins Freie der Lichtung.

Der Vampir hatte nicht übertrieben. Fünf Mutanten befanden sich in der Nähe des verfallenen Hauses und einer hatte Lia in seiner Gewalt.

›Ich kümmere mich um die fünf, du rettest deine Schwester‹, wies ich Laertes an, der zustimmend brummte.

Dieser Kampf würde interessant werden. Mit etwas Glück brachte ich es hinter mich, ehe mir die Kraft ausging. Diese Wechsel der Gestalten hatte etwas Anstrengendes.

Mit Schwung beförderte ich Laer in Ophelias Richtung und stürzte mich ins Getümmel. Auch wenn diese Wesen nicht ganz die Kraft der Wölfe besaßen, waren sie in der Überzahl. Ich bekam einige Schläge ab, wurde mehrmals gekratzt oder gebissen. Hoffentlich brachte das nicht noch mehr Mutationen meinerseits mit sich.

Das wäre sicherlich ein ziemlich schräger Anblick und Lia hätte ein wahres Monster zum Freund. Besser wäre es also, dies zu vermeiden.

Im Augenwinkel beobachtete ich Laertes, der Lia befreite und ihr das Gegengift zu geben schien. Ein Mutant rannte auf die beiden zu, weshalb ich einen Spurt hinlegte und mich dazwischen warf.

»Alpha«, keifte das Vieh, doch ich verbiss mich in dessen Hals und riss ihn ab.

Ekelhaftes schwarzes Blut ergoss sich in meinen Mund und ich spuckte. Der Geschmack hatte etwas von Teer und erinnerte mich an eine Medizin, die man mir als Kind einmal eingeflößt hatte. Es schüttelte mich.

Drei Weitere kamen auf uns zu.

»Köpfe abtrennen«, brüllte Laertes und Nicos Dolch flog plötzlich direkt auf mich zu.

Ich wandelte mich, schnappte mir die Klinge im Flug und zog sie dem nächstbesten Mutanten durch den Hals. Ein Kreischen ertönte. Die restlichen Viecher schrien sich in Rage. Ich zerrte dem Ding vor mir den schwarzen Mantel von den Armen und schlüpfte hinein. Auf keinen Fall würde ich komplett unbekleidet gegen diese Dinger kämpfen. Ein bisschen Stoff war das mindeste, denn es gab Bereiche meines Körpers, die ich nicht jedermann zur Schau stellen oder gar als Schwachstelle offenbaren wollte.

»Kommt, greift mich ruhig an! Natascha will meinen Tod«, brüllte ich ihnen entgegen und die übrig gebliebenen Mutanten stürzten sich auf mich.

31

Nico

Erschöpft sah ich den beiden hinterher und begann zu lachen, als diese aus meinem Sichtfeld verschwanden.

›Welch Ironie, dass du der sterbende Held sein wirst! Ich glaube ja, du hast dich für die falsche Seite entschieden‹, begann Nicolas ironischerweise nun und am Liebsten hätte ich ihn zum Teufel gejagt.

War aber nicht so einfach. Vielleicht, wenn ich mir eine Pistole so an den Kopf hielt, dass der Tumor direkt mit aus meinem Schädel flog!

›Ach, komm schon. Du weißt selbst, du bist nicht in der besten Verfassung. Gönn mir die letzten Späße.‹

Ich konnte ihn einfach nicht mehr hören. Mir war nach Würgen zumute, alles fühlte sich eiskalt an und mein Körper zitterte wie Espenlaub. An einem Baum ließ ich mich hinunterrutschen und zog das schwarze T-Shirt hoch. Es hatte sich mittlerweile an der Seite voller Blut gesogen. Die Schnittwunde darunter war ziemlich groß und blutete munter weiter.

›Sieht nicht gut aus ...‹

»Das weiß ich selbst«, zischte ich Nicolas an, der nur mal wieder seine Sicht kundgeben wollte.

Natascha war auf mich losgegangen, weil ich mich weiterhin geweigert hatte, ihr zu sagen, wo die Ampullen waren. Als hätte sie es gerochen, ging sie zielstrebig auf die Vase zu und schmiss diese zu Boden. Zum Vorschein kam allerdings nur eins der Fläschchen.

»Wo ist das Zweite?«, hatte sie mich angeschrien und als sich ein Grinsen auf meine Lippen legte, starrte sie die Treppe hoch. »Oh nein! Das hast du nicht gewagt!«

Wut entbrannt war sie auf mich losgegangen, schlug auf mich ein und während Nicolas mich anfeuerte, mich zu wehren, stach sie plötzlich etwas Spitzes in meine Seite. Ich hatte es nicht kommen sehen.

»Du kleine linke Ratte, das wirst du büßen! Wenn das Gift wirkt, wirst du dir wünschen, ich hätte dich sofort getötet. Vielleicht sind meine Mutanten so gnädig und zerfetzen dich vorher«, fauchte sie und riss den Dolch, den ich nun erkannte, aus meinem verwundeten Fleisch.

In meiner Panik holte ich aus und schlug Natascha so heftig mit der Faust ins Gesicht, dass sie taumelte und auf dem Tisch aufschlug. Damit hatte sie wohl nicht gerechnet. Ich schnappte mir den Dolch, der ihr aus der Hand gefallen war, und sammelte die Ampulle vom Boden auf, die den Aufprall unversehrt überstanden hatte.

›Flieh, du Idiot!‹, schrie es in meinem Kopf, doch ich konnte nicht ohne die beiden da oben gehen.

Hoffentlich hatte Adrian es geschafft und Laer war wieder einigermaßen normal. Gegen zwei Gegner hatte ich in meinem Zustand definitiv keine Chance!

***

Oben im Zimmer stand der Mutanten-Macker von Natascha bereits im Angriffsmodus. Mit mir rechnete er wohl am wenigsten, weshalb ich schnell und entschlossen den Dolch zückte und diesem Bastard den Kopf von den Schultern trennte. Erschrocken und leicht irritiert sah der schwarze Wolf mich an und Laer wirkte einigermaßen freundlich gesonnen. Dies änderte sich aber, als er mich für einen kurzen Moment prüfend musterte. Er traute mir nicht. Das war sein gutes Recht.

»Das einzige Mittel gegen diese Biester«, erklärte ich und Laer schnüffelte weiter an der Ampulle, die das Gas enthielt, um ihn zu heilen.

»Wir müssen hier weg. Es kommen wohl noch mehr von denen!«, drängte ich und langsam setzte sich alles in Bewegung.

Wir mussten uns beeilen. Schließlich blieb mir nicht viel Zeit und ich wollte nicht hier in diesem Haus sterben. Adrian schien unsicher zu sein, zweifelte bestimmt an meiner Glaubwürdigkeit und ich konnte nur erahnen, dass es ihm um das Gegengift ging. Dies war wohl für ihn der einzige Grund, mich noch nicht aus dem Verkehr zu ziehen. Ob er für Laertes die zweite Ladung ebenfalls haben wollte? Frei nach dem Motto: Sicher ist sicher ...?

Ich zeigte ihm die Ampulle, die ich mitgehen hatte lassen und er nickte kaum merklich. Immerhin konnte ich etwas wiedergutmachen. Diesmal wählte ich die richtige Seite.

***

Nun saß ich hier im Wald, angelehnt an einen Baum und unterhielt mich mit meinem Ego. Es war erbärmlich!

›Und jetzt? Sterben wir einfach so?‹, fragte Nicolas und ich zuckte mit den Schultern.

»Das letzte Gegengift hat Adrian für Lia. Ich schätze also, ja«, antwortete ich und schloss die Augen.

Zum ersten Mal saß ich Nicolas gegenüber, der mich milde anlächelte.

›Du hast mit deinem Leben abgeschlossen oder?‹ Es war eine rhetorische Frage, doch ich seufzte.

»Ich würde behaupten, ich habe meinen inneren Frieden gefunden. Besser so, als wenn sie ebenfalls einen Mutanten aus mir gemacht hätte. So sterbe ich wenigstens mit dem Kopf auf meinen Schultern«, schmunzelte ich, doch Nicolas schien schweigsam anderer Meinung zu sein.

Irritiert starrte ich ihn an, als er auf meine Hände zeigte.

›Wer sagt, dass du normal bist?‹, flüsterte er und beim Anblick meiner Hände blieb mir beinahe das Herz stehen.

Ich veränderte mich! Meine Finger wurden länger, die Nägel darauf bekamen Klauen und ich spürte, dass mein Kreuz wie Feuer zu brennen begann. Nicolas veränderte sich ebenfalls, sah jedoch ziemlich gelassen an sich hinunter.

›Jep. Ich glaube, die Nummer mit dem Kopf behalten, können wir jetzt auch streichen.‹

Panik stieg in mir auf. Ich schluchzte plötzlich, die Wunde schmerzte und nun, als wäre alles nicht schon genug gewesen, wie zum Beispiel eines grauenvollen Todes sterben zu müssen, musste ich nun auch noch ein Monster werden?! Mit aller Kraft rappelte ich mich auf. Bevor ich noch irgendwen verletzte, musste Adrian mich umbringen! Noch mehr Menschen das Leben zu nehmen, kam nicht infrage.

›Verstehe ich es richtig? Wir lassen uns jetzt umbringen, statt gemütlich am Baum gelehnt auf den Tod zu warten? Was ist das denn für ein beschissener Plan?‹

»Sei still!«, brüllte ich immer und immer wieder, rannte eine gefühlte Ewigkeit durch den Wald und malte mir die schlimmsten Dinge aus.

Das mit dem Mädchen war ich gewesen, dabei hatte ich sie gar nicht umbringen wollen. Der Trieb in mir war mit mir durchgegangen. Schon da hätte mir klar sein müssen, dass ich nicht ganz normal war. Nie wieder würde ich Mutter in die Arme schließen können, meiner kleinen Schwester beim Ballett zusehen oder gar Freunde treffen. Keiner konnte um mich trauern, weil niemand wusste, wo ich mich befand.

»Es tut mir leid, Mutti«, wimmerte ich, denn ich wusste, sie würde nie die Hoffnung aufgeben, dass ihr Sohn noch lebte.

Dabei war ich ein Monster. Eins, das demnächst nicht einmal einen Grabstein hätte! Adrian musste mir diesen Gefallen tun. Meine Famile durfte nicht ewig nach mir suchen, sondern musste trauern dürfen. Wie er das anstellte, war mir egal!

An der Lichtung angekommen, erspähte ich Lia liegend auf dem Boden, beschützt von ihrem Bruder und Adrian, der sich in einen Menschen verwandelt hatte. Einige der Mutanten lagen verstreut, entweder ohne Kopf oder Gliedmaßen, herum. Der Alpha-Wolf hatte sich definitiv ausgetobt. Als er meine Schritte hörte, ging er erneut in Angriffsstellung, erkannte mich jedoch ziemlich zügig.

»Adrian«, wimmerte ich und hob die Hand, um nach ihm zu greifen.

Die Distanz zwischen uns schaffte ich allerdings nicht mehr und fiel nach vorn. Der weiche Waldboden tat noch nicht einmal weh, denn die Wunde schmerzte übler, als jeder Aufprall es gekonnt hätte.

»Nico!«, fuhr mich Adrian an.

War er nun sauer? Etwa, weil ich nicht mehr konnte?

»Schau an, was mit mir passiert! Ich bin auch eines dieser Viecher«, ächzte ich und zeigte ihm meine Hände, während er auf mich zustürmte.

Er betrachtete sie, fasste sie sogar an, doch dann sagte er, er würde nichts sehen. Ich hatte es doch ganz klar vor Augen! Diese ekelhaften langen Krallen ...

Er hob mein T-Shirt an der Seite an und fluchte.

»Junge, wieso hast du nichts gesagt?«, murmelte er und ich brach abermals in Tränen aus.

»Weil ich Ophelia irgendwie gern habe«, schluchzte ich und spürte, wie mich der Mann in seine Arme zog.

Es war ein schönes Gefühl. Es war, wie die Erinnerung an ein Stück Geborgenheit, das ich früher einmal gehabt hatte.

Mutter.

Schwester.

Ich hätte sie niemals verlassen dürfen.

32

Adrian

Die Wunde war zu tief und das Gift verbreitete sich zu rasch in Nicos Körper. Wäre er nicht auch noch gerannt, sondern als Wolf still liegen geblieben ...

»Junge, wieso hast du nichts gesagt?« Meine Stimme klang erbärmlich.

Ich fühlte mich auf einmal so schrecklich hilflos. Wäre wenigstens irgendwo ein Heiler in der Nähe gewesen, aber so weit ich die Lage einschätzen konnte, würde jede Hilfe zu spät kommen. Es blieben ihm nur noch ein paar Minuten.

»Weil ich Ophelia irgendwie gern habe«, sagte er, wobei ihm Tränen die Wangen hinab liefen.

Der Junge war verängstigt und das Gift schien seine Sinne durcheinanderzubringen. Ich zog ihn an mich, um ihm wenigstens etwas Trost zu spenden.

»Es tut mir so leid«, flüsterte er, wobei sich sein Körper verkrampfte.

»Dir muss nichts leidtun. Du hast dich am Ende ehrenhaft verhalten.« Ich lächelte Nico an und wuschelte dem jungen Wolf durchs blonde schweißnasse Haar.

Ein weiterer Krampf setzte ein und Schaum bildete sich an seinen Lippen. Erneut wurde der Junge panisch.

»Bitte, Adrian, ich will, dass mich meine Mutter ein letztes Mal sehen kann, um danach zu trauern«, keuchte Nico und vergrub die Finger in dem Mantel, den ich trug. »Versprich mir, dass sie wenigstens nicht unwissend bleibt. Sie soll nicht ewig hoffen.«

Mein Herz schmerzte vor Trauer, doch ich brachte ein Nicken zustande. Diese Geste schien ihn mehr zu beruhigen, als es Worte hätten tun können. Er schien sich allerdings für den nächsten Wunsch zu wappnen, was in mir bereits eine böse Vorahnung weckte.

»Bitte, bring es zu Ende, ehe ich mich komplett verwandle.« Nico zitterte. »Bitte, mein Alpha ...«

Vor dieser Vorstellung, er könnte eins dieser Monster werden, hatte er wohl am meisten Angst. Auch wenn es unbegründet war, hatte er die Bitte direkt an den Rudelführer gerichtet. Das riss mir das Herz entzwei. Die dunkelgrünen Augen des Jungen blickten flehend zu mir empor und ich nickte abermals.

»Du wirst es gut haben. Kein Schmerz und keine Stimmen können dir auf deiner Reise folgen. Ich werde mich an deiner Stelle um alles kümmern. Deine Mutter wird Ruhe finden können und irgendwann wirst du sie wiedersehen. Ich verspreche es«, raunte ich mit heiserer Stimme und zückte den Dolch.

»Ich danke dir«, flüsterte Nico noch. »Tschüss, Nicolas.«

Ich setzte den Dolch an seinem Herzen an, der Junge atmete ein letztes Mal ein, dann wieder aus. Mit einem Ruck, der mir alles an Selbstbeherrschung abverlangte, drang die Klinge in seine Brust ein und der Lebensfaden des jungen Wolfs fand ein unvermeidliches Ende.

***

›Er hat mir nie verraten, woher er stammt und wie er mit Nachnamen heißt‹, kam es mir erst wesentlich später in den Sinn.

Ich saß wie betäubt da, den leblosen Körper des Jungen in meinen Armen und erwies ihm die letzte Ehre. Trotz all der Verführungen und Schläge des Lebens war er ein guter Junge gewesen und hätte sicherlich irgendwann seinen Frieden gefunden. Natascha hatte ihm diese Möglichkeit genommen.

»Alles in Ordnung?«

Laertes war neben mich getreten und sah zu mir hinab. Eine seiner mächtigen Pranken legte sich auf meine Schulter.

»Wird es sein, wenn ich Natascha den Hals aufgerissen habe«, knurrte ich und erhob mich entschlossen. »Ich muss gehen.«

»Das wollte ich auch gerade sagen. Ich denke, es wird Zeit, dass ich Robert Allerton informiere, wo wir sind und ebenfalls, was geschehen ist. Leider hab ich kein Handy mehr, also muss ich zum nächsten Haus, um zu telefonieren. Meinst du, ihr kommt solange ohne mich klar, ohne Blödsinn anzustellen?« Laer betrachtete mich prüfend.

»Wir sind erwachsen«, gab ich zurück und der Vampir hob eine Augenbraue.

»Soll ich jetzt echt aufzählen, was in den letzten Stunden alles schiefgelaufen ist?«

Ich schüttelte den Kopf. Dass einiges nicht nach Plan gelaufen war, wusste ich selbst! Und einer der Beweise hierfür hatte jetzt minutenlang tot in meinen Armen gelegen. Als ich mich in Richtung Ophelia bewegte, die ziemlich still an einem der Bäume gelehnt dasaß, fluchte ihr Bruder auf einmal neben mir. Sein Blick hatte sich auf meine Seite geheftet, die nass von Blut war. Es handelte sich dabei um ein Gemisch aus meinem eigenen und dem von Nico.

»Hast du doch was abgekriegt?«

Ich schüttelte den Kopf, obwohl es nicht stimmte. Als ich den Dolch durch die Brust des Jungen gestoßen hatte, war ich ebenfalls verletzt worden. Es kümmerte mich jedoch nicht, denn eine seltsame Gewissheit war in mir, dass es mir nichts anhaben konnte. Ich war nicht in der Lage, es zu erklären.

»Geh! Ich werde bei Ophelia bleiben, bis sie wieder auf den Beinen ist«, meinte ich tonlos und starrte ins Leere.

In meinem Kopf ratterte es. Wenn der Vampir gegangen war, würde ich Lia erst in Sicherheit bringen und mich dann um Natascha kümmern. Dieses Miststück sollte am Ende betteln, dass ich sie sterben ließ! Diese Russin würde ich ausbluten lassen, Scheibchen für Scheibchen ...

»In Ordnung. Aber bitte stellt nichts mehr an, was ich am Ende ausbügeln muss.«

Es würde nichts zum Ausbügeln von dieser Schlampe übrig bleiben! Ophelias Bruder ging eher widerwillig, weil er dies ahnte, aber er musste Hilfe holen. Allein die Leichen hier überall konnte nur ein Spezialistenteam entsorgen.

***

»Du bist ein Mensch.« Lia lächelte matt.

Ich hatte mich zu ihr hinüber gebeugt und ihr über die Wange gestrichen. Diese Berührung brachte mich dazu, augenblicklich ruhiger zu werden. Es war schon faszinierend, auf welche Weise sich eine Bindung bemerkbar machte.

»Du willst zu Natascha, nicht wahr?« Meine Liebste sah mich traurig an und ich nickte leicht.

»Es muss sein«, brummte ich.

Lia schien es zu verstehen, zumindest sagte sie nichts dagegen. Ich fühlte allerdings eine seltsame Beklommenheit, als wäre dies eine Art Abschied. Was hatte Ophelia nur?

»Oh, wie ist das rührend! Der Alpha und seine kostbare Partnerin vereint«, tönte eine Stimme über die Lichtung.

Ophelia fluchte, während ich aufsprang und die Gestalt beäugte. War das tatsächlich Natascha? Der einst schlanke, geradezu dürre Körper der Russin war muskelbepackt und mit Fell bedeckt. Ihre Hände wirkten, als wären es nur noch Krallen und alles in mir brüllte, dass sie eine große Gefahr für Ophelia darstellen würde. Sie dürfte ihr nicht zu nah kommen.

›Wenn ich sie angreife, will ich, dass du in die Richtung läufst, in der dein Bruder verschwunden ist‹, sandte ich Lia den Gedanken, doch sie schnaubte.

›Vergiss es! Ich habe mit diesem Miststück auch noch ein Hühnchen zu rupfen!‹, entgegnete sie störrisch. ›Außerdem scheint sie stärker als du zu sein. Allein schaffst du es also nicht.‹

Eines konnte ich wirklich behaupten: Ich hatte eine der stursten Frauen dieser Gattung erwischt!

Ophelia lachte in meinem Kopf.

›Du wirst dich hoffentlich damit abfinden ...‹

Das bezweifelte ich zwar, doch vorher hatten wir noch ein anderes Problem zu lösen. Natascha bewegte sich langsam und bedrohlich auf uns zu. Sie schien keine Angst zu haben, was mich beunruhigte. War das einfache Selbstüberschätzung oder hatte Ophelia Recht mit ihrer Beobachtung?

›Lass uns erst einmal herausfinden, was sie kann. Jedes Wesen hat eine Schwachstelle.‹ Lias Hand legte sich in die meine und Wärme erfüllte mich. ›Sie ist zwar stark, aber allein – wir sind ein Team. Und nochmal macht sie mir meinen Mann nicht mehr abspenstig. Dafür reiße ich ihr übrigens die Krallen raus.‹

›In Ordnung. Aber, wenn jemand Schläge abbekommen muss, bin ich es! Glaub mir, ich stecke das eher weg‹, gab ich zurück und meine Liebste schaute mich irritiert an.

»Das wäre jetzt der Zeitpunkt zum Weglaufen«, verkündete Natascha selbstsicher und fixierte Lia.

Ich schob mich automatisch vor meine Frau und grinste die Russin an.

»Ist dir nach einem Tänzchen?«

Normalerweise war es nicht meine Art, doch jetzt musste es sein. Als Wolf würde ich gegen sie nicht ankommen, Mutation hin oder her. Ich brauchte den Alpha! Hoffentlich hatte sich der nicht auch grundlegend verändert.

›Bello, was hast du vor?‹ Ophelia ging in Angriffsstellung, aber ich bedeutete ihr, noch zu warten.

Erst einmal musste ich herausfinden, woher die Selbstsicherheit dieser Giftmischerin kam.

***

Ihre Pranke hatte die Kraft eines Amboss' und, obwohl ich sie mehrfach erwischt hatte, es waren bei ihr keinerlei Verletzungen festzustellen. Was hatte sie nur getan, um sich in ein solches Wesen zu verwandeln?

»Beeindruckend, nicht wahr?«, gurrte Natascha fröhlich und holte aus.

Sie wollte Ophelia erwischen, doch ich stieß meine Liebste beiseite. Stattdessen landete ich hart an einem Baum und spürte, wie sich zwei Äste in meine Eingeweide bohrten. Verdammt!

»Adrian!«, schrie Lia und wollte zu mir laufen, was das mutierte Miststück allerdings mit einem Hechtsprung unterband.

Jetzt war es wohl an der Zeit, mit ihrem Opfer Katz und Maus zu spielen. Egal, wohin sich Ophelia wandte, um zu entkommen, die Kreatur setzte nach und landete vor ihr. Selbst die Geschwindigkeit, die ein Vampir zustande brachte, richtete gegen Natascha nichts aus. Es war meine ganz persönliche Hölle, dieses Spektakel nicht unterbinden zu können. Wieso hatte Lia nur darauf bestanden, an meiner Seite zu kämpfen? Ich hätte sie davon abbringen müssen!

»Na? Willst du zusehen, wie ich deine kleine Blutsaugerin zerquetsche wie ein mickriges Insekt?«, reizte mich die Russin und ich kam wieder auf die Beine.

Auf keinen Fall würde ich das tun!

›Bello, halt!‹, meinte Lia aber auf einmal, zückte einen ihrer Dolche und schnitt Natascha tief in den Hals.

Die Mutantin fauchte vor Wut. Mit einem mächtigen Hieb holte sie Ophelia von den Füßen, trat mehrfach nach ihr. Erleichtert sah ich jedoch, dass diese es schaffte, auszuweichen, sich abrollte und erneut auf die Beine kam.

»Na warte!« Ein weiterer Schwinger Nataschas und Lia flog geradewegs in meine Arme.

›Das Biest teilt ganz schön aus. Aber danke fürs Auffangen.‹ Mein kleiner Knallfrosch grinste zu meiner

Verwunderung frech. ›Und ich weiß jetzt, wie wir sie erledigen.‹

Na, das waren doch mal erfreuliche Neuigkeiten! Leider erwischte mich in dem Moment, in dem mich Lia einweihen wollte, ein etwa reifen-großer Stein am Kopf und bei mir gingen auf einmal die Lichter aus.

33

Der Stein, den Natascha auf uns geworfen hatte, war ein Volltreffer gewesen. Adrian, den es direkt an der Schläfe erwischte, sackte bewusstlos in sich zusammen. Ein weiteres Geschoss traf mich an der Schulter, während ich ihn hastig aus der Schusslinie zerrte, und fluchte. Das würde mir diese Missgeburt noch büßen!

Glücklicherweise hatte ich meinen spontanen Plan bereits in die Tat umgesetzt und musste jetzt nur noch handeln. Zuerst hieß es, die Russin von meinem Wolf weg zu bekommen. Das dürfte jedoch kein Problem darstellen, da ich eh schon wie ein rotes Tuch für sie war.

»Komm schon! Du willst doch im Grunde mich als Erste erledigen, dass du es Adrian unter die Nase reiben kannst. Hol mich!«, schrie ich und rannte, so schnell mich meine Beine tragen konnten.

Natürlich würde sie mich irgendwann einholen, doch ich hatte die ganze Zeit nicht all meine Möglichkeiten ausgeschöpft. Von meinen Gaben hatte Natascha bislang keinen blassen Schimmer. Das war mein Joker in diesem über Leben und Tod entscheidenden Wettstreit.

»Ich werde dich zerquetschen!«, fauchte die Kreatur und machte einen Satz hinter mir her.

Meine Beine waren ziemlich müde von den letzten Anstrengungen und das Gift hatte mich einiger meiner

Kraftreserven beraubt. Ich musste klug vorgehen, durfte mich nicht von Gefühlen leiten lassen. Sollte ich dies tun, wären wir alle verloren. Egal, wie stark Adrian durch seine Mutation geworden war, Natascha war eine Sache für sich. Und ich bezweifelte gerade auch stark, dass die Zentrale die Bedrohung richtig einschätzen würde. Das bedeutete noch mehr Tote.

»Hast du dich eigentlich über mich schlaugemacht?«, rief ich über meine Schulter hinweg, während ich durch den Wald zurück zum Haus meines Bruders lief. Er hatte es damals extra wegen mir gekauft, damit ich in Peters Nähe sein konnte und Laer dennoch seinen Freiraum hatte.

»Wenn du schon auf einen Sterblichen stehst, werde ich wenigstens ein Auge auf euch beide haben«, hatte er damals gemeint.

Es war wohl an der Zeit, die Vergangenheit abzuschließen. Ich musste endlich nach vorn schauen, zu dem Mann, der mit mir verbunden war. Dieses Mal wollte ich dafür kämpfen, dass alles gut werden würde! Anders als bei Peter, war Adrian ein Wesen aus meiner Welt und es gab eine Chance auf Glück. Ich musste mich nur dafür besonders anstrengen!

»Was sollte ich denn über dich herausfinden? Deine Vorliebe für Waffen? Du hast nur noch einen deiner Dolche und die Schusswaffen sind weg. Oder, dass du schon einen Mann auf dem Gewissen hast?« Natascha lachte und ich geriet ins Straucheln.

Sie wusste von Peter? Woher? Das hatte noch nicht einmal Markus herausbekommen.

›Vergangenheit!‹, erinnerte ich mich an den gefassten Entschluss.

Ich stoppte, nahm einen festen Stand ein und es verging gerade mal eine Sekunde, ehe die Mutantin auf mich prallte.

»Du bist also doch lebensmüde? Wie schön ...«

»Nicht ganz«, flüsterte ich.

Mit einem Grinsen auf den Lippen legte ich meine rechte Hand auf Nataschas Brustkorb und dachte an Evelyn Terrin. Meine Fingerspitzen kribbelten einen Moment, dann brach sich eine gewaltige Druckwelle ihre Bahn. Die Augen meiner Gegnerin weiteten sich vor Schreck, bevor sie durch die Luft befördert wurde.

***

»Wie hast du das gemacht?«, keuchte Natascha und ich lachte gespielt.

Die letzten Minuten hatte ich an alle möglichen Menschen meines Lebens gedacht, deren Gaben angezapft und sie gegen dieses russische Miststück vor mir angewandt. Natascha hatte echte Schwierigkeiten damit gehabt, sich auf die neue Situation einzustellen und ich wusste, es geschickt auszunutzen.

»Ich bin nicht ganz das, wofür du mich gehalten hast oder?«

Die mutierte Alphagestalt richtete sich auf, riss an den Ranken des Efeus, der sich von den Bäumen gelöst und um sie geschlungen hatte. Diese Gabe hatte mir besonders gut gefallen. Sie war von einem kleinen Auserwählten, den ich auf meiner Reise einmal getroffen hatte. Ich schloss diesen Knirps sehr schnell in mein Herz und seine Gabe wurde dadurch in mir umso lebendiger.

»Ich bin ein Echo«, meinte ich und überlegte, welche Personen ich noch kannte, um deren Gaben zu teilen.

»Ein Echo?« Natascha war sichtlich irritiert, was sie jedoch nicht daran hinderte, mich erneut anzugreifen.

Wieso verbrannte sie nicht genauso schnell ihre Energie, wie Adrian bei unserem Zwischenfall? Diese Mutation musste doch kräftezehrend sein! Zudem bekam ich allmählich Probleme, denn mir fielen nicht mehr viele Gaben ein, die ich nutzen konnte. Mit jedem Mal wurden diese Aktionen schwächer. In der Tat war es nur das Echo der Gaben.

Ich wurde davon abgelenkt, weshalb mich die Mutantin am Bein erwischte und mir einen tiefen Schnitt verpasste. Die Wunde brannte augenblicklich wie Feuer und ich biss die Zähne zusammen, um keinen Laut von mir zu geben. Schwäche zu zeigen würde mir nicht gut bekommen. Das Gift würde bei mir dank des Gegenmittels nicht mehr wirkten, was leider am Schmerz herzlich wenig änderte. Es könnte außerdem eine Narbe übrig bleiben.

›Ganz schlecht für einen Minirock‹, dachte ich und plötzlich fiel mir der nächste Kandidat für meine Gabe ein: David!

»Ich werde dich in kleine Scheibchen schneiden und sie Adrian vor die Füße werfen!« Natascha holte abermals aus.

Die Erde begann zu beben, was dieses Miststück nur am Rande wahrnahm. Gleich würde es hoffentlich zu spät für sie sein. Ich wich aus und vernahm ihr Keuchen.

»Was zum Teufel ...?«, brachte sie heraus, als sich auf einmal um uns herum die Erde auftat und sich mehrere Krater bildeten.

»Frag den Teufel!«

Mit einer halbwegs eleganten Drehung um mich selbst, für den richtigen Schwung, trat ich ihr gegen die Brust. Der Roundhouse-Kick gelang! Die Schlampe rutschte ab, krallte sich allerdings an den nächsten Baum, der ebenfalls Gefahr lief, in einem der Erdspalten zu verschwinden. Sie sprang auf eine Stelle, die von der Gabe unberührt geblieben zu sein schien. Ich triumphierte dennoch.

»Meinst du wirklich, ich bin eine dermaßen große Dilettantin?« Mein Ausspruch schien Natascha unsicher zu machen und sie blickte sich suchend um.

Ich aktivierte eine Mischung aus mehreren Gaben und setzte das Biest endgültig fest. Die Alpha-Mutantin wehrte sich gegen den Treibsand und die Efeu-Ranken, aber vergebens. Jetzt gehörte sie mir.

»Nun, wolltest du mich nicht zerquetschen?« Ich lächelte liebenswürdig, während ich den verbliebenen Dolch zückte. »Und die Ankündigung mit den kleinen Lia-Scheibchen habe ich ebenfalls nicht vergessen.«

»Ich merke schon, wir sind im Grunde auf der gleichen Wellenlänge. Du genießt das Gefühl von Macht und deiner Überlegenheit«, lockte mich meine Gegnerin und ihre Gestalt verwandelte sich.

Die Alpha-Gestalt verschwand und wurde durch die Menschliche ersetzt. Das lange schwarze Haar fiel ihr wie ein Vorhang über die Schultern und bedeckte zumindest ein wenig ihre Blöße. Als ob es dieser Schlampe etwas ausgemacht hätte!

***

»Wie hast du das gemacht?« Onkel Markus starrte mich verwundert an.

»Ich weiß es nicht. Ich habe einfach an Mama gedacht und auf einmal waren diese Lichtgestaltenda«, murmelte ich und verschränkte die Arme vor der Brust.

Ich war genervt. Nicht genug, dass mich Mutter dazu gezwungen hatte, meinen langweiligen Onkel zu besuchen, zu allem Überfluss spielte meine Gabe mal wieder verrückt. Erneut gab es eine neue Facette und abermals hatte ich es unabsichtlich getan. Ich hasste es!

»Du musst mir erklären, wie du das angestellt hast«, verlangte mein Onkel, aber ich schaltete auf Durchzug. Der Letzte, dem ich etwas Preis geben wollte, war dieser elende Langweiler.

Er seufzte.

»Du bist alt genug, um endlich dieses kindische Verhalten abzulegen! Andere in deinem Alter sind schon verheiratet und übernehmen Verantwortung«, knurrte der Bruder meiner Mutter und ich rollte mit den Augen.

Diese Rede kannte ich in- und auswendig. Und sie endete stets gleich: Ich wäre etwas Besonderes und sollte mich endlich dem Schicksal stellen. Es war wie eine kaputte Schallplatte. Der Sprung brachte sie stets dazu, eine Stelle wieder und wieder anzuspielen. Mit der Zeit konnte man es einfach nicht mehr hören!

»Es ist deine Bestimmung!«

»Keine Lust. Ich brauche frische Luft. Entschuldige mich«, murmelte ich und schlurfte in Richtung Tür.

»Ophelia!« Der barsche Tonfall meines Onkels würde mich auch nicht zu einer besseren Kooperation bringen.

»Onkel Markus. Lass es bitte einfach gut sein.«

Meine Gabe bereitete mir langsam aber sicher Kopfschmerzen. Sie war zudem dermaßen kräftezehrend, dass ich danach immer mindestens zwei Tage ausruhen musste. Ich hatte sie satt und wünschte mir nichts mehr auf der Welt, als endlich etwas Frieden zu haben.

***

Meine Beine zitterten und ich fühlte, wie die Kraft meinen Körper verließ. Obwohl ich es nur zu gern getan hätte, war ich nicht näher an diese Schlampe herangetreten, um sie zu verletzen. Ich wollte kein Risiko eingehen und ihr am Ende noch die Chance geben, zu entkommen.

»Ich werde euch kriegen!«, fauchte die Russin und versuchte, sich zu befreien. »Irgendwann ...«

»Das glaube ich eher nicht.« Ich lächelte müde, denn meinen letzten Joker hatte Natascha wohl noch immer nicht mitbekommen.

Ehe sie mich auf der Lichtung mit Schwung in Adrians Arme katapultiert hatte, war es mir gelungen, ihr in den Hals zu schneiden und dort eine Kleinigkeit zu hinterlassen. Den leicht verbeulten Peilsender, den ich meinem Wolf aus dem Körper geholt und den ich bislang nicht zum Auslösen gebracht hatte.

»Bist du wirklich scharf darauf, dich am Ende von einem Alpha herumkommandieren zu lassen?!« Allmählich klang die Mutantin doch alarmiert und die Stimme wurde um einiges schriller. »Ein Mann wie Adrian wird nicht aus seiner Haut können. Er ist es gewohnt, seinen Willen durchzusetzen und Menschen so zu manipulieren, dass sie tun, was er will. Er ist ein falscher Mistkerl!«

Das sagte ja genau die Richtige. Ich schnaubte, spielte mit dem Zeigefinger an der Klinge des Dolchs herum.

Vielleicht war der Moment gekommen, diesen Kampf zu beenden und zu Adrian zurückzukehren. Wenn er manchmal auch ein kleiner Tyrann sein konnte, war er doch ein liebevoller und fürsorglicher. Ich schmunzelte bei dem Gedanken.

›Soso, bin ich das?‹

Wärme erfasste mich, als ich die Stimme meines Wolfs im Kopf wahrnahm. Mein Bello!

›Du bist manchmal etwas eigen, aber wer ist das nicht?‹, antwortete ich und drehte mich langsam um.

›Wo bist du? Alles okay? Was ist mit Natascha?‹

Ich sandte ihm über unsere Verbindung das Bild der gut verschnürten Frau. Ein Keuchen ertönte in mir.

›Wie hast du das geschafft?‹

›Lange Geschichte. Ich komme zu dir‹, beendete ich das Gespräch und machte meine ersten Schritte von Natascha weg.

»Warte! Wenn ihr mich umbringt, werden meine Mutanten mich rächen … Ich bin deren Welt!«, rief die Russin panisch und ich stoppte.

»Noch mehr Mutanten?«

34

Adrian

Ophelia hatte vor mehreren Minuten gesagt, sie würde zu mir kommen, aber bislang war noch nichts von ihr zu sehen. Ich rieb mir den Kopf, genau die Stelle, an der mich dieser dämliche Stein erwischt hatte. Wieso war ich mal wieder so unaufmerksam gewesen?

Der Schädelknochen hatte eine Delle. Kein Wunder, dass bei mir die Lichter ausgegangen waren. Einem Normalsterblichen hätte es wahrscheinlich sogar das Leben gekostet.

›Ein Wolf hätte es vermutlich auch nicht überlebt, wenn er auch später erst gestorben wäre‹, überlegte ich und spürte, wie sich diese seltsame Wölbung auf einmal veränderte.

Diese Mutation hatte eine erstaunliche Auswirkung auf die Selbstheilungskräfte. Beinahe kam ich in Versuchung, Natascha dafür dankbar zu sein. Wobei es sicherlich nicht ihre Absicht gewesen war, mich dadurch stärker zu machen.

›Adrian, ich fürchte, du musst zu mir kommen.‹ Lia klang genervt und mein Name in diesem Zusammenhang brachte mich dazu, mir Böses auszumalen.

›Bin gleich da‹, gab ich zurück und setzte mich in Bewegung.

Die Strecke bis zum Haus legte ich in Menschengestalt zurück und hoffte inständig, nicht noch weiterer dieser Mutanten zu begegnen. Für diesen Tag reichte es mir mit dem Kämpfen und Auspowern. Wobei ich bei Letzterem eine Ausnahme machen würde, sollte Ophelia irgendwie in Stimmung sein ... Da war mein Trieb wohl unstillbar.

Das Gelände zum Haus hin, wirkte wie der reinste Krater. Egal, wer hier gewütet hatte, er war sehr mächtig. Ich schaute mich suchend um und entdeckte Lia und eine ruhiggestellte Natascha, die sich ein Duell mit Blicken lieferten.

›Was ist hier los?‹

›Sie behauptet, noch mehr dieser Mutanten erschaffen zu haben‹, antwortete meine Liebste in Gedanken und ich fluchte. ›Ja, da bin ich ganz deiner Meinung. Und dabei würde ich so gern davon marschieren und aus der Ferne zusehen, wie ihr Kopf explodiert.‹

Ich runzelte die Stirn, doch Lia tippte sich nur mit dem Zeigefinger gegen den Hals.

›Das Implantat, erinnerst du dich? Ich habe sie gechipt.‹ Ein Grinsen zeichnete sich auf ihren Lippen ab und ich fühlte den Stolz, den mein kleiner Reißzahn empfand.

***

Nachdenklich betrachtete ich Natascha, die ganz die alte zu sein schien. In ihrer Menschengestalt kam sie mir fast ungefährlich vor. Gut, dass ich es besser wusste, denn diese Maskerade hatte sicherlich einige Männer in Gefahr gebracht und mehrere am Ende getötet.

»Und? Ich werde hier langsam ungeduldig. Vielleicht sollte ich die Wesen einfach auf ein Dorf loslassen. Ihr entscheidet.« Dieses selbstgefällige Grinsen gefiel mir ganz und gar nicht!

›Was könnte passieren, wenn ich sie jetzt einfach kalt mache? So im schlimmsten Fall‹, wollte meine Vampirdame wissen und fletschte leicht die Zähne.

Durch die schlechte Laune und vermutlich auch den Blutmangel, waren ihre Fänge komplett ausgefahren und gaben Ophelia etwas Wildes, was mir dennoch über alle Maßen gefiel. Leider war jetzt nicht der richtige Zeitpunkt dafür. Mein Trieb musste warten, auch wenn ich nichts lieber getan hätte, als mein Weib zu nähren und mich im Gegenzug an ihr zu vergreifen - natürlich nur im positiven Sinne. Bislang hatte sie sich schließlich nie beschweren müssen.

›Adrian, konzentrier dich!‹

Ich schluckte und riss mich am Riemen.

›Mindestens ein Dorf könnte ausgelöscht oder auch zu Mutanten verwandelt werden. Ihr wäre es zuzutrauen, dass sie einen solchen Notfallplan hat.‹

Lia knurrte.

»Ich höre – was willst du?«, wandte ich mich an Natascha, die weiterhin feixte.

»Meinen Kampf gegen dich und die Freiheit. Wenn ich das bekomme, werde ich verschwinden.« Die unterschiedlich farbigen Augen der Russin funkelten bösartig.

»Vergiss es!«, fauchte meine Partnerin und wirkte augenblicklich wieder so, als würde ein Fünkchen ausreichen, um diese Bombe zum Explodieren zu bringen.

Was würde ich nun für einen Ratschlag meines Freundes Lukas geben! Ich war im Zwiespalt.

»Braucht ihr wirklich einen Beweis für meine Fähigkeiten?«, zwitscherte Natascha und ihre Gestalt veränderte sich:

Die Glieder wurden länger, Fell breitete sich auf dem nackten Körper aus. Die Alpha-Mutation fauchte und riss an den Fesseln.

›Bello, ich werde sie nicht mehr lange halten können‹, ging Lia plötzlich neben mir ächzend in die Knie.

Schweiß hatte sich auf ihrer Stirn gebildet und eine Welle der Erschöpfung schwappte zu mir über. Wieso hatte sie das bis jetzt vor mir verborgen? Ehe ich zu ihr gelangen konnte, sprengte Natascha ihr Gefängnis und stürmte auf Ophelia zu.

›Lia, reiß dich noch ein letztes Mal zusammen und renn!‹, forderte ich und stürzte mich auf die mordlustige Kreatur vor meiner Liebsten. ›Nicht nachdenken, nur rennen, als wäre der Teufel hinter dir her!‹

Während ich einige Schläge Nataschas parierte, rappelte sich Lia auf. Sie wankte zwar, wirkte jedoch fest entschlossen.

›Das Implantat explodiert, wenn die Distanz zwischen einem und zwei Kilometer überschritten ist‹, teilte mir meine Frau mit und lief los.

›Dreh dich nicht um. Lauf einfach so schnell du kannst.‹

***

Natascha und ich kämpften verbissen, wobei ich Lia nicht aus den Augen ließ, soweit es mir möglich war. Irgendwann hatte sie sich aus meinem Blickfeld entfernt und ich konnte nur noch schätzen, wie viel Zeit mir blieb.

Ein Schwinger von Nataschas Pranke erwischte mich und ich flog in die Richtung, in die meine Liebste gelaufen war.

›Immer weiter laufen‹, wies ich sie an und vernahm ein leises Stöhnen.

›Leichter gesagt, als getan. Es sind nun etwa eineinhalb Kilometer.‹ Ophelia keuchte und ich nahm den stechenden Schmerz wahr. Meine Vampirdame schien kräftemäßig am Ende zu sein.

›Nicht mehr lang. Gleich kannst du dich ausruhen‹, köderte ich sie und wusste, es würde Früchte tragen.

»Weißt du eigentlich, was mit den Kerlen passiert ist, die ich als Laborratten genutzt habe? Den Professor zum Beispiel ...« Natascha riss mich aus der Unterhaltung und gleichzeitig meinen Körper nach oben.

Ihr Gesicht war dem meinen so nah, sodass ich mir bereits ein Bild von zwei in die Luft gesprengten Gestalten ausmalte. Ich musste ganz dringend von dieser Schlampe weg!

»Die Mutation wird nach und nach deine menschliche Seite verdrängen. Es ist schon ein Wunder, dass du dich noch in einen Mann verwandeln kannst! Die anderen endeten als wilde, sabbernde Tiere«, meinte die Russin und ein weiteres Mal lernte ich fliegen – diesmal jedoch in die andere Richtung.

35

Die Explosion war lauter, als ich es erwartet hatte. Geschafft sank ich mitten in einem Feld zu Boden.

›Bist du in Ordnung, Bello?‹, nahm ich Kontakt zu meinem Wolf auf, aber ich bekam keine Antwort. ›Bello, bitte sag etwas.‹

Panik machte sich in mir breit, doch ich war zu kraftlos, mich in Bewegung zu setzen. In meinem Kopf begann sich alles zu drehen und ich spürte, wie ich Gefahr lief, das Bewusstsein zu verlieren. Krampfhaft klammerte ich mich an dem letzten Stück Hoffnung fest, dass es Adrian gut ging und unsere Verbindung nur mal wieder gestört worden war.

***

»Schlafen! Vielleicht auch träumen! – Ja, da liegt's: Was in dem Schlaf für Träume kommen mögen, wenn wir den Drang des Ird'schen abgeschüttelt, das zwingt uns still zu stehn. Das ist die Rücksicht, die Elend läßt zu hohen Jahren kommen. Denn wer ertrüg' der Zeiten Spott und Geißel, des Mächt'gen Druck, des Stolzen Mißhandlungen, verschmähter Liebe Pein, des Rechtes Aufschub, den Uebermut der Aemter, und die Schmach, die Unwert schweigendem Verdienst erweist, wenn er sich selbst in Ruhstand setzen könnte mit einer Nadel bloß? Wer trüge Lasten, und stöhnt' und schwitzte unter Lebensmüh'? Nur daß die Furcht

vor etwas nach dem Tod – Das unentdeckte Land, von dess'
Bezirk kein Wandrer wiederkehrt – den Willen irrt, daß wir
die Uebel, die wir haben, lieber ertragen, als zu unbekannten
fliehn. So macht Gewissen Feige aus uns allen; der ange-
bornen Farbe der Entschließung wird des Gedankens Blässe
angekränkelt; und Unternehmungen voll Mark und Nach-
druck durch diese Rücksicht aus der Bahn gelenkt, verlieren
so der Handlung Namen. – Still! Die reizende Ophelia. –
Nymphe, schließ in dein Gebet all meine Sünden ein«,
vernahm ich die Stimme meines Wolfs und war über-
glücklich.

Ich lachte.

»Dir ist aber schon bewusst, dass Hamlet nach dieser
Stelle von Ophelia einen Korb bekommt und ihr
daraufhin geradezu die Pest an den Hals wünscht?«
Suchend blickte ich mich nach Adrian um, als sich
plötzlich starke Arme von hinten um mich schlossen.

Seine Bartstoppeln kitzelten mich am Hals.

»Dann ist es höchste Zeit, die Geschichte umzuschrei-
ben.« Er liebkoste die Stelle unter meinem Ohr. »*Sagt*
Ophelia, würdet Ihr mit mir ins Unbekannte fliehen? Weit
weg von Schimpf und Schande und ein Leben ohne Last zu
führen? Wäred Ihr bereit mein Weib zu werden, bis dass der
Tod uns entzweit?«

»Euer Weib bis in den Tod?«, hauchte ich und drehte
mich überrascht zu Adrian um, der mich anlächelte.

»*Natürlich bevorzuge ich das Leben, doch der Tod wird*
kommen, wenn auch hoffentlich in weit entfernten Tagen.
Aus diesem Grund flehe ich Euch an, Ophelia. Lass diesen
liebestollen Wolf niemals wieder ohne Euch sein.« Adrian
beobachtete mich, wartete ganz offensichtlich auf eine
Antwort.

Das war ein echt schräger, aber irgendwie passender Heiratsantrag ... Ich starrte ihn an, ehe ich in schallendes Gelächter ausbrach.

»Laertes wird uns umbringen, aber ich bin dabei. *Lasst uns gegen alle Widrigkeiten angehen ... jedoch stets gemeinsam!*« Ich zog ihn an mich heran und küsste Adrian voller Leidenschaft und Gefühl des Glücks.

Die Freude, die mein Wolf in diesem Moment empfand, machte mich überschwänglich. Wir würden einfach abhauen und heiraten. Vielleicht bekam ich ja so eine Chance auf Inneren Frieden.

Ein seltsames Geräusch machte dem Ganzen leider ein Ende – es war das Klicken von Handschellen und Adrian verschwand auf einmal spurlos.

»Lia, es ist alles in Ordnung! Ich bin da«, hörte ich die Stimme meines Bruders wie durch Watte.

Ich wollte nicht aufwachen, hatte keine Kraft, mich der Realität zu stellen. Am liebsten wäre ich mit Adrian in dieser Traumwelt geblieben. Nur wir zwei ganz allein.

***

Mein Körper schmerzte, als hätte man mich in einen Jutesack gesteckt und darauf eingedroschen. Ich öffnete die Augen und blinzelte. Alles war so unglaublich hell! Wieso spielten meine Sinne dermaßen verrückt?

»Lia.« Laertes strich mir sanft über die Wange. »Wie fühlst du dich?«

»Wo ist Adrian?«, stöhnte ich nur, während ich versuchte, mich im Bett, in dem ich aufgewacht war, aufzusetzen.

»Markus' Leute haben ihn mitgenommen. Ich weiß nicht, wieso sie schneller als Roberts Männer waren, aber ich konnte ihm nicht helfen. Der Chefermittler ist aber bereit, uns zu unterstützen.« Laer wirkte aufrichtig besorgt, was mich trotz der schlechten Nachricht freute. Mein Bruder würde also weiterhin auf meiner Seite bleiben. »Ich hoffe nur, er holt Adrian da rasch heraus.«

Er wollte mich zurück in die Kissen drücken, ich war allerdings fest entschlossen: Dieses Mal würde ich mir den Mann, den ich liebte, nicht nehmen lassen. Adrian hatte Schmerzen, das fühlte ich deutlich!

»Bring mich zu Markus«, forderte ich von meinem Bruder, der kurz aussah, als wollte er mir widersprechen. »Laertes, wenn du mich liebst, bring mich zu Markus! Ich hab es ein für alle Mal satt! Wenn unser Onkel nicht von seinem Plan ablässt, bekommt er mich als Feindin.«

Laer seufzte, stand jedoch auf und suchte mir ein paar Klamotten zusammen, nachdem er mir einen Blutbeutel gereicht hatte.

»Entschuldigung, aber was wird das?«, tönte es plötzlich von der Tür des Zimmers her und wir blickten beide in die Richtung.

Eine Blondine, die mir irgendwie bekannt vorkam, stand im Türrahmen und hatte die Arme vor der Brust verschränkt. Sie war eine Vampirin und wirkte nicht so, als würde sie uns ohne Weiteres verschwinden lassen. War sie eine Ärztin?

»Ich habe wichtige Dinge zu erledigen«, sagte ich knapp und dachte an Adrian, der immer noch starke Schmerzen litt.

Markus' Schläger schienen im schwer zuzusetzen. Die Ärztin kniff missbilligend die Augen zusammen, trat aber einen Schritt beiseite, als ich Anstalten machte, das Zimmer zu verlassen. Mit einer solchen Reaktion hätte ich nie und nimmer gerechnet, war allerdings froh darüber.

»Warte kurz«, meinte sie und ich sah die Blondine mit dem langen, lockigen Haar fragend an.

Sie hielt mir einen weiteren Blutbeutel hin und rief dann einen Pfleger zu sich.

»Alex, bitte bring die Ersatzklamotten aus meinem Spind. Lia wird in den nächsten Minuten die Klinik verlassen und ich will, dass sie dies nicht in einem Morgenmantel tun muss. Außerdem soll Mark herkommen. Ich brauche ihn als Heiler.«

Der Pfleger nickte und eilte den Flur entlang. Ich sah die Ärztin weiterhin irritiert an. Wieso war sie auf einmal so hilfsbereit?

›Nenn mich hoffnungslos romantisch‹, vernahm ich ihre Stimme im Kopf und zuckte zusammen.

»Oh Gott!« Die Worte waren meinem Mund entkommen, bevor ich sie aufhalten konnte und die Blondine kicherte.

»Nur Melissa Terrin«, entgegnete sie und lotste mich zurück ins Krankenzimmer.

Laer, der die Szene beobachtet hatte, setzte sich auf den Besucherstuhl und wirkte erleichtert. Ich würde mich jedoch nicht davon abbringen lassen, meinem Wolf zu Hilfe zu eilen! Er brauchte mich.

›Keine Sorge, ich mache dich nur vorher wieder fit! Also trink und lass mich den Rest organisieren‹, meinte Melissa Terrin in meinem Kopf und mir fiel es wie Schuppen von den Augen.

Terrin! Das Ratsmitglieds Evelyn ... Robert Allertons Familie. Diese Verbindung ließ plötzlich alles einen Sinn ergeben.

Man kannte diese mächtigen Wesen, deren Ruf ihnen stets voraus eilte. Sie waren stolz, sehr auf ihre Familie bezogen und kämpften geradezu stur dafür, dass es ihren Lieben gut ging.

Kein Wunder, dass Melissa Terrin auf meiner Seite war.

***

Onkel Markus wirkte verdattert, als ich ohne Vorankündigung in sein Büro marschierte, auf ihn losstürmte und den Kerl gegen die nächste Wand beförderte.

»Bist du verrückt?«, keuchte er.

Laertes, der mir gefolgt war, lachte.

»Das fällt dir jetzt erst auf? Und ich fürchte, es wird noch hässlicher, wenn du uns nicht verrätst, wo der Wolf ist.«

Statt sich in meine Angelegenheiten weiter einzumischen, lehnte sich Laer gegen die nächstbeste Wand und grinste einfach nur. Das brachte unseren Onkel zum Kochen.

»Hilf mir, verdammt! Du hast einen Eid geschworen«, keifte Markus, doch mein Bruder schnaubte.

»Du meinst den Eid, den ich schwor, bevor du meiner Schwester und mir eins deiner Killerkommandos auf den Hals gehetzt hast? Ich bitte dich ...«

Unser Onkel suchte nach Argumenten, aber ich donnerte den Körper des Ratsmitglieds ein weiteres Mal gegen den harten Stein der Kaminwand. Er funkelte mich wütend an, wollte sich allerdings keinen Kampf mit mir liefern. Er wusste schließlich, dass ich eine besondere Gabe besaß und es schrecklich für ihn enden könnte.

»Adrian«, knurrte ich. »Wo ist er?«

»Ja, das wollen wir auch wissen.«

Evelyn Terrins gut hörbare Stimme machte mir klar, dass ihre Tochter mir sogar noch mehr geholfen hatte. Die Rätin würde Adrian nicht vorverurteilen. Es gab noch Chancen.

36

Adrian

Durch die Handschellen und Ketten hatte ich keinerlei Möglichkeit mich zu wehren, wurde von den Vampiren windelweich geschlagen und allein der Mutation war es zu verdanken, dass ich diese Prügel überlebte. Meine Eingeweide brüllten nach Erlösung und Sterben war ein überaus verführerischer Gedanke.

›Ich sagte es schon einmal: Aufgeben ist keine Option!‹ Ophelias Emotionen und ihre Worte gaben mir Kraft.

Sie versprach mir, ich hätte es bald geschafft, würde die Gelegenheit bekommen, mich endlich auszuruhen und zu heilen. Diese Zusicherungen waren ein Trost. Nur noch ein bisschen durchhalten.

Der nächste Schlag ließ mich Blut spucken. Irgendwas in meinem Inneren war gerissen und diese zähe Flüssigkeit machte mir das Atmen schwer.

›Wir holen dich da raus. Sind gleich da!‹, redete sie weiter auf mich ein, während sich diese Kraftpakete mit Laertes Statur bemühten meine Knochen zu Brei zu bearbeiten.

›Beeilte euch.‹

Einer der Vampire hatte sein Messer gezückt und schlenderte nun auf mich zu. Er grinste mit voll ausgefahrenen Fängen und Blutlust drang ihm aus jeder seiner Poren.

»Ich schlage vor, wir schneiden dem Köter das Herz heraus und überreichen es Laers Schwester. Das war es doch, was sie von diesem Kläffer wollte, oder? Vielleicht lernt sie dann endlich, wo ihr Platz ist«, brummte der Blutsauger und meine Beine gaben endgültig nach.

»Hat Markus hierfür sein Okay gegeben?«, erkundigte sich ein anderer der Schläger, was den Typen mit dem Messer zum Schnauben brachte.

»Er meinte, wir sollen tun, was nötig ist, um sie zurück auf den rechten Pfad zu führen.«

Geräusche außerhalb des Raums waren zu hören. Es klang nach einem Kampf.

»Was ist denn da los?«, knurrte einer der Kerle und lief zur Tür.

Daraufhin geschahen etliche Dinge gleichzeitig, die mich in meinem jetzigen Zustand heillos überforderten: Die stabile Metalltür flog auf und wurde gegen den Vampir in deren Nähe geschleudert, mehrere Personen stürmten herein und der Typ mit dem Messer warf sich auf mich. Schmerz in meiner Brust machte mir klar, dass er die Klinge hinein gerammt hatte. Ein letzter verzweifelter Versuch, einen schrecklichen Auftrag zu erfüllen.

»Bello!« Lias panischer Schrei war zu hören, dann wurde mein Angreifer schwungvoll von mir weggerissen.

Ich fühlte mich eigenartig. Meine Augenlider wurden schwer und Müdigkeit überkam mich.

»Schafft diese Arschlöcher hier raus und in die Zentrale!«, nahm ich ein mir bekanntes Knurren wahr und sah die Umrisse Robert Allertons, der mich von der Last des Vampirs erlöst hatte. »Und wehe euch, wenn einer dieser Kerle entkommt. Ich verarbeite euch eigenhändig zu Hackfleisch!«

Ophelias Gesicht, das ganz blass und gequält wirkte, schob sich in mein Blickfeld. Sie war wunderschön und wohlauf. Was für ein Glück!

›Du musst geheilt werden. Halte bitte durch‹, sandte sie mir diese Bitte und ich nickte artig.

Für sie würde ich mein Bestes tun. Meine Ophelia. *Süße Ophelia ...*

›Bleib wach! Bello, bitte bleib bei mir.‹

Jemand legte die Hand auf meine Schulter und zog die Klinge aus der Brust. Der Schmerz verging rasch, doch diese eigenartige Müdigkeit blieb. Ich wollte nur noch schlafen. Tief und fest, bis ich diese sanfte Stimme für immer hören durfte.

»Etwas stimmt nicht. Ich bekomme nur wenige Verletzungen geheilt. Irgendwas blockiert mich.« Ich kannte diese Männerstimme. Der Heiler, der mich schon einmal gerettet hatte. Wie hieß er gleich nochmal ...?

»Versuch es weiter! Ich hab dem Bengel versprochen, dem Wolf würde nichts passieren. Wenn er krepiert, werde ich dieses Geschrei nicht mehr los«, brummte Robert Allerton und ich musste lächeln.

Er sprach von Moe. Wie es meinem jungen Freund wohl ergangen war? Ich hoffte, er hatte wegen mir nicht allzu große Sorge gehabt. Irgendwie schienen die Personen um mich herum ein Fluch zu treffen: Sie waren ohne mich besser dran.

»Lasst es mich versuchen«, flüsterte Ophelia an meiner Seite und etwas Feuchtes wurde an meine Lippen gedrückt.

248

Ein Fluch war zu hören, der eindeutig Robert zugeordnet werden konnte. Der Raum füllte sich mit unterschiedlichen Emotionen. Einige waren irritiert, geradezu verstört, andere gespannt, wieder andere voller Hoffnung.

›Trink, Bello‹, forderte Lia und ich öffnete den Mund. ›So haben wir es doch schon einmal geschafft. Bitte, trink.‹

Blut lief in meinen Rachen und ich schluckte. Ophelias lebensspendender Saft hatte eine erstaunliche Wirkung auf mich. Die Schmerzen verschwanden, die Müdigkeit wurde Stück für Stück aus meinem Körper gefegt und ich blickte auf. Meine Frau strahlte mich mit Tränen verschleierten Augen an.

›Hey‹, meinte ich in Gedanken und sie gluckste erleichtert.

»So schnell lass ich dich nicht vom Haken!«

Ich lächelte matt und lehnte mich an sie.

›*Die reizende Ophelia. – Nymphe, schließ in dein Gebet all meine Sünden ein*‹, wiederholte ich meine Worte des Traums und sie küsste mich.

»*Keine Sünde wird dieses Herz davon abbringen dir zu gehören.*« Sie hauchte es mehr an meinen Lippen. »*So lange ich lebe.*«

»Also war es kein Traum?«, raunte ich und Lia schüttelte leicht den Kopf.

»Und diesen Heiratsantrag wirst du nicht zurücknehmen können, werter Herr. Jetzt bist du meiner.« Ihr Kichern war eine Wohltat für meine Ohren.

***

Laertes rieb sich fassungslos die Stirn.

»Heiraten? Jetzt? Habt ihr gerade nicht andere Probleme?«

»Kennst du nun jemanden oder nicht?« Lia war fest entschlossen, was mich zum Grinsen brachte.

»Klar, kenne ich jemanden! Du auch. Aber ist es klug? Und vor allem: Was wird Mutter dazu sagen?«

Das war mal ein Bild. Unser Blade redete sich um Kopf und Kragen. Ich saß in diesem Zimmer in der Zentrale und schaute den Zwillingen dabei zu, wie sie miteinander diskutierten. Robert Allerton hatte uns angewiesen, an diesem Ort auf ihn zu warten. Mir war es recht, denn ich konnte von hier aus dem Fenster sehen und die vorbeiziehenden Wolken beobachten.

»Sie wird es verstehen. Und jetzt hilf uns!«, fauchte meine Zukünftige und ihr Bruder rollte mit den Augen.

»Na meinetwegen. Ich bin gleich wieder da.«

Schlurfend verließ er das Zimmer und Lia setzte sich auf meinen Schoß.

»Du hast es auf einmal ziemlich eilig ›Frau Landon‹ zu werden«, meinte ich schmunzelnd und Ophelia zwinkerte mir zu.

»Wir zwei – gemeinsam gegen den Rest der Welt.«

Je mehr sie bei mir war, desto klarer erinnerte ich mich an den Traum. Wie war es nur möglich, dass wir diesen geteilt hatten? Ich streichelte meiner baldigen Frau über die Lippen, betrachtete diese fasziniert. Wenn sie so nah war, lief mein Trieb geradezu Amok. Ich wollte Ophelia als die meine kennzeichnen, ihr die Kleider vom Leib reißen und sie die nächsten Stunden bis zur vollkommenen Erschöpfung lieben.

Zu unserer beider Überraschung wurde allerdings die Tür aufgerissen und Laer kam zurück. Vor sich her schob er Evelyn Terrin.

»Jetzt erklär mir doch erst einmal, was los ist«, beschwerte sich die Frau mit der roten Kurzhaarfrisur und Lias Bruder deutete in unsere Richtung.

»Lass dir das von ihnen erklären. Ich muss nochmal los.« Er wandte sich seiner Schwester zu. »Nicht anfangen, bevor ich nicht wieder da bin!«

***

Die Rätin Evelyn Terrin lachte herzlich, als Ophelia ihr den Plan erzählte. Sie warf mir mehrfach Blicke zu und versuchte dann, Lias Überlegungen eine reelle Chance zu geben.

»Also euch zu trauen wäre eine Kleinigkeit. Dazu benötige ich nur euer Einverständnis und mein Amt. Allerdings finde ich, es ist doch sehr überstürzt«, gab sie zu Bedenken, aber meine Zukünftige wollte diesen Einwand nicht hören.

»Ich will Adrians Frau werden, ehe er vor den Rat treten und sich verteidigen muss. Wieso versteht keiner, wie wichtig mir das ist?!« Ophelia war mal wieder kurz davor, in die Luft zu gehen.

»Evelyn versteht das durchaus, mein süßer Knallfrosch ...«, begann ich, aber beide Frauen sahen mich an, als sollte ich mich da lieber raushalten.

Mein Mund schloss sich spontan. Meine Güte, konnten Vampirfrauen anstrengend sein! Also schaute ich wieder aus dem Fenster und zählte die Wolken. Da lief ich zumindest nicht Gefahr, von einer verprügelt oder erwürgt zu werden.

»In Ordnung. Ich werde die Anhörung beim Rat und ein paar Stunden verschieben. Morgen gegen 10 Uhr wird Adrian vorgeladen und wir klären alles. Bis dahin hat dein Bruder genug Zeit, zurückzukehren. Solltet ihr dann also noch immer der Meinung sein, heiraten zu wollen, bin ich dabei. Einverstanden?« Die Rätin schüttelte den Kopf, wurde jedoch daraufhin von Lia so fest umarmt, dass sie sich sogar noch mehr erweichen ließ, die Ausgangssperre zu lockern.

»Robert hat in der Zentrale im obersten Stockwerk ein paar Räumlichkeiten, in denen Betten untergebracht sind und etwas gemütlicher wirken als das hier. Dort könnt ihr euch *ausruhen*.« Sie rief zwei Ermittler, die uns begleiten sollten. »Ich gebe Robert Bescheid. Nicht, dass er euch am Ende wieder sucht.«

»Danke Evelyn.« Mein kleiner Reißzahn umarmte sie ein weiteres Mal, während ich der Rätin aus sicherer Distanz zunickte.

Wie Gäste wurden wir von einem der Ermittler nach oben geleitet – sicherlich auf Anweisung – und dort eingesperrt. Dieser Ruheraum war schlicht, aber dennoch gemütlich, was mich dazu bewog, auf dem Bett Platz zu nehmen. Ich grinste.

»Meinst du, dein Bruder braucht lange?«, erkundigte ich mich und lugte Ophelia von unten her an. Meine Triebe drehten mal wieder durch.

Sie lächelte frech, schien den Gedankengang zu verstehen.

»Ich fürchte, dafür haben wir keine Zeit. Außerdem willst du dir doch nicht die Hochzeitsnacht vermiesen, oder?«

Dieses Necken gefiel mir und ich beschloss, mich noch ein wenig zu gedulden. Hoffentlich gelang es mir auch, denn sonst würde ich Lia wohl die Kleider vom Leib reißen. Ein Kompromis musste her!

»In Ordnung. Aber du legst dich zu mir und wir kuscheln.«

Ein helles Lachen drang aus Lias Kehle und mit einem Satz war sie neben mir.

»Der Herr will kuscheln? Das kannst du haben!«

›Manchmal denke ich, das Schicksal ist schon seltsam. Was alles nötig war, um hier zu landen‹, kam es mir kurze Zeit später in den Sinn, während ich Ophelias Rücken streichelte, die in meinen Armen eingedöst war. ›Von einer Frau des Mordes bezichtigt, von einer anderen zum Monster gemacht und mich von der dritten retten lassen ...‹

Ich schmunzelte.

»Bello?«, murmelte meine Zukünftige auf einmal und rieb sich die Augen. »Eins muss ich noch wissen, bevor ich deine Frau werde.«

Dieser Kommentar machte mich unruhig. Was würde sie jetzt wollen?

»Was denn?«

»Natascha meinte, du und sie, ihr beide hättet ...« Sie stockte und ich spürte ihren Widerwillen.

Einen Moment überlegte ich zu lügen, aber das wäre ein schlechter Start für eine Ehe gewesen. Außerdem verdiente meine Frau die Wahrheit.

»Ja, haben wir. Sie hatte mir etwas eingeflößt. Glaub mir, freiwillig hätte ich das sicherlich nie getan«, knurrte ich und strich ihr zärtlich über den Kopf.

Lia blieb still. Anscheinend dachte sie über meine Worte nach. Es störte mich, dass sie tatsächlich glaubte, ich könnte Natascha anziehend gefunden haben. Ausgerechnet dieses kleine Miststück!

»Alles okay?« Sie nickte, aber etwas sagte mir, dass es das nicht war. »Na komm schon, was ist los?«

Ophelia seufzte.

»Vielleicht liegt es ja daran, dass ich nicht gesehen habe, wie sie explodiert ist. Sie ist für mich weiterhin eine Bedrohung.«

Oh, diese Schlampe war mit einem lauten Knall aus dem Leben gegangen! Und beinahe hätte sie mich in die Hölle mitgenommen. Nur mit unheimlich viel Glück hatte ich es geschafft, dieser Explosion zu entgehen.

›Was ist geschehen?‹, wechselte sie in eine wesentlich intimere Unterhaltung.

›Sie hatte mich in die entgegengesetzte Richtung von dir befördert und ist mir dann gefolgt. Das Implantat wurde an eurem Gartenhaus ausgelöst. Wusstest du, dass Laer dort anbauen wollte? Zumindest stand dort noch das ganze Werkzeug.‹ Ich bemühte mich, dieses Erlebnis recht neutral zu erzählen, obwohl mir der Schreck noch immer in den Knochen steckte.

An einem Tag dreimal fast zu sterben, machte das nicht sonderlich leicht.

›Ich habe mich in einen deiner Krater geworfen, als mich die ersten Nägel getroffen haben.‹

Um es ihr zu zeigen, schob ich etwas den Mantel beiseite und Lia starrte auf die kleinen Narben, die die Nägel hinterlassen hatten. Ihre Finger glitten darüber.

›Sie werden nicht bleiben, aber die Erinnerung daran vermutlich umso lebendiger.‹ Ich legte meine Hand auf die ihre. ›Natascha kann uns nichts mehr zuleide tun. Sie ist ein für allemal weg!‹

37

Also war sie tatsächlich tot. Erleichterung erfasste mich und ich schmiegte meine Wange an Adrians Oberkörper. Er hatte sehr viel Glück gehabt.

›Ich liebe dich, Ophelia.‹ Mein Wolf zog mich noch enger an sich.

Dieser Moment war einfach nur perfekt.

›Nicht ganz‹, brummte er auf einmal und blickte mich an. »Wieso sagst du es nicht?«

Ich war irritiert.

»Was denn?«

»Na, dass du mich liebst.« Er legte den Kopf schief und wartete.

»Würde ich dich sonst heiraten wollen?«, entgegnete ich und löste mich von meinem Zukünftigen.

»Ophelia ...« Adrian ließ ein Knurren hören. »Sag es endlich.«

Ich wusste nicht so recht, wie ich auf seine Forderung reagieren sollte, runzelte allerdings die Stirn. Instinktiv wandte ich mich ab.

»›Adrian, ich liebe dich!‹ Ist das so schwer?«, meinte er leise und ich schluckte.

»Es«, stotterte ich, doch ein Klopfen unterbrach unsere Unterhaltung. Ich war für den Moment zumindest gerettet. »Ja, herein.«

Es war Laertes.

»Na, ihr Turteltauben? Noch nicht verheiratet und geflüchtet, wie ich feststelle.« Seine gute Laune erstarb, als er Adrians Gesicht sah. »Okay, wer ist gestorben?«

Hastig stand ich auf und marschierte an meinem Bruder vorbei. Da nur Adrian vom Rat unter Arrest gestellt worden war, bekam ich die Möglichkeit, etwas frische Luft zu schnappen. Und die brauchte ich plötzlich auch.

Mein Herz raste, mir war unglaublich heiß und Schweiß stand mir auf der Stirn. Ich musste dringend aus diesem Gebäude!

***

»Alles in Ordnung mit Ihnen?« Ein hochgewachsener Ermittler mit dunkler Hautfarbe, einem freundlichen Lächeln und einer Brille auf der Nase stand auf einmal vor mir.

Ich blinzelte ihn an und überlegte. Wie lange war ich vor der Zentrale bereits auf und ab gelaufen? Ich hatte keine Ahnung. Das Zeitgefühl war bereits weg. Wie er aussah, hatte er mich schon eine Weile beobachtet, ehe er mich ansprach.

»Sie sehen so aus, als würden Sie ziemlich neben sich stehen«, redete er weiter und deutete in Richtung Tür. »Wollen Sie nicht wieder nach drinnen gehen? Ich könnte jemanden für Sie anrufen.«

Der Typ war nett, aber wieso behandelte er mich, als wäre ich eine Irre?!

»Mir geht es gut«, murmelte ich, doch der Ermittler schüttelte den Kopf.

»Glaube ich nicht.«

Ich runzelte die Stirn. Im Grunde hatte er Recht. Mein Wolf würde am nächsten Tag vor dem Rat stehen. Das allein machte mich tierisch nervös. Und zudem war ich vor ihm davongelaufen! Kein guter Start für eine Ehe.

»Also, wie heißt der Kerl?«, grinste der Ermittler auf einmal und nahm auf der obersten Treppenstufe Platz.

Ich seufzte, tat es ihm jedoch gleich.

»Sieht man es mir wirklich dermaßen an?«

Er warf einen Blick auf meine Füße und ich folgte diesem, worauf ich in schallendes Gelächter ausbrach. Aus purem Drang, das Zimmer so schnell wie möglich zu verlassen, hatte ich keine Schuhe angezogen. Die nackten Zehen waren mittlerweile schwarz vom Asphalt. Ich musste wahrlich ein irres Bild abgegeben haben.

»Ja, vielleicht stehe ich ein kleines Bisschen neben mir«, gab ich zu und schaute erneut ins Leere. »Ich will heiraten. Und er sagte, dass er mich liebt.«

»Na, dann herzlichen Glückwunsch! Aber wieso die Sorgenfalten auf der Stirn?«

Roberts Untergebener musste einer seiner besten sein. Er traf mit jeder Frage den Nagel auf den Kopf. Ich fuhr mir nervös durch die kurzen Haare, wobei mich der Ermittler keine Sekunde aus den Augen ließ.

»Ich habe seine Liebeserklärung nicht erwidert.«

Jetzt war es raus. Und die Reaktion darauf kam prompt.

»Oh, das ist böse«, meinte er und pfiff leise durch die Zähne. »In einer solchen Situation eine wahre Katastrophe. Und wieso? Lieben Sie ihn denn nicht?«

»Doch!« Es platzte förmlich aus mir heraus.

»Und wieso dann keine Antwort?«, hakte er nach und beäugte mich neugierig.

Leute marschierten an uns vorbei, aber ich schenkte ihnen keine große Beachtung. All meine Aufmerksamkeit richtete sich auf die Beantwortung der Frage. Es war so schrecklich kindisch!

»Bislang starb jeder Mann, dem ich sagte, dass ich ihn liebe.« Meine Stimme war nur noch ein Flüstern, aber auf dem Gesicht des Mannes neben mir zeichnete sich ein mitfühlendes Lächeln ab.

»Ophelia«, raunte auf einmal Adrian hinter uns und ich sprang auf.

***

»Laertes, was ist das alles hier?«, erkundigte ich mich, nachdem ich von meinem Wolf zurück ins Zimmer geführt worden war.

»Na, wenn ihr heiraten wollt, dann machst du es gefälligst richtig! Zumal, da es dein erstes Mal ist.«

Ich warf einen Seitenblick auf Adrian, der sich in eine der Ecken verzogen hatte. Seine Emotionen konnte ich leider nicht deuten.

»Ich ... Laer, könntest du uns nochmal für ein paar Minuten allein lassen?«

Zum Glück war mein Bruder niemand, der auf große Erklärungen Wert legte und verschwand. Er ließ mich mit Adrian allein, der mich nun nachdenklich betrachtete.

»Bello«, begann ich, aber er schüttelte sogleich den Kopf.

»Du musst es mir nicht erklären. Ich stand hinter euch, als du es dem Ermittler gesagt hast.« Er rieb sich mit den Fingerspitzen über den Kopf und atmete tief durch. »Wenn du mich aus Liebe heiraten willst, es nur nicht aussprechen kannst, ist es mir gleich. Ich werde darauf warten, dass du bereit dafür bist. Aber ist es okay, wenn ich es dir sage?«

Seine warme Stimme umschmeichelte meine Seele und ich lächelte zaghaft.

»So oft du möchtest«, hauchte ich und er näherte sich mir.

Seine Hände waren wundervoll warm, als sie sich auf meine Wangen legten und die liebevollen Gefühle für mich ließen mich schlucken. Eine Träne kullerte mir aus dem Auge, die von Adrians Lippen weggeküsst wurde.

»Ich liebe dich, mein Weib, mein Knallfrosch, süßer Reißzahn, mein Fünkchen«, raunte er grinsend und ich musste lachen.

»So viele Spitznamen für mich?«

Meine Finger spielten an dem Mantel, den mein Wolf trug und er küsste mich abermals, dieses Mal auf die Nasenspitze. Ich gab ein Quietschen von mir. Egal, wie viel Angst ich zuvor wegen seiner Reaktion auch gehabt hatte, jetzt war sie wie fortgewischt. Adrian wusste genau, wie er mich ablenken konnte.

»Meine Ophelia«, sagte er, ehe sich diese weichen Lippen auf die meinen legten und er mich im Sturm eroberte.

Dieser Mann hatte mein Herz gestohlen, auch wenn ich es ihm nicht sagen konnte. Er brachte mich um den Verstand, gab mir Hoffnung, dass endlich alles gut gehen würde. Wäre da nicht der Rat ...

›Bleib bei mir. Zu viele Gedanken werden die Zukunft auch nicht ändern.‹ Meine Sinne wurden von seiner Euphorie geradezu überschwemmt. ›In ein paar Minuten wirst du mich heiraten. Du wirst Frau Ophelia Landon.‹

Oh Gott! In ein paar Minuten?!

Als wäre das ihr Stichwort, öffnete sich die Tür und Evelyn kam herein. Mit einem »Na, was soll denn das hier werden? Ab, raus aus dem Zimmer, Bräutigam! Wir müssen deine Braut vorbereiten«, schmiss sie meinen Alpha aus dem Zimmer, der sich breit grinsend fügte.

Laertes würde ihn im Nebenraum erwarten, flüsterte er mir zuvor noch ins Ohr.

»Ich kann schließlich nicht in diesem Mantel heiraten.«

Da war was Wahres dran.

38

Adrian

Lias Bruder hatte für seine Schwester nur das Beste organisiert, was man in solch kurzer Zeit aufbringen konnte. Robert und seine Kollegen hatten sogar das Büro des Chefermittlers zum Trauzimmer umfunktioniert und es mit ein paar Blumen geschmückt. Es machte einiges her, was ich nicht erwartet hatte.

»Kumpel, ich bin einfach gut!«, brummte jetzt auch Laer und ich klopfte ihm lachend auf den Rücken.

»Kommst du echt mit einem Köter als Schwager klar?« Robert feixte herausfordernd, was den ehemaligen Ermittler zum Knurren brachte.

»Vorsicht. Der Einzige, der diesen Burschen hier einen Köter nennen darf, bin ich. Alle anderen bekommen von mir höchstpersönlich eine aufs Maul, verstanden?«

Der Chefermittler lachte und ich stimmte darin ein. Wer hätte gedacht, dass mich ›Blade‹ eines Tages verteidigen würde. Wie viel Zeit war mittlerweile vergangen, seit wir uns das erste Mal begegnet waren? Ein paar Wochen? In diesen Tagen war so unglaublich viel geschehen.

»Aber mal ehrlich: Meine Schwester könnte einen Schlimmeren als dich lieben«, murmelte Laertes und ich gab ihm einen Stoß in die Seite.

»Ja, ich finde dich allmählich ebenfalls nicht mehr ganz so schrecklich nervtötend wie anfangs.«

Das brachte Robert Allerton noch mehr zum Lachen. Bellend und nach Luft ringend klopfte er erst dem Vampir, dann mir auf die Schultern.

»Was für ein Gespann. Ihr seid zumindest schon mal beide Kindsköpfe. Lia ist echt nicht zu beneiden. Aber ihre Nerven dürften wohl besser sein als meine.«

Ein Räuspern von der Tür her kündigte Evelyn an, die rasch zum Schreibtisch eilte und dann das Handy zückte. Eine wunderschöne Melodie war zu hören und die Lichter wurden gedimmt. Es ging tatsächlich los.

»Der Bräutigam bitte zu mir, der Brautführer sollte jetzt nach hinten gehen«, meinte die Rätin und Laer marschierte in Richtung Tür.

Ich wartete angespannt darauf, dass sich diese endlich öffnete und ich meine Zukünftige sehen konnte. Meine Nerven flatterten, obwohl ich genau wusste, was für ein Glückspilz ich war. Ich liebte dieses wunderschöne und verrückte Weib, auch wenn sie uns bestimmt eines Tages mit ihrem Sprengstoff in die Luft jagen würde. Dieser Gedanke brachte mich unwillkürlich zum Schmunzeln.

Laertes trat erneut in den Raum und ich hielt den Atem an. Ophelia trug ein weißes Kleid aus fließendem Stoff, das an ihrem schlanken Körper wie eine zweite Haut saß. Es hatte einen langen Schlitz an der Vorderseite, sodass man ihre langen Beine bewundern konnte. Die Bewegungen wirkten anders, da sie statt der üblichen Stiefel hochhackige Schuhe trug. Sie schwang die Hüften verführerisch bei jedem Schritt. Ich war wie gebannt bei diesem Anblick.

»Wow«, vernahm ich es hinter mir und der Ermittler von der Treppe starrte meine Braut mit offenem Mund an.

›Ja, ganz recht und diese Sexbombe gehört mir‹, dachte ich eifersüchtig, was meine Zukünftige nur noch mehr zum Strahlen brachte.

›Also gefalle ich dir?‹

Gefallen?! Das war nicht der Ausdruck, den ich genutzt hätte!

***

Evelyn Terrin hatte die passenden Worte gefunden, um uns zu trauen. Sie redete von den Herausforderungen einer Ehe und, dass wir als Partner stets gegen diese ankämpfen sollten. Ophelia und ich lachten, als sie meinte, dass wir dem wohl mit sehr viel Waffenstärke und Dynamit gegenüber treten würden, wenn sie sich richtig an die Vorlieben meines Knallfroschs erinnerte.

»Passt nur auf, dass ihr niemanden dabei verletzt«, grinste sie zum Ende hin und zwinkerte mir zu. »Und haltet euch immer in Ehren.«

»Und jetzt küss deine Braut endlich!«, knurrte irgend wann Robert hinter uns und die Leute im Raum johlten, als wir der Bitte nachkamen.

»*Es ist vor Zeugen besiegelt. Dieses Band von Blut zu Blut geschlossen, kann nur der Tod scheiden. Von nun an seid ihr eins.*« Evelyn strahlte uns an und die Leute klatschten, als wir uns daraufhin umdrehten.

Laertes nickte mir zu. Er hielt ein Handy in Händen, das auf uns gerichtet war. Hatte er die Trauung etwa die ganze Zeit gefilmt?

›Ich schätze mal, er hat es doch geschafft, dass Mutter die Hochzeit miterleben konnte‹, erklärte Ophelia und winkte kurz in Laers Richtung.

›Solange er das Video auch mit uns teilt. Das werde ich mir bestimmt die nächsten Wochen anschauen dürfen, bis ich es endlich glaube ... Du bist meine Frau.‹

›Und du wirst mich nicht mehr los. Wie Evelyn sagte: *Dieses Band von Blut zu Blut geschlossen, kann nur der Tod scheiden. Von nun an seid ihr eins.* Und wehe dir, wenn du das vergisst!‹

Nach der Trauung gab es sogar eine kleine Party mit Kuchen. Ophelias Bruder hatte tatsächlich alle Register gezogen. Wie er das geschafft hatte, war mir ein Rätsel.

»Naja, wenn man es schon einmal mitgemacht hat, weiß man, worauf es ankommt«, brummte er, nachdem ich ihn auf diese Leistung ansprach.

Ich sah ihn irritiert an.

»Wie meinst du das mit ›schon einmal mitgemacht‹?«, hakte ich nach und er lachte.

»Hat es dir Lia nicht erzählt?« Laertes grinste. »Ich bin ein Mann in den besten Jahren. Meine Frau und die Drillinge sind Zuhause, wenn wir unsere Aufträge erfüllen müssen, aber am Ende kehren wir zurück nach England.

England?! Ich fiel aus allen Wolken.

»Oh«, brummte Ophelias Zwillingsbruder und wirkte, als hätte er etwas ausgeplaudert, das er nicht hätte sollen. »Natürlich steht es euch frei, auch woanders zu wohnen. Ich dachte nur ...«

»Darüber sollte ich mit Lia wohl reden, wenn wir allein sind.« Ich presste diese Worte mehr heraus und schluckte. Diesen Schock musste ich erst einmal verdauen und ich befürchtete, dass da noch so einige kommen würden. Wir hatten sehr überstürzt geheiratet und wussten im Grunde nicht allzu viel über einander. Das mussten wir dringend nachholen.

***

Meine Braut lächelte verführerisch, als wir uns nach ein paar Stunden von den anderen entfernten und in das Zimmer zurückkehrten, welches für die Nacht das unsere sein würde. Jemand – vermutlich Laer – hatte hastig das Chaos beseitigt und ein paar Teelichter aufgestellt, um es ein bisschen romantischer zu gestalten. Dabei war mir gerade jetzt erst einmal nicht danach.

»Liebling«, brummte ich leise und Lia betrachtete mich, als stünde unser nächster Streit bevor. Ich wollte allerdings nur Klarheit. »England?«

»Oh.« Sie biss sich leicht auf die Lippe und schien zu überlegen, was sie mir antworten sollte.

»Ja?« Automatisch verschränkte ich die Arme vor der Brust und sah sie prüfend an.

Erzählte mir Lia gleich noch etwas von unehelichen Kindern, einem Bauernhof oder einer Schwester, um die sie sich kümmern musste? Ich hatte keine Ahnung, was mich erwarten würde, was mich nervös machte.

»Nun, da komme ich her. Falls du aber andere Pläne hast, bin ich ganz Ohr. Laertes wird jedoch zu seiner Familie zurückkehren und Mutter würde dich sicherlich auch gern kennenlernen«, meinte Ophelia und grinste betont unschuldig.

»Soso. Und ehe ich mich versehe, sitze ich in diesem Land fest, kümmere mich um ein paar Kinder und du ziehst durch die Lande? Ich hoffe, das ist nicht dein Plan, du Knallfrosch! Leider eigne ich mich nicht ganz als Haus- und Hofhund«, knurrte ich und meine Frau lachte plötzlich.

»Ach, komm schon! Wir haben geheiratet. Das bedeutet nicht, dass ich gleich das volle Programm will. Du reichst mir erst einmal vollkommen. Mein schwarzer Wolf, der mich stets beschützt, auch wenn ich es nicht immer will.« Lia grinste noch eine Spur breiter.

Sie quietschte, als ich mich auf sie stürzte und ihr in die Seite kniff. Meine Triebe, die bereits die ganze Zeit nichts mehr wollten, als diese Frau, verlangten zumindest nach ihrer Nähe.

»Du wirst noch lernen, was es heißt, die Frau eines Alpha zu sein. Ein bisschen mehr Zurückhaltung täte dir manchmal ganz gut«, ärgerte ich sie, was Ophelia dazu bewog, mir die Zunge raus zu strecken. »Na warte! Dafür leg ich dich übers Knie!«

Wir begannen zu rangeln, was natürlich damit endete, dass sie ihre Arme um mich schlang und unsere Lippen miteinander verschmolzen. Es war ein berauschendes Gefühl und mein Trieb reagierte vollkommen auf diese unglaublich heiße Frau im Kleid aller Kleider.

»Hilf mir aus diesem Ding raus!«, forderte mein Weib und ihr Mund wanderte in Richtung meines Halses. »Zerreiß es, wenn es sein muss ...«

Keine Ahnung, ob Lias Bruder das mitbekommen würde oder nicht, doch dieser Stoff war viel zu schade, ihn zu zerstören. Ich ließ die Hände über ihre Schenkel gleiten, dann unter den Rock. Ungeduldig hob Ophelia die Arme und ich streifte ihr das Kleid ab, mir dabei jedoch alle Zeit der Welt lassend. Ihrer Kehle entrang sich ein frustrierter Laut, der mich schmunzeln ließ.

»Es ist unsere Hochzeitsnacht. Ich werde dich die nächsten Stunden auf alle möglichen Weisen lieben und das so lange, bis du mir entweder ins Ohr flüsterst, was

ich hören will oder du vor Erschöpfung zusammen-
brichst«, prophezeite ich und meine kleine Sexbombe
kicherte.

»Bislang höre ich nur leere Versprechungen, mein
Ehemann. Wie wäre es, wenn du erst einmal damit
anfängst?«

Oh, das konnte sie haben!

***

»Adrian, bitte«, stöhnte Ophelia und kratzte mir mit
den Fingernägeln über die Schultern, um dort einen
gewissen Halt zu finden. »Ich werde demnächst
ohnmächtig, wenn du so weitermachst.«

»Es gibt da eine Alternative ...« Ich lachte heiser und
bewegte mich weiter in ihr.

Dieses Weib war unglaublich stur! Die letzten
Stunden hatte ich sie mit den Lippen verwöhnt, auf
etliche Arten genommen, gestreichelt, geküsst und Lia
war mehrfach gekommen. Allmählich schien sie jedoch
tatsächlich am Ende ihrer Kräfte zu sein, denn sie
zitterte und ihre Fänge fuhren ständig aus. Ein Anblick,
der mich nur noch mehr anmachte. Ich wollte ihre
Zähne auf meiner Haut spüren, wahrnehmen, wie sie
das Fleisch durchstießen, dann das Saugen an meiner
Vene. Sie sollte durch mich genährt werden und an
Kraft gewinnen.

›Bello‹, seufzte meine Frau in Gedanken und kam
dem Wunsch nur kurz darauf nach.

Der Schmerz war nichts gegen die Emotionen, die
sich während des Kontakts aufbaute, und uns beide
förmlich überrollte. Sie trank in schnellen Zügen und
ich presste ihren Leib an den meinen, um noch tiefer in

sie stoßen zu können. Ophelia wimmerte vor Ekstase und die nächste Welle des Orgasmus erfasste sie.

Zu meinem Erstaunen verschloss meine Braut die Wunde am Hals und legte selbst den Kopf schief.

›Trink auch von mir, Bello‹, flüsterte sie mir ein und ich ließ mich nicht lange bitten.

Meine Zähne in ihren Hals schlagend, zuckte sie etwas zusammen. Ich war nicht sonderlich vorsichtig, was Wölfe eh nicht schafften, wenn der Trieb mit ihnen durchging. Der Wunsch, sie als die meine zu kennzeichnen, war so stark.

›Versuch es‹, lud sie mich dazu ein und ich drang in das zarte Fleisch ein.

Lia keuchte, schlang die Beine fest um meine Hüfte, zog mich tiefer in sie hinein und mich näher an sich heran. Ich würde sie also als Nächstes auf die wilde und ungezügelte Art für mich beanspruchen. Diese Frau gehörte mit Haut und Haaren mir!

›Oh Gott, Bello, ja ...‹

Mein Wesen veränderte sich etwas, wurde animalischer und ich trieb sie mit harten Stößen zum nächsten Höhepunkt, während ich diesen süßen blutenden Hals bearbeitete.

Auf einmal hatte ich eine Eingebung. Es geschah automatisch, dass ich mich dem Alpha in mir hingab und ihm das Kommando überließ. Mein Blut veränderte sich dabei ebenfalls.

›Trink‹, knurrte ich und Ophelia, die vor Überwältigung der Gefühle die Augen geschlossen hatte, öffnete den Mund.

Der erste Schluck des Alphabluts brannte ihr durch die Adern und sie hielt sich hilfesuchend an meinen Schultern fest. Ihr Körper bebte unter mir, als die Macht des nährenden Safts sie durchströmte. Die Wunde an ihrem Hals schloss sich rasch, aber es blieben die feinen Narben übrig, die unsere Verbindung nun endgültig besiegelten. Ich hatte es tatsächlich geschafft und mein Herz hüpfte vor Freude.

›Was war das?‹, erkundigte sich Lia, nachdem sie matt, aber zufrieden lächelnd in die Kissen sank.

›Ich habe dich als Alpha für mich beansprucht. Es sieht so aus, als würde deine Selbstheilung nicht dagegen ankommen.‹ Ich grinste frech und meine Frau lächelte ebenfalls.

»Also hast du es doch geschafft, du Kindskopf!«, sagte sie sanft und strich mir über den Rücken.

Ich grummelte, schließlich hatte ich nicht alles geschafft, was ich wollte.

39

Nervös lief ich vor dem Bett auf und ab. In ein paar Minuten sollten wir zur Anhörung vor dem Rat stehen. Evelyn würde für uns sprechen, Markus war die Gegenseite. Hoffentlich gaben uns die anderen Mitglieder des Rats eine Chance, uns zu erklären.

›Was geschehen soll, wird geschehen, Fünkchen‹, meinte Adrian und lehnte sich müde gegen das Kopfteil des Bettes.

Ich fand seine Ruhe beneidenswert.

›Was würde es bringen, wenn ich mit dir zusammen Furchen in den Boden laufe?‹ Er zwinkerte mir zu.

›Nichts. Ich kann nur nicht still sitzen‹, murrte ich.

Es war so angenehm, mich mit ihm in Gedanken zu unterhalten. Diese Vertrautheit hatte etwas Besonderes. Ich wollte es nicht mehr missen, auch wenn ich Angst hatte, dies bald doch tun zu müssen. Was, wenn der Rat meinen Mann erneut einsperrte?

Ein Klopfen an der Tür ließ Adrian aufschauen, dann öffnete sich diese und ein Ermittler bat uns, ihm zu folgen.

›Egal, was gleich passiert: Du hast mich zu einem glücklichen Mann gemacht.‹ Mein Ehemann streckte mir die Hand hin, die ich ergriff. ›Wir zwei gegen den Rest.‹

Ich lächelte bei Adrians ›Auf in den Kampf‹-Miene, doch ein seltsames Gefühl blieb.

Wir wurden in Roberts Büro geführt, das man allerdings erneut umgestellt hatte. Dieses Mal wirkte es, als wären wir vor einem Strafgericht. Dieser Anblick machte mir eine Gänsehaut, vor allem deshalb, da mein Onkel dasaß und ein selbstgefälliges Lächeln auf den Lippen zur Schau stellte.

»Ophelia«, begrüßte er mich und ich verschränkte automatisch die Arme vor der Brust.

»Onkel«, presste ich dieses Wort heraus.

»Ich merke schon: Das wird gleich lustig«, brummte jemand hinter mir und ich erkannte Laertes, der neben Robert Allerton stand.

Die Miene des Chefermittlers zeigte deutlich, dass er diese Veranstaltung in seinem Büro nur deshalb duldete, um Evelyn Heimvorteil zu verschaffen. Die Räte, die sich hier aufhielten, saßen eher verkrampft da.

»Können wir? Ich muss gleich wieder los. Meiner Frau fällt die Decke auf den Kopf, seit sie durch die Schwangerschaft zur Ruhe gezwungen wurde«, meldete sich kurz darauf ein hochgewachsener Vampir zu Wort, wobei er allein Evelyn anschaute.

»Natürlich, Yvor. Ich denke, wir schaffen das hier recht schnell. Es ist im Grunde nur eine Farce. Allein Markus besteht auf diese Anhörung.« Die Rätin machte eine wegwerfende Handbewegung, was meinen Onkel dazu brachte, missbilligend die Stirn zu runzeln.

›Vielleicht sollten wir uns zurücklehnen und Evelyn machen lassen. Diese Frau steigt gleich in den Ring, wenn es sein muss, habe ich das Gefühl‹, sandte mir Adrian diesen Gedanken und ich musste mir ein Grinsen verkneifen.

Ich hatte mir automatisch Evelyn Terrin mit Boxhandschuhen vorgestellt, wie sie auf Onkel Markus eindrosch und ihn windelweich prügelte. Vermutlich wäre ich dann versucht, sie anzufeuern. Ich mochte die Familie Terrin. Ihre idealistische Einstellung war bewundernswert. Wahrscheinlich hatte sich Robert genau deshalb in Evelyn Terrin verguckt. Der beäugte das Geschehen nämlich gleichfalls mit einem leichten Lächeln auf den Lippen.

»Gut, dann fangen wir an. Lia, Adrian, bitte nehmt Platz.« Sie deutete auf drei Stühle, die sich in der Mitte des Raums befanden und in mir das Gefühl von ›Strafgericht‹ noch verstärkten.

›Ganz ruhig, mein kleiner Knallfrosch.‹ Adrian drückte leicht meine Hand.

***

Dieses ganze Spektakel war in der Tat eine Farce! Mein Onkel schien Adrian sämtliche Verbrechen der Geschichte zu Lasten legen zu wollen. In mir kochte die Wut immer wieder hoch und nur dank meines Wolfs blieb ich sitzen. Er hatte zwischendurch die Hand auf meine gelegt und seine stoische Ruhe durchflutete mich wie eine riesige Welle.

»Fakt ist: Wölfe existieren noch und sind eine große Gefahr für uns und die Geheimhaltung«, schloss er und ich schnaubte.

»Lia, bitte ...« Evelyn rügte mein Verhalten, doch sie lächelte nachsichtig.

»Entschuldigung. Darf ich mich dazu äußern?« Ich senkte zuerst ergeben den Kopf.

Die Rätin nickte und ich nutzte die Chance. Ich berichtete von meinem Kennenlernen mit Adrian, der kooperativen Zusammenarbeit und den Gefahren, denen er sich mit uns gemeinsam gestellt hatte. Dass noch immer Wölfe existierten, war richtig, aber das war wohl das kleinste unserer Probleme.

»Und wir stecken weiterhin in der Klemme. So wie es aussieht, war Natascha fleißig im Experimentieren. Sie hat diese Mutanten geschaffen und wer weiß, wie viele noch da draußen sind.« Ich nahm mit den Räten stetig Blickkontakt auf und hoffte, sie zu überzeugen.

Dieses Mal war es mein Onkel, der verächtlich schnaubte.

»Also haben wir diesem Wolf hier noch mehr Chaos zu verdanken! Diese Wesen sind nicht fähig zur Diskretion!«, knurrte er.

»Na, anscheinend schon, wenn man bedenkt, dass wir sie bis vor Kurzem für ausgerottet hielten«, gab ein hochgewachsener Vampir mit einer Narbe am Auge zu bedenken und brachte Markus damit aus dem Konzept.

Mein Onkel überlegte krampfhaft, wie er weitermachen sollte, weshalb der Kerl mit der Narbe fortfuhr.

»Ich habe bislang ein sehr verzerrtes Bild erhalten. Markus redet von ungezügelten Monstern, Lia von einem Helden. Was ich allerdings vor mir sehe, ist ein recht gelassener junger Mann, der die Hand dieser Frau hält und geduldig abwartet. Adrian, willst du dich etwa nicht äußern? Jetzt wäre die Chance dazu.«

Mein Wolf wählte kurz die passenden Worte, ehe er aufstand. Man bemerkte sogleich, dass er keine Angst davor hatte, vor mächtigen Wesen zu sprechen. Er war ein geborener Anführer und strahlte auf einmal eine erstaunliche Selbstsicherheit aus.

»Eigentlich kann ich nur Folgendes dazu sagen: Mein Name ist Adrian Landon. Ich komme aus einer Familie, die für den Schutz der Wölfe verantwortlich war und ist. Seit Jahrzehnten leben wir unter den Normalsterblichen und tauchten Probleme auf, haben wir diese selbst beseitigt, ohne die Hilfe der Vampire. Das bitte ich im Hinterkopf zu behalten. Ich weiß nicht, wie man das in Ihrer Welt mit den Mitgliedern Ihrer Sippe handhabt, doch bei uns handeln alle, um die Gemeinschaft zu schützen. Manchmal sind dazu natürlich Opfer in den eigenen Reihen ebenfalls notwendig. In diesem Fall sind vier Wölfe meiner Gruppe vom rechten Weg abgekommen. Das kann vor allem bei recht jung gewandelten Wölfen passieren – und ich gehe davon aus, das gilt auch für Vampire.« Adrian wartete, um diese Rede bei den Ratsmitgliedern etwas sacken zu lassen, dann redete er leise und eindringlich weiter. »Ich denke, die Zeit ist reif, dass wir frühere Rivalitäten vergessen und gemeinsam nach vorn schauen. Die Entwicklung zeigt, dass es Feinde gibt, die uns allen gefährlich werden können. Diese Mutanten, neugierige Normalsterbliche und Außenseiter unserer Spezies, die meinen, man müsse sich nicht an die Regeln halten.«

»Wir haben in unserer Spezies alles unter Kontrolle!«, knurrte Markus, was Robert Allerton bellend auflachen ließ.

»Genau, aus diesem Grund mache ich ja derzeit jede Menge Überstunden! Darf ich dich an Karl Ludwig, diese Sache mit Vladis und den letzten Vorkommnissen mit dem jungen Vampir erinnern, der plötzlich Amok gelaufen ist?! ›Alles unter Kontrolle‹ würde ich das nicht nennen.«

Der Chefermittler näherte sich Adrian und legte ihm eine Hand auf die Schulter. Ich war staunt über diese vertrauliche Geste.

274

»Ich bin dafür, dass wir diesen Wolf unter unsere Fittiche nehmen und über ein Bündnis nachdenken. Wie wäre es mit einer Sondereinheit der Zentrale, die sich mit solchen Fällen wie die der Wölfe beschäftigt? Ich begrüße eher eine Zusammenarbeit als weitere Feindschaft, denn die hat bislang keinerlei andere Ergebnisse gebracht, als Leid.«

Zu meiner Überraschung nickten die beiden neutralen Ratsmitglieder. Evelyn strahlte.

»Also können wir das so festhalten? Robert kümmert sich um eine Aufgabe für Adrian und wir gehen gemeinsam das Problem der Mutanten an?«

Abermals nickten die Mitglieder, bis auf Markus, der die Arme vor der Brust verschränkte.

»Ich bin dagegen! Wenn wir das erlauben, öffnen wir ihnen Tür und Tor zu unserer Welt. Was, wenn aus den Verbündeten plötzlich erneut Feinde werden? Ich bin weiterhin für eine strikte Trennung!«, blieb dieser stur. Er funkelte mich an. »Es reicht, dass ein paar Vampire bereits mit diesen Kötern sympathisieren, ihre Ehre und Pflichten vergessen und sogar mit ihnen ins Bett steigen.«

Diese Aussage brachte eine Reaktion mit sich, derer niemand so schnell habhaft werden konnte. Adrian, der in der Nähe von meinem Onkel gestanden hatte, wandte sich um, holte zum Schlag aus. Er donnerte dem Ratsmitglied dermaßen eine, dass dieser zu Boden ging. Robert eilte sogleich zu meinem Wolf, der allerdings nicht so wirkte, als wollte er weiter kämpfen. Ein Schlag hatte ihm offenbar genügt, um seinen Frust loszuwerden.

»Nur, dass das klar ist: Sprüche gegen mich kann ich ertragen, aber meine Frau und meinen Schwager zu beleidigen, hat Konsequenzen«, brummte er nur und setzte sich danach zurück an meine rechte Seite.

Laertes bekam in der hintersten Reihe einen Lachanfall und klatschte in die Hände.

»Gut gebrüllt, Löwe! Also Wolf ...«

»Ruhe, Laer«, ermahnte ihn Evelyn Terrin, musste allerdings selbst mit sich kämpfen.

»Der Punch war nicht übel«, raunte auch Robert anerkennend, aber so leise, dass nur Adrian und ich es hören konnten.

Hoffentlich änderte dieser Konflikt nicht noch die Meinung der übrigen Ratsmitglieder.

***

Nervös lief ich abermals im Schlafzimmer auf und ab. Nach Adrians Aktion hatte man die Anhörung abgebrochen, um sich um Markus zu kümmern und sich zu beraten, und wir wurden wie Kinder auf unser Zimmer geschickt.

›Ich glaube nicht, dass deine Ehre zu verteidigen, negativ bei den Räten aufgefallen ist. Seid ihr nicht auch für solche Aktionen bekannt?‹ Adrian schien sich darum keinen Kopf zu machen, sondern zog mich in seiner üblichen Art und Weise an sich.

›Ja, das schon, aber selten wird dadurch einem Ratsmitglied eine verpasst‹, gab ich besorgt zu bedenken, doch mein Wolf zuckte nur mit den Schultern.

›Wenn sich ein Rat nicht benehmen kann, ist er selbst Schuld.‹

›Danke übrigens, dass du meine Ehre verteidigt hast.‹ Ich schmunzelte und küsste meinen Ehemann sanft auf die Wange.

276

Der brachte ein leises Knurren heraus und begrub mich auf einmal unter sich. Ich quietschte. Dieser Mann schien wirklich unersättlich zu sein!

40

Adrian

Und sollte ich am Ende sterben, tat ich dies wenigstens als glücklicher und zufriedener Mann!

Liebevoll streichelte ich meiner Ophelia über die nackte Haut. Sie hatte ein Lächeln auf den Lippen und schien langsam wegzudämmern. Ich war zwischendurch besorgt, dass sie durch die Worte ihres Onkels verunsichert worden sein könnte, doch spätestens nachdem sie sich von mir hatte nähren lassen, war ich beruhigt. Dieses Weib war mein, mit Haut und Haar.

Ein leises Klopfen weckte sie und ihre dunklen Augen sahen fragend in Richtung Tür. War es etwa schon soweit? Kam nun das Urteil?

»Einen Moment«, knurrte ich, deckte Lia zu und stieg aus dem Bett, um unsere Sachen zusammenzusuchen.

»Och, Leute, das kann doch nicht wahr sein!« Laertes Stimme dröhnte durch die Tür. Seine Schwester begann zu kichern. »Ich würde ja sagen, ihr sollt euch ein Zimmer nehmen, aber das habt ihr. In der Zentrale und noch dazu nach einer Anhörung – schämt euch!«

»Halt die Klappe, Laer! Wir sind in den Flitterwochen!«, rief sie und ihr Bruder prustete los.

»Habt ihr es bald?«

Noch bevor Lia komplett angezogen war, drückte Laertes die Tür auf. Er beäugte uns kurz, rümpfte dann die Nase und marschierte daraufhin zum Fenster, um es zu öffnen. Vermutlich stank es für den Vampir bestialisch nach Sex, was meine Frau und mich allerdings überhaupt nicht störte. Wir hätten hier noch die nächsten Stunden verbracht und das wohl mit der schönsten Sache der Welt. Ich hatte schließlich etliche Jahre der Einsamkeit aufzuholen. Jetzt waren wir jedoch neugierig, was Ophelias Bruder zu erzählen hatte.

»Willst du da Wurzeln schlagen?«, brummte ich und wartete.

»Ich? Ich wäre ja dafür, endlich hier abzuhauen.« Laertes grinste. »Robert will euch sehen. Schnappt euch eure Klamotten und los!«

Diese Geheimnistuerei ging mir allmählich auf den Geist. Wieso mussten sie dieses Theater veranstalten? Konnte man nicht einfach mit der Sprache herausrücken?

***

Robert Allerton behielt sein Pokerface, als wir gemeinsam im Büro eintrudelten. Er las in einer Akte und beachtete uns erst, als wir vor dem Schreibtisch Platz genommen hatten. Der Typ nervte mich. Sollte die Zusammenarbeit jetzt immer so laufen? Jedes Mal ein Theater, bis man mit der Sprache herausrückte?

»Na, wenn das nicht der knurrende Wolf, seine Angetraute und der Typ mit der großen Klappe sind«, meinte er und legte die Akte beiseite. »Der Rat hat einen Entschluss gefasst.«

Angespannt warteten wir, aber der Chefermittler redete nicht weiter. Er schien über etwas nachzugrübeln. Die Sekunden verstrichen, doch nichts geschah.

»Und?«, unterbrach Lia die Stille.

»Willkommen in der Zentrale. Ihr seid mein neues Spezialteam. Es gibt jedoch eine Sache, die wir vorab klären müssen. Adrian, das gilt für dich.« Der Chefermittler wandte sich an mich. »Der Rat will einen richtigen Neuanfang. Soweit wir wissen, hast du in den Rudeln einen gewissen Ruf, der nicht förderlich ist.«

Ich nickte. Leider hatte ich es nicht geschafft, meine Vergangenheit zu bereinigen. Den Boss der Ermittlerzentrale schien dies allerdings nicht weiter zu stören.

»Ab jetzt wirst du unter einem Decknamen arbeiten. Adrian Landon ist tot.«

Diese Worte ließen mir das Blut in den Adern gefrieren.

***

Total erledigt sank ich auf dem Rücksitz des Wagens zusammen. Laertes schwang sich auf den Fahrersitz.

»Und wohin jetzt?«, fragte ich und starrte ins Leere.

»Du musst noch ein Versprechen einlösen. Nico ... Wir haben herausgefunden, wer er wirklich war und woher er kam.«

Ich warf einen Blick in den Rückspiegel und erkundigte mich, wie er das geschafft hatte. Der junge Wolf war schließlich ohne Papiere aus dem Leben gerissen worden.

»Robert hat sich dahinter geklemmt. Er ist es auch, der sich um eine anständige Beerdigung kümmern wird. Der Typ ist voll in Ordnung!«

Ich nickte. Meine Gedanken liefen jedoch Amok. Die letzten Minuten hatte der Chefermittler meine Zukunft beschrieben. Sie klang wie die eines Geheimagenten, einer Person mit viel Verantwortung, die man aber auch problemlos um die Ecke bringen konnte, falls nötig. Mein neuer Name war ›Adam‹. Einen Nachnamen brauchte ich wohl nicht und auch keine Vergangenheit. Ich war ab jetzt ein Geist.

›Nicht ganz das, was du dir vorgestellt hast, oder?‹, wollte Lia wissen und ich spürte ihre Besorgnis.

›Nein, ist es nicht. Aber wann ist das Leben mal ideal?‹

Meine Frau hatte sich aus Gewohnheit heraus auf den Beifahrersitz geworfen und beäugte mich besorgt im Seitenspiegel. Ich lächelte.

›Was macht man nicht alles, um an deiner Seite zu bleiben. So bekomme ich wenigstens ein neues Leben. Ich frage mich nur, wie Robert meinen Tod inszenieren will‹, erwiderte ich und dachte an meine Schwester.

›Egal, was er anordnet, deine Vertrauten können wir einweihen. Du bist kein Gefangener und niemand auf der Flucht.‹ Ophelia presste die Lippen aufeinander und zeigte eine bockige Miene.

Ihr Kommentar machte mir Mut, denn ich könnte es nicht ertragen, wenn Vivienne im Dunkeln bleiben müsste. Ich hatte sie so lange vermisst.

»Da fällt mir ein«, brummte Laer und deutete in Richtung Rückbank. »Dein Zeug ist in der Tasche. Neue Klamotten, ein Diensthandy und eins für private Gespräche. Ich habe mir erlaubt, ein paar Kontakte einzuspeichern.«

Irritiert tastete ich nach dem Rucksack und zog die beiden Handys hervor. Das eine war schwarz und verkündete schon vom Aussehen her, dass es das Standardmodell für Ermittler war, das andere hatte die gleiche Ausstattung, doch es war Weiß. Ein PIN wurde bei Aktivierung abgefragt.

»Euer Hochzeitsdatum«, half mir Ophelias Bruder.

»Wie nett. So vergesse ich ihn zumindest nicht.« Meine trockene Entgegnung brachte die Zwillinge zum Grinsen und ich tippte die Nummer ein.

Ich lächelte, als ein Bild von Lia auf dem Display erschien. Laertes hatte eine interessante Art von Humor. Als würde ich meine Frau jemals vermissen müssen. Robert hatte sehr deutlich gemacht, dass ich ab jetzt kein eigenes Leben mehr hatte. Es wirkte einschüchternd, obwohl ich noch nicht einmal den Wunsch verspürte, mich von meiner neuen Familie zu trennen. Allein diese Ankündigung, was passieren würde, sollte ich mich in meiner Probezeit nicht anständig verhalten, machte mich unruhig. Um mich abzulenken, durchstöberte ich die Handys.

Im Adressbuch des weißen Gerätes befanden sich nicht viele Kontakte, doch die, die ich zuordnen konnte, brachten mein Herz zum Hüpfen.

»Die Telefonnummer deiner Schwester habe ich aus der Datenbank der Zentrale. Robert hatte sie vermerkt. Und in dem Verzeichnis fand ich auch die Nummer von diesem Moe. Ich hab gedacht, vielleicht willst du ihnen ja Bescheid geben«, meinte Ophelias Bruder. »Natürlich wurde das nie gesagt, wenn Robert uns auf die Schliche kommen sollte.«

»Danke, Mann! Bist doch ein Softi.« Ich grinste den Vampir frech an, der ein Knurren von sich gab.

»Nur, weil du jetzt mein Schwager bist, heißt das nicht, dass ich dir keine mehr reinhaue.«

Das Glucksen Lias erfüllte das Wageninnere. Die nächsten Tage und Wochen würden sicherlich inter-essant werden.

Die Fahrt ging recht still vonstatten und ich grübelte erneut eine Weile. Wie sollte ich Nicos Mutter nur vom Tod ihres Sohnes erzählen? Würde sie mir überhaupt glauben?

›Ich glaube, Laertes hat ein paar persönliche Dinge von Nico. Die sollten zumindest als Beweis dienen können. Aber sie wird sicherlich am Boden zerstört sein‹, klang Lia traurig. ›Ich will es mir gar nicht vorstellen, wie sich eine Mutter da fühlen muss.‹

Es war mein ganz persönlicher Albtraum. Eine solch schlechte Nachricht zu überbringen, hatte ich bisher nur einmal in meinem Leben getan und es war eine Katastrophe gewesen. Die Mutter hatte geweint, geschrien und mich komplett hilflos werden lassen.

Ich hasste es, wenn Frauen derart die Fassung verloren.

›Soso‹, meinte Ophelia erneut recht amüsiert. ›Kann es sein, dass du hier ziemlich eigenwillig erzogen wurdest?‹

Ich brummte. Es stimmte schon, meine Eltern waren nicht gerade die Vorzeigeexemplare gewesen. Vivienne und mich hatten eher die Ammen und das Personal großgezogen. So war das oft in Alphafamilien. Das Oberhaupt des Rudels musste sich schließlich um das Wohl aller kümmern. Da blieb nicht viel Zeit für Persönliches. Vermutlich war es ein Glück, dass mir das erspart wurde.

›Mein armer Bello‹, seufzte meine Frau. ›Warte, bis du die restliche Familie zu Gesicht bekommst. Ich fürchte nur, du könntest davon etwas überfordert sein.‹

Das blieb abzuwarten, aber ja, die Chancen standen gut. Ich hoffte, Laertes und Ophelias Familie war gnädig mit mir.

41

Je näher wir der Adresse von Nicos Familie kamen, desto nervöser wurde mein Schatz. ›Adam‹ spielte mit den Fingern am Ehering herum und starrte aus dem Fenster. Als wollte das Wetter seine Stimmung widerspiegeln, begann es zu regnen und auch ein Gewitter zog auf. Diese Atmosphäre war fast nicht auszuhalten.

»Na klasse! Da werden wir noch sehr viel Spaß auf der Rückfahrt haben«, knurrte Laer und schaltete den Scheibenwischer an.

»Wir sind doch bereits an der holländischen Grenze«, meinte Adrian leise. Er und mein Bruder wechselten Blicke über den Rückspiegel. »Meint ihr, ihr könntet hier noch eine Nacht dranhängen? Ich würde jemandem gerne einen Besuch abstatten.«

Laertes hatte zwar die Augenbrauen nach oben gezogen, aber er würde bestimmt nichts dagegen haben. Die Drillinge waren ihm meist ohnehin zu viel des Guten. Diese Energiebündel hatten im Grunde stets Blödsinn im Kopf und sie aufzuhalten, glich einem Ding der Unmöglichkeit.

»Wem willst du einen Besuch abstatten?«, fragte er stattdessen.

Adrians Gefühle wurden plötzlich konfus. Er rang damit und ich hatte den Eindruck, dass er nicht ganz mit der Sprache rausrücken wollte.

»Spuck's aus!« Mein Bruder schien dieses Verhalten ebenfalls eigenwillig zu finden.

Also reagierte ich nicht einfach über, sondern da war tatsächlich etwas.

»Nennen wir sie ›meine Kinder‹, okay?«, murmelte Adrian und Laer brachte den Wagen kurz aus der Spur.

»Deine was?!« Wir starrten ihn beide entgeistert an. Anscheinend hatte nicht nur ich ihm etwas verschwiegen.

»Lange Geschichte. Später. Wir sind da.«

***

»Ja, bitte?« Eine kleine Frau öffnete und sah Adrian und mich neugierig an.

Laertes hatte uns Nicos Sachen gegeben und danach gemurmelt, er würde im Wagen auf unsere Rückkehr warten. Anscheinend überließ er uns allein ›das Vergnügen‹ dieser kommenden Unterhaltung.

»Entschuldigen Sie bitte die Störung, aber wir müssten Sie betreffend Ihres Sohns sprechen«, begann Adrian und bereits seiner Miene konnte man ablesen, dass es nichts Erfreuliches war.

Die Frau wurde blass.

»Oh Gott, ich wusste es. Mein Nicolas.« Sie fasste sich mit zitternder Hand an die Brust und kam ins Wanken. »Sie haben ihn gefunden.«

Sogleich war mein Mann zur Stelle und stützte sie. Ihr Blick fiel auf die Stofftasche in meinen Händen und sie schluchzte auf einmal.

»Mama?« Eine weibliche Stimme war im Flur zu hören und ein Mädchen – vielleicht vierzehn Jahre alt – erschien hinter ihrer Mutter. »Was ist hier los?«

286

»Sie haben Nico gefunden«, weinte ihre Mutter und klammerte sich verzweifelt an Adrian, dessen Emotionen Amok liefen.

»Bitte, lassen Sie uns doch hineingehen, da erkläre ich Ihnen alles«, half ich ihm.

So schlimm die Situation für meinen Wolf auch war, für mich bedeutete sie traurige Routine. Das Mädchen nickte und ging voraus ins Haus, Adrian mit ihrer Mutter folgend, während ich die Haustür hinter mir schloss. Die Familie ahnte bereits, was auf sie zukam. Nico war schon lange verschwunden und die Polizei hatte sich nicht großartig auf die Suche begeben. Er war für sie ein Junge mit Freiheitsdrang gewesen, froh, Mutter und Schwester zu entfliehen. Das hatte ich aus den Akten herausgelesen, die Robert beschafft hatte.

»Er ist tot, oder?«, flüsterte das Mädchen nun.

Sie wirkte überraschend gefasst. Ich nickte, was Nicos Mutter erneut zum Schluchzen brachte. Adrian schlug sich tapfer und tätschelte ihr den Rücken.

»Wie? Ich meine, wie ist er ...? Hatte er Schmerzen? Was ist geschehen?«

»Nina«, brachte ihre Mutter heraus, aber ich schüttelte den Kopf.

»Dein Bruder wurde entführt. Er schaffte es, seinen Entführern zu entkommen, und hat auch meine Frau gerettet, ehe er starb. Nico war ein tapferer Junge, mit dem Herzen auf dem rechten Fleck.« Adrian sprach mehr zu ihrer Mutter, als zu Nina, aber die starrte mich an.

»Er hat Sie gerettet?«

Ich nickte. Ohne Nico hätte ich die Ankunft eines Heilers bestimmt nicht erlebt. Diese Entscheidung,

Adrian das Gegengift zu überlassen, war in der Tat meine Rettung gewesen.

»Sie waren also bei ihm?«, wollte Nicos kleine Schwester wissen, woraufhin wir beide nickten.

»Er bat uns, Ihnen die Nachricht seines Todes zu überbringen. Sie sollten nicht noch Jahre auf ihn warten müssen. Es tut mir leid ...« Niedergeschlagen senkte Adrian den Kopf und deutete eine Verbeugung an.

Nicos Mutter hatte sich etwas beruhigt und legte eine Hand auf die Brust meines Mannes. Ihre Finger ruhten genau über seinem Herzen, das vor Trauer nicht wusste, was es tun sollte. Ich musste mich zusammenreißen, da mich diese Geste unheimlich berührte. Da war von Seiten dieser Frau keinerlei Hass, nur Traurigkeit und ein Anflug von Akzeptanz.

»Danke. Danke, dass wir nun Gewissheit haben.«

***

»Und? Wie hat er sich gehalten?«, erkundigte sich mein Bruder und ich funkelte ihn böse an.

»*Er* hat keinen Bock darüber zu reden, okay?« Adrians wütender Unterton ließ Laer mit den Augen rollen.

»Also so gut, ja? In Ordnung. Und wo pennen wir, wenn du noch woanders hin willst?«, lenkte er ein und mein Mann gab ihm eine Adresse.

Bis dorthin war noch ein Stück zu fahren ... zu seinen Kindern. Ich schluckte bei diesem Gedanken. So schnell hatte ich eigentlich nicht vorgehabt, eine Mutterrolle einzunehmen! Was, wenn Adrian dies von mir erwartete.

»Wir werden dort in vernünftigen Betten schlafen können«, gab mein Mann zur Antwort und ignorierte uns anschließend.

Er hing abermals seinen Gedanken nach, grübelte über das Treffen mit Nicos Mutter und Schwester. Die arme Frau hatte noch lange geschluchzt und uns über den Tod ihres Sohns ausgefragt. Die Kleine hingegen war irgendwann eher ruhig gewesen. Es wirkte fast so, als hätte sie erwartet, dass ihr Bruder nicht mehr zurückkommen würde, weshalb ich die Chance ergriff und ihre Erinnerungen durchforstete, als wir einen Augenblick für uns hatten.

»Nicolas, wo willst du hin?« Ich hatte das Bild des Jungen direkt vor Augen und er lächelte mich aufmunternd an.

»Ich werde ein Abenteuer erleben. Mach dir keine Sorgen! Spätestens nach dem Wochenende in Holland bin ich wieder da. Die Jungs werden bis Montag da bleiben, aber ich komme früher nachhause.«

Das war er allerdings nicht. Stattdessen blieb er verschollen und die Aussagen der Begleiter waren eindeutig: Nico hatte ein Mädchen kennengelernt und war mit ihr verschwunden. Niemand stellte danach Fragen. Er war für alle ein verliebter Junge, der ausgebüchst war, um seinen Spaß zu haben. Als Volljähriger bestand nach Sicht der Verantwortlichen kein Grund zur Sorge.

»Wo genau ist dein Bruder verschwunden?«, hatte ich Nina daraufhin gefragt und sie war zu einem kleinen Regal gelaufen. Eine Postkarte in der Hand haltend kam sie zurück.

»Hier. Das ist der Ort.« Mit zitternden Fingern überreichte sie mir die Karte aus Pappe.

Dorthin würden wir auch gehen. Vielleicht gab es ja noch Hinweise auf die anderen Mutanten, die Natascha erwähnt hatte. Wir mussten auf Nummer sicher gehen, dass wir keine Pest ausgelöst hatten. Wenn dieses Miststück Recht behielt, waren diese Monster nun ohne Aufsicht. Die Zentrale hatte zwar ein Auge auf dieses Thema, aber ich fühlte mich dennoch dafür verantwortlich. Diese Lawine hatten wir ausgelöst und mussten sie auch stoppen.

»Ich sehe, dass du wieder eine Dummheit im Kopf hast, Schwesterchen«, brummte Laertes neben mir und ich zuckte mit den Schultern.

»Nicht mehr als sonst. Können wir auch hier einen kleinen Besuch abstatten, wenn wir eh schon in der Nähe sind?« Ich blickte ihn so unschuldig wie möglich an, während ich die Karte hoch hielt, was meinen Zwillingsbruder allerdings keineswegs täuschte.

»Das ist gerade mal drei Orte von Adrians Adresse entfernt. Was für ein Zufall ...« Sein Blick war auf das Navi geheftet.

»Oder auch nicht«, knurrte mein Mann auf der Rückbank und schnappte sich die Karte, die ich Laer hingehalten hatte. »Den Ort hatte ich ausgesucht, um alles für unser Fortbleiben zu regeln. Da habe ich Natascha aber noch nicht gekannt.«

Anscheinend gab es bei dieser Frau noch mehr herauszufinden, als wir dachten.

***

Die Nacht war beinahe vorüber, als wir an der Adresse hielten. Natürlich lag das Haus – ein wirklich hübsches

Gebäude – in vollkommener Dunkelheit. Zu dieser Zeit war sicherlich niemand mehr freiwillig wach.

»Hast du einen Schlüssel oder müssen wir jemanden rausklingeln?« Mein Bruder gähnte herzhaft.

»Ein Schlüssel befindet sich neben der Haustür in einem kleinen Versteck im Mauerwerk. Schauen wir mal nach, ob sie es beibehalten haben.« Adrian lächelte und ich spürte einen gewissen Grad an Anspannung.

Er war nervös, die Personen dieses Hauses zu treffen – seine Kinder. Zu meiner Überraschung hielt er mir nach dem Aussteigen den Arm hin.

›Erlaubst du?‹, sandte er mir diesen Gedanken und ich lächelte unsicher.

›Meinst du wirklich, dass das eine gute Idee ist? Wie werden die Kinder reagieren, wenn du mit einer Frau auftauchst?‹ Meine Bedenken wurden von Adrian fortgewischt, indem er mir weiterhin den Arm hinhielt.

›Ich denke, sie werden dich cool finden. Du bist anders als die meisten erwarten - außerdem gehörst du zu mir.‹ Er grinste, also griff ich zu und ließ mich von ihm in Richtung Gebäude geleiten.

Ich war gespannt, was uns im Inneren des Hauses erwarten würde.

42

Adrian! Luke meint, du sollst zum Abendessen kommen«, murrte Maijke und lehnte sich gegen den Türrahmen.

Ich konnte mir das Grinsen nicht verkneifen, denn der Wächter entwickelte sich hier zur Hausfrau, wenn wir noch eine Weile blieben. Die junge dunkelhaarige Wölfin, zu diesem Zeitpunkt stolze vierzehn, beäugte mich neugierig.

»Was machst du da?«

Ich lächelte und reichte ihr den Traumfänger, den ich gebastelt hatte.

»Für dich. Happy Birthday!«

Maijke drückte sich vom Türrahmen ab und schritt auf mich zu. Sie nahm das Geschenk in die Hände und betrachtete es mit leicht geöffnetem Mund. Ganz offensichtlich wusste sie nicht, was sie damit machen sollte.

»Er soll Albträume einfangen, ehe sie dich erreichen«, erklärte ich und sah, dass sie nachdenklich nickte.

»Mama meinte immer, ich solle die Fenster gut verschließen. So würden mich die Albträume nicht finden.« Die junge Wölfin schluckte und warf mir einen Blick aus ihren dunklen Augen zu. »Sie fehlt mir.«

Instinktiv zog ich die Kleine in meine Arme. Sie schniefte in das dunkle Hemd, das ich trug. Sanft strich ich ihr über den Rücken. Auch, wenn ich es nie gewusst hatte, wie man mit Trauer umging, für dieses Mädchen hatte ich es gelernt, Rücksicht auf Gefühle zu nehmen und ihr einen Ort der Sicherheit zu geben. Wie oft sie auch das Gegenteil behauptet hatte, Maijke war noch unser kleines Mädchen.

»Sie beobachtet dich sicherlich vom Himmel aus und ist unheimlich stolz darauf, wie gut du dich entwickelst. Anton und du, ihr ward eurer Mutter ganzer Stolz«, raunte ich Maijke ins Haar und spürte ihr leichtes Zittern.

Auch, wenn Lukas und ich uns große Mühe gaben, wir würden diese Leere, die ihre Mutter hinterlassen hatte, nicht ausfüllen können. Die beiden Kinder brauchten mehr, als zwei verrückte Kerle auf der Flucht!

»Danke, Adrian«, flüsterte Maijke und machte sich zaghaft von mir los.

»Na los, geh den Traumfänger schnell aufhängen. Ich räume hier noch auf und komme dann in die Küche.« Ich zwinkerte ihr zu und unsere Kleine verließ mit einem Lächeln auf den Lippen das Zimmer.

Sie würde mir besonders fehlen. Irgendwann war die Zeit gekommen, in der wir die Kinder allein lassen mussten. Anton würde damit auf seine übliche pragmatische Art und Weise klar kommen. Er duldete andere Menschen eher, als dass er sie gern hatte, und würde Lukas und mich wohl nur dann vermissen, wenn Maijke ihre verrückten fünf Minuten hatte und sonst keiner da war, um sie zu bändigen. Ich schmunzelte, als ich an den jungen Mann dachte. Er war ein außergewöhnlicher Heiler, doch durch seinen Autismus hatte er Probleme, diese Gabe zu perfektionieren. Ein bisschen mehr Einfühlungsvermögen und er wäre zu wahrlich Großem imstande. Ob er es irgendwann noch lernen würde, konnte ich nicht abschätzen.

»Da bist du ja endlich! Ich dachte schon, du verpasst das Beste.« Lukas schien ausgesprochen gute Laune zu haben und auch Anton wirkte ausgeglichen. Was war hier los? »Sag nicht, du hast es vergessen?«

Er boxte mich gegen den Arm und machte eine Kopfbewegung in Richtung Kühlschrank, sodass ich begriff. Der Kuchen für Maijke! Ich hatte ihn in der Stadt besorgt und wir würden ihn gleich essen.

»Die Kerzen sind schon drauf. Nur noch anzünden und es kann losgehen«, brummte der Wächter, als das Geburtstagskind zurück in die Küche kam.

Er ging hinter Maijke in Stellung und hielt ihr die Augen zu, während ich den Kuchen aus dem Kühlschrank zog und ihn recht ungeschickt auf den Küchentisch hievte.

›Jetzt bloß keine falsche Bewegung‹, ging es mir noch durch den Kopf, während ich an einer Holzdiele hängen blieb, die etwas abstand.

Ich fluchte und der Kuchen segelte über den Tisch und auf die Eckbank.

»Mensch, Adrian!«, knurrte Luke und machte einen Hechtsprung, doch es war zu spät.

Maijke starrte auf das, was von der Torte mit viel Sahne und Schokoladenglasur übrig geblieben war. Sie biss sich auf die Unterlippe, ehe sie auf einmal in schallendes Gelächter ausbrach.

»Entschuldige Kleines.« Ich hielt ihr einen Löffel hin und sie nahm einen Bissen von der verschmierten Sitzgarnitur.

Ich war so ein ungeschickter Esel!

»Eine Schoko-Sahne-Fusseltorte ... mein absoluter Favorit!« Sie kicherte und rieb sich die Augen, in denen erneut Tränen funkelten. »Dankeschön!«

Ich hatte es versaut und sie liebte mich dennoch. Da hatte ich bei Lukas und Anton ein härteres Los, denn die beiden wirkten geknickt. Das störte die junge Wölfin allerdings überhaupt nicht. Statt sich aufzuregen, teilte sie fröhlich die Torte auf.

***

Das Haus war einsam und verlassen, bis auf ein paar Kartons, die leer in einer Ecke standen.

»Sieht so aus, als wären die Bewohner ausgeflogen«, stellte Laertes überflüssigerweise fest und ich runzelte die Stirn.

Waren Maijke und Anton tatsächlich einfach so gegangen? Aber wohin? In die Stadt, um zu studieren? Mittlerweile war die Kleine neunzehn und sicherlich keine junge Wölfin mehr, wie ich sie in Erinnerung hatte.

»Sie sind noch nicht sehr lange fort. Ich schätze mal einen Monat«, betrachtete Ophelia die Staubschicht auf der Fensterbank.

»Oder sie haben es einfach nicht mit dem Staubwischen. Bei uns sieht es da auch immer so aus.« Lear grinste und ließ sich auf einem der Küchenstühle nieder. »Und jetzt? Weiterfahren oder hierbleiben?«

»Ich würde gern bleiben. Lass mich kurz schauen, wo wir schlafen können«, meinte ich und machte mich auf, um einen Rundgang durchs Haus zu starten.

Ich suchte nach etwas. Es war für mich schwer zu akzeptieren, dass die Kinder keinen Hinweis hinterlassen haben sollten, wohin sie gegangen waren. Es sah allerdings nicht nach einer übereilten Flucht, sondern mehr nach einem Umzug aus, was mich beruhigte. Ich hoffte inständig, ihnen ging es gut.

»Alles okay?«, flüsterte Lia auf einmal hinter mir, als ich im Türrahmen von Maijkes Zimmer stehen blieb.

»Sie ist tatsächlich ohne Nachricht gegangen.«

Ich wunderte mich über die Emotionen, die mich bei dieser Erkenntnis heimsuchten. Es war ja nicht so, dass ich die beiden freiwillig angenommen hatte. Sie waren von einem Tag zum anderen Waisen gewesen und Lukas hatte mir zugeredet, wir müssten sie retten. Ohne uns wären sie verloren gewesen, so damals die Aussage meines Wächters. Mit der Zeit waren diese Kinder immer weniger Last, sondern stetig das Glück geworden, was ich vermisst hatte. Ein kleines Rudel. Wo waren sie nur hin?

»Manchmal verlassen Menschen ihr Zuhause, um ihr Glück zu finden ... Willst du die beiden suchen?«, erkundigte sich Ophelia und ich spürte, dass sie mich in jeder meiner Entscheidungen unterstützen würde, auch, wenn sie diese Kindersache weiterhin gruselig fand.

»Ich weiß nicht«, sagte ich wahrheitsgemäß, denn bislang hatte ich es gedanklich noch nicht durchgespielt.

Dass sie nicht mehr da sein würden, war mir nicht in den Sinn gekommen, stattdessen hatte ich mir ausgemalt, wie die beiden reagieren könnten. Maijke sicherlich wütend, Anton eher zurückhaltend. Nie hätte ich erwartet, dass sie einfach verschwanden.

»Ich denke, Laertes kann in Antons Zimmer schlafen. Das Bett ist frisch bezogen. Das hat Maijke immer am Morgen gemacht, weil ihr Bruder meinte, er mag das

Gefühl von Knittern in der Bettwäsche nicht. Ich habe keine Ahnung, was das bedeutet.« Ich lächelte, aber innerlich fühlte ich mich leer.

Wieso fielen mir auf einmal diese unwichtigen Dinge ein?

Ophelia kam auf mich zu, küsste mich zärtlich auf die Lippen, dann auf die Wange, bevor sie sich an mich schmiegte. Ich genoss einen Moment ihre Wärme und den Halt, den sie mir damit gab.

»Wenn du es möchtest, werde ich die ganze Welt nach den beiden absuchen. Sie scheinen dir wirklich wichtig zu sein.«

Wann das so geworden war, wusste ich nicht. Diese beiden Kindsköpfe hatten sich ganz langsam in mein Herz geschlichen.

Lia lachte leise.

»Oh ja, das kenne ich. Frag mich mal nach den Drillingen. Sie sind eine wahre Plage, aber irgendwann fehlen sie mir doch.« Ihre Wange schmiegte sich an meinen Brustkorb. »Komm, lass uns ins Bett gehen. Nach einer Runde Schlaf sieht die Welt schon wieder anders aus.«

***

Die Lippen meiner Frau waren weich und warm, genau wie ihre makellose Haut. Sie teilte mit mir das schmale Bett meines Zimmers, das glücklicherweise keinen Laut von sich gab, als wir uns bedächtig liebten. In dieser Nacht war es weniger wild, nicht nur auf die Lust beschränkt, wirkte mehr wie ein Versprechen, dass wir für immer einander gehören würden.

›Hätte mir früher jemand gesagt, dass ich mich in einen Wolf verlieben würde oder gar in einen Alpha, hätte ich ihn für verrückt erklärt. Das Leben hat wirklich die größten Überraschungen auf Lager‹, kicherte Ophelia in meinem Kopf, nachdem sie sich in meine Arme gekuschelt hatte.

Ich lag unter ihr, genoss die Hitze unserer Körper und diese sanfte Seite der Frau, die ich mit all meinen Sinnen liebte. Ophelia.

›Ich glaube, ich habe noch nie so empfunden. Manchmal ist es unheimlich.‹

Ein Schmunzeln lag auf meinen Lippen, als Lia den Kopf hob, um mich prüfend anzusehen. Sie schien noch immer unsicher zu sein, ob ich tatsächlich bei ihr bleiben wollte. Als reichte es nicht, dass ich sie geheiratet hatte.

›Meine Ophelia ... Wie kann man auf der einen Seite so eine Sexbombe sein, dann so ein Knallfrosch und am Ende ohne jedes Selbstvertrauen? Weib, ich liebe dich!‹, küsste ich sie bei diesem Gedanken auf die Nasenspitze.

Sie zog diese natürlich kraus. Selbst diese Miene fand ich zum Anbeißen. Meine Güte, mich hatte es echt erwischt. Und bei dem Anblick ihres Busens regte sich erneut etwas.

Mein Knallfrosch quietschte, als ich mich herumwarf und sie unter mir begrub. Ihre Beine spreizten sich automatisch und legten sich um meine Hüfte.

»Du machst mich verrückt, mein Schatz«, stöhnte ich und knabberte an ihrem Kinn.

Sie verzog das Gesicht und feixte.

»Gut verrückt?«

Zur Antwort drängte ich mich in ihre Mitte. Sie warf den Kopf in den Nacken und seufzte, die Fänge noch immer voll ausgefahren und verführerisch. Ich vergötterte sie. Das war so unglaublich heiß!

»Lass mich dich nähren«, raunte ich und es brauchte
keine zweite Einladung.

Ihre Lippen hefteten sich an meinen Hals, die Zunge
leckte, erkundete den Bereich, bis zur pochenden Ader.
Ihr Biss war kräftig, ihr Durst entflammte uns beide.
Wir waren in diesem Augenblick eins.

›Adrian, ich liebe dich!‹

Ich hatte es gesagt! Es war zwar nur in seinem Kopf gewesen, aber trotzdem hatte ich es gesagt. Mein Herz schlug wie verrückt und ängstlich sah ich zu meinem Mann hinauf, auf dessen Gesicht sich ein Strahlen ausbreitete. Glücksgefühle überschwemmten mich.

›Du liebst mich‹, nahm ich seine Worte wahr und nickte.

›Wie verrückt, Bello.‹

›Sag es mir noch einmal‹, bat mich Adrian und ich kratzte all meinen Mut zusammen.

›Ich liebe dich, Adrian, Adam, oder wie auch immer du in Zukunft heißen magst. Du bist mein Mann, der Auserwählte meines Herzens und durch Blut mit mir verbunden. Ich kann dir gar nicht sagen, wie sehr ich dich liebe ... Auch wenn es mir gerade eine scheiß Angst macht!‹ Ich spürte die Tränen, die mir die Wangen hinab liefen und hielt mich an ihm fest.

›Und du bist eine so wundervoll verkappte Romantikerin‹, lachte er und löste damit die angespannte Situation.

***

Den nächsten Tag verbrachten wir noch einmal in Ruhe und Frieden, sahen uns die Umgebung an und schmiedeten Pläne, wie das Vorgehen aussehen sollte. Natascha hatte sich wohl in einem der Orte der Umgebung für eine gewisse Zeit aufgehalten. Ob sie damals schon Adrian ins Auge gefasst hatte oder ob es Zufall gewesen war, wussten wir nicht.

»Aber dieser Mistratte wäre es zuzutrauen«, knurrte Laer und suchte auf dem Handy ein paar Daten zusammen.

Dank der heutigen Standards und Möglichkeiten, konnte man sich fremde Orte anschauen und kennenlernen, ohne diese je besucht zu haben. Es reichte ein gutes Suchprogramm fürs Internet und ein bisschen Geduld.

»Okay, also ich denke, wir sollten nach einem Labor Ausschau halten. Natascha hatte stets eine Vorliebe für kleine Bunker.«

Laertes suchte weiter. Nach ein paar Minuten ließ er allerdings einen leisen Pfiff hören.

»Na, das sieht doch mal ideal für dieses mutierte Miststück aus. In der Stadt gibt es eine alte Apotheke, die zu einer Art Museum umgestaltet wurde. Was die wenigsten interessiert: Darunter befindet sich ein alter Luftschutzbunker, der lange als Lager genutzt wurde. Anscheinend hat man ihn kürzlich verschlossen, weil er nicht sicher war.« Er warf mir das Handy zu und ich beäugte ebenfalls das Gebiet.

Was, wenn es das war? In einem solchen Bunker konnte man einige Mutanten einsperren und es wäre nur eine Frage der Zeit, bis diese eine Chance zur Flucht fanden. Es musste nur der Hunger oder der Blutdurst groß genug werden. Aber wann sollten wir zuschlagen, um herauszufinden, ob unser Verdacht der Wahrheit entsprach?

»Ich schätze mal, heute Nacht dürften wir vor neugierigen Blicken geschützt sein«, brummte mein Bruder und ich nickte. »Also dann, heute Nacht.«

Adrian hatte sich erhoben und war auf eine kleine Wandvertäfelung zu marschiert. Er bewegte sie und zog zu meiner Verwunderung einige Dolche daraus hervor.

»Wow! Hast du vielleicht noch mehr solcher Verstecke?«, meinte Laertes amüsiert und ich bemerkte, wie sich die Miene meines Ehemanns veränderte und seine Emotionen förmlich übersprudelten. Was hatte mein Bruder gesagt, um diese Gefühle auszulösen?

»Natürlich! Wieso habe ich nicht gleich daran gedacht?!«, brachte er heraus und stürzte auf eine andere Ecke der Küche zu.

Gespannt warteten Laer und ich ab, was geschehen würde. Adrian gab einen triumphierenden Laut von sich und zerrte eine Flasche aus dem nächsten Versteck.

»Ein Drink? Okay, ich hatte ehrlich gesagt mit mehr gerechnet.« Mein Zwillingsbruder feixte, aber mir war der Zettel aufgefallen, der an der Flasche befestigt worden war.

›Von den Kindern?‹, fragte ich gleich.

Ich nutzte unsere Verbindung, da ich nicht wusste, wie viel mein Mann vor Laertes sagen wollte. Hastig löste Adrian das Papier und warf einen Blick auf den Text. In seinem Gesicht zeichnete sich pure Erleichterung ab. Er schmunzelte, öffnete einen Schrank und holte drei Gläser daraus hervor, die er großzügig mit dem Inhalt der Flasche füllte.

›Besser! Von meinem Freund, der die Kinder mit sich genommen hat.‹ Er reichte mir das Glas und das Papier mit einer Hand, während er meinem Bruder mit der anderen das Getränk unter die Nase hielt.

»Na los, rück es raus. Was gibt es zu feiern?«, hakte Laertes nach, doch Adrian gab ihm eine sehr neutrale Antwort.

»Das Leben und die Familie – egal, ob vom eigenen oder fremden Blut.«

So erhoben wir unsere Gläser und stießen an.

***

›Also hat Luke die Kinder?‹ Ich hatte in der Zwischenzeit den Text des Zettels überflogen und Adrian nickte. ›Was ist mit dem anderen Wolf aus eurer Gruppe? Meinst du, der ist erledigt? Dieser Bert?‹

›Wenn Luke es bis hierher geschafft hat, ist Bert Geschichte. Der Wächter hätte es sonst nicht riskiert‹, erklärte mein Mann und ich nahm wahr, wie viel Vertrauen und Hochachtung er diesem Freund entgegenbrachte.

›Familie – egal, ob vom eigenen oder fremden Blut‹, ging es mir durch den Kopf. Dieser Luke musste wie ein Bruder für Adrian sein. ›Irgendwann würde ich ihn gern kennenlernen.‹

Mein Wolf lächelte.

›Irgendwann wirst du es bestimmt ... Wenn ich eins gelernt habe, dann, dass das Schicksal einem meist mehr als eine Chance gibt. Man muss nur die Augen offen halten.‹

Laertes schüttelte den Kopf und murmelte etwas, das sich nach »Beide passen wie Arsch auf Eimer«, anhörte. Ich lachte und schlug ihm gegen die Schulter. Er musste gerade etwas sagen, schließlich kannte ich seine Frau ebenfalls sehr gut. So viel zu ›Arsch auf Eimer‹.

Adrian lachte ebenfalls bellend. Anscheinend fand er meine Gedanken lustig und machte keinen Hehl daraus.

›Ich denke, ich werde die nächsten Jahrzehnte problemlos mit euch aushalten‹, stellte er erstaunlich gelöst fest und ich kicherte.

Da kam auf jeden Fall was auf mich zu.

44

Die kleine Stadt lag in Dunkelheit, als wir in Stellung gingen. Nur hier und da erleuchtete das Licht einer Laterne die Straße. Der Zugang zum Bunker war im Keller des Museums. Also hieß es erst einmal, die Alarmanlage lahm legen und die restlichen Sicherheitsvorkehrungen ausmachen. Hoffentlich schafften wir es ohne große Zwischenfälle hinein. Einbruch in ein Museum fehlte bislang noch auf meiner Liste von Straftaten.

»Wenn Lia das Zeichen gibt, können wir los«, brummte Laertes und wirkte geradezu freudig erregt.

Keine Frage, dem Kerl gefiel die Action in seinem Job. Ich lächelte und zückte einen meiner Dolche. Angespannt testete ich die Klinge und stellte abermals fest, dass sie sich nicht abgenutzt hatte.

»Noch scharf, selbst noch eine halbe Stunde später. Wer hätte das gedacht. Na los, nach dir!« Ophelias Bruder machte sich feixend ebenfalls bereit.

Ein Pfiff, der für die Ohren Normalsterblicher nicht zu hören war, brachte uns in Bewegung. Das Ziel: Der Hintereingang des Museums, der sich öffnete, während wir darauf zu marschierten.

»Alles gesichert«, grinste meine Frau und zwinkerte mir zu, nachdem ich mich selbst noch einmal davon überzeugt hatte. »Kein Vertrauen. Du bist ein schrecklicher Ehemann!«

»Vertrauen ist gut, Kontrolle ist besser.« Der Spruch ließ Lia lächelnd den Kopf schütteln.

»Zeitverschwender«, murmelte sie, wandte sich um und schritt durch einen Flur, der wohl zum Keller führte. »Der Zugang zum Bunker wurde vor drei Wochen verschlossen. Anscheinend gab es ein Leck und es stank bestialisch im Gewölbekeller. Für Besucher unzumutbar, deshalb haben sie es zugemauert und verputzt.«

Laertes lachte.

»Prima, dann haben wir gleich Spaß. Ich hoffe, ihr habt Schnupfen.«

Schon im Vorraum zum Keller roch es übel. Ich rümpfte die Nase und fragte mich, wie Ophelia und Laer diesen Gestank aushielten. Lia gluckste und hielt mir eine kleine Dose vors Gesicht.

»Tupf dir davon ein bisschen unter die Nase«, meinte sie und ich tat es.

Erstaunt stellte ich fest, dass der Gestank nachließ. Was war das für ein Zeug?

»Geil, was?« Lias Bruder feixte und schritt auf eine Ecke zu, die frisch verputzt zu sein schien. Er seufzte. »Ich fürchte nur, das Zeug wird gleich ebenfalls den Geist aufgeben. Schon hier ist es heftig.«

Das war sehr bedauerlich, entsprach jedoch der Wahrheit. Bereits nach Laertes' ersten Schlägen mit dem mitgebrachten Hammer, überwog der Verwesungsgeruch. Wenn in diesem Bunker noch Mutanten übrig waren, würden wir es sicherlich gleich sehen, denn die Freiheit dürfte bei dem Dreck sehr verlockend sein.

»Geht in Stellung«, knurrte Laer.

Mit einem letzten beherzten Schlag legte er die Eisentür frei. Dahinter gab es definitiv noch Leben. Ich nahm mindestens ein dutzend Herztöne wahr. Meine Güte! Woher hatte Natascha diese Opfer nur? Wir mussten später auf jeden Fall noch sämtliche Vermisstenfälle der Gegend untersuchen.

›Sie werden nicht klar denken können‹, begann Ophelia, doch ich winkte ab.

Uns war allen klar, dass dies keine Rettungsaktion sein würde. Wir mussten auf Nummer sicher gehen.

***

»Scheiße, die sind echt hartnäckig«, keuchte ich ein paar Minuten später und wischte den Dolch an den Überresten eines Mutanten ab.

Dieser Dunst im Bunker benebelte mir langsam die Sinne. Der Wunsch, den Ort zu verlassen, stieg sprunghaft an. Leider war unsere Mission noch nicht beendet, denn weitere Herztöne waren durch das Gemäuer zu hören, egal wie tief wir auch in dieses Labyrinth vordrangen.

»Zwei Gänge. Wir teilen uns auf. Ihr zwei links, ich rechts.« Laertes' Augen funkelten sogar in der Dunkelheit.

Je mehr wir uns vom Eingang entfernten, umso finsterer schien die Umgebung zu werden. Bald würden wir zumindest für ein bisschen Licht sorgen müssen.

Ein Fauchen neben mir ließ mich herumfahren. Gerade noch rechtzeitig hob ich den Dolch und der Mutant rannte in die auf ihn gerichtete Klinge. Lia keuchte, aber ich versicherte ihr, dass es mir gut ginge. Hastig zog ich den Dolch durch das Fleisch meines Angreifers und das Biest zuckte nur noch.

»Jetzt verreck endlich!«, brummte ich frustriert und half mit der zweiten Waffe nach.

Ohne Kopf gab es keine Chance für diese Dinger zu überleben, ansonsten erholten sie sich erstaunlich schnell von Verletzungen. Darin waren sie meinen Kräften ebenbürtig.

Weitere dieser Monster näherten sich und Ophelia erledigte zwei im Hechtsprung, ehe sie sich auf ihr Ziel stürzen konnten – mich. Mein Weib runzelte die Stirn.

»Kommt es mir nur so vor oder greifen diese Dinger allein dich an?« Ihre Stimme war ein leises Zischen, während ich den nächsten Mutanten ins Jenseits beförderte.

Ja, das war seltsam!

»Vielleicht hat Natascha nicht mit euch Vampiren gerechnet und sie auf Wölfe geprägt«, versuchte ich mich an einer Erklärung.

Natürlich wollte Ophelia diese Sache prüfen. Meine Frau bestand darauf, dass ich etwas zurückbleiben sollte. Das passte mir allerdings ganz und gar nicht.

›Nur ein Versuch, Bello. Du darfst dich gleich wieder vor mich stellen, mein Held‹, sandte sie mir.

Wieso klang sie bei diesen Worten so amüsiert? War es etwa schlimm, wenn ich die meinen beschützen wollte?

***

›Ich glaube, du solltest dich schleunigst aus dem Staub machen, Bello.‹ Lias Emotionen wurden eigenartig.

›Was ist denn los?‹, erkundigte ich mich, aber sie ging nicht darauf ein.

›Tu es einfach! Geh und such Laer. Ich werde hier solange die Stellung halten.‹ Ihr Tonfall war geschäftsmäßig, was nur einen Schluss zuließ: Wir steckten in der Scheiße! ›Beeil dich einfach!‹

Gegen meinen Beschützerinstinkt ankämpfend, eilte ich in die entgegengesetzte Richtung zurück und dann weiter geradeaus, als die Kreuzung kam. Ich vernahm Kampfgeräusche und Laertes, der knurrte, dass es kein Entkommen vor ihm gab.

›Sie scheinen mich zu wittern‹, ging es mir durch den Kopf.

Sollte ich versuchen, Laertes zu warnen oder weiter auf ihn zu laufen? Beides schien seine negativen Seiten zu haben. Ich zog mein Handy heraus, aber wie erwartet hatte ich keinen Empfang. Die Mauern nach draußen waren einfach zu dick. Glücklicherweise gab es noch eine weitere Möglichkeit.

Rasch entledigte ich mich einem Großteil meiner Kleidung. Als Wolf konnte Lias Bruder schließlich meine Gedanken wahrnehmen. Während der Wandlung brannte es in meiner Lunge und der Gestank der verwesenden Mutanten raubte mir fast den Atem. Ich musste das rasch hinter mich bringen.

›Ophelia hat mich zu dir geschickt. Anscheinend hat sie ein Problem entdeckt und braucht deine Hilfe. Diese Mutanten greifen wohl nur in Notwehr oder Wölfe an, deshalb soll ich mich fernhalten. Wir sitzen eventuell auf einem größeren Nest‹, ratterte ich die Gedanken herunter und hörte Laers Fluch.

»Verstanden. Zieh dich in den Keller zurück und warte dort. Wir können es nicht gebrauchen, dass du schon bei der ersten Mission hops gehst«, brüllte er den Flur entlang.

Ich biss die Zähne zusammen. Dank dieser Worte hatte ich das Gefühl, auf die Reservebank geschoben worden zu sein. Mein Trieb wollte diesem Blutsauger zeigen, was es hieß, mit allen Mitteln zu kämpfen, doch der Kopf blieb glücklicherweise vernünftig. Ich schloss die Augen und konzentrierte mich auf die schlagenden Herzen in diesem Bunker. Vor mir gab es nochmals zehn, in Lias Nähe wurde es undeutlich.

›Ich zähle etwa drei Dutzend. Allerdings sind das nur die, die ich sehen kann‹, berichtete meine Frau nun. ›Geh bitte in den Keller. Ich muss wissen, ob es noch weitere Zu- oder Ausgänge zu diesem Bunker gibt. Eventuell Abflussrohre? Es darf für diese Biester kein Entkommen geben.‹

Diese Neuigkeiten machten mir Beine und auch Lias Bruder, der ihre Worte durch mich ebenfalls gehört hatte, trieb es zur Eile an. Ein Herzschlag nach dem nächsten erlosch, während ich mich in Menschengestalt wandelte, mir meine Klamotten schnappte und in Richtung Ausgang spurtete. Den Blick heftete ich auf das Display meines Handys, um nicht zu verpassen, wenn ich endlich wieder Empfang hatte.

›Bin im Keller. Sieht schlecht aus. Selbst hier ist in Sachen Empfang kein Hinauskommen. Ich muss weiter‹, gab ich Zwischenbericht.

›Gut. Ich brauche auch mehr Sprengsätze. Da sind noch welche im Kofferraum. Hol sie und Laertes soll sie mitbringen. Ich schätze, das Museum ist ab heute Nacht für immer geschlossen.‹

Ich schluckte. Pyro-Lia würde also wirken. So hatten wir zumindest keine Probleme mit der Beseitigung der Leichenteile.

45

Angespannt wartete ich auf Nachricht von Adrian und der Ankunft meines Bruders, während mein Blick über die schlafenden Mutanten vor mir schweifte. Der Bunker hatte eine Art riesiges Gewölbe, von dem weitere Türen abgingen. Soweit ich es einschätzen konnte, war ich noch unter dem Museum. Daneben befand sich ein kleiner Park, der zu der örtlichen Kirche gehörte. Zur Not würde bei der Sprengung noch ein kleiner Teil des Parks mit drauf gehen.

›Die Kirche ist hoffentlich geschlossen‹, gab Adrian von sich und ich seufzte.

›So weit sind wir nicht.‹ Mein Tonfall verriet den Trotz.

Ich wusste schließlich, was ich tat! Ich war ein Profi, verdammt nochmal!

›Du weißt doch, was ich darüber denke.‹ Ich konnte sein Lächeln förmlich vor mir sehen. ›Vertrauen ist gut, Kontrolle ist besser. Außerdem ist mir klar, dass dir ein toter Normalsterblicher - wie dumm der Zufall auch wäre - dennoch zu schaffen machen würde. Also lass mich das überprüfen, mein kleiner Knallfrosch.‹

Mein Handy vibrierte und ich warf einen Blick darauf. Adrian hatte mir via Bluetooth mehrere pdf geschickt: Lageplan des Museums, eine Zeichnung des Bunkers und eine Datei mit dem groben Plan der Abwasserleitungen. Eines konnte ich echt behaupten –

mein Ehemann lernte schnell. Er musste sich in der Nähe befinden. Rasch überflog ich alles. Es gab vier Stellen, die sich als problematisch herausstellen würden. Dort musste ich auf jeden Fall Sprengfallen anbringen. Dann noch die Einschlüsse berechnen und die letzten Abweichungen ausmerzen ...

›Ja, so könnte es gehen. Mit etwas Glück legen wir das Museum nur eine Etage tiefer‹, dachte ich und grinste.

Ich brauchte sieben Päckchen für mein Vorhaben, besser wären zehn. Zur Not könnten aber auch sechs reichen. Mal schauen, was Laertes noch ranschaffen konnte.

›Im Kofferraum waren fünf. Die liegen vor der Tür. Schlechte Nachricht: Der Kofferraumdeckel ist jetzt nicht mehr zu schließen. Ich hatte keinen Schlüssel und wenig Geduld‹, brummte mein Mann und ich musste mir ein Kichern verkneifen.

Mein Geruch wurde von dem Fäulnisgestank überdeckt, doch ein Laut wäre vermutlich unklug, auch wenn sie die Kampfgeräusche vier Räume weiter nicht gestört hatten. In diesem Gewölbe hallte jedes Schnarchen von den Wänden wider.

***

»Ich lege die Fallen und du verschwindest«, wollte mich mein Bruder tatsächlich wegschicken, nachdem ich die acht Bomben zusammengebastelt und mit dem Fernzünder versehen hatte.

Ich schüttelte den Kopf. Er wusste weder, wo er diese anbringen musste, noch, wie er sich fast lautlos durch den Raum bewegen sollte. Im Gegensatz zu mir war Laertes ein Trampel!

»Halte mir lieber den Rücken frei.«

Ein weiteres Problem kam mir in den Sinn: Der Fernzünder hatte eventuell nicht die Reichweite, um durch die dicken Mauern zu kommen. Vielleicht mussten wir die Explosion im Bunker auslösen – noch ein Grund, es selbst zu erledigen: Ich war wesentlich schneller als mein Bruder.

All diese Überlegungen verschwieg ich Adrian. Ich wollte ihn nicht unnötig beunruhigen.

»Lia?« Laer schien mir jedoch auf die Schliche zu kommen.

»Ich rechne noch«, gab ich zurück, um eine Ausrede zu haben.

Zum Glück nahm er es mir ab und ich sah darin meine Gelegenheit. Beherzt ergriff ich die Tasche mit den Bomben – jede von ihnen gerade mal so groß wie meine Handfläche – und machte einen Satz nach vorn.

Mein Bruder starrte mich entgeistert an, als ich inmitten der Mutanten landete, wagte es aber nicht, mir zu folgen. Das hätte mich nur zusätzlich in Gefahr gebracht.

›Die Kirche ist leer. Ihr könnt also loslegen‹, vernahm ich Adrians Gedanken und antwortete knapp, dass wir bereits dabei wären.

Laertes blieb wie angewurzelt stehen, obwohl ich mit den Armen wedelte. Er sollte endlich verschwinden. Je weniger Geräusche, desto besser. Dieser Sturkopf schüttelte jedoch tatsächlich den Kopf. Wollte er etwa draufgehen?!

›Denk an die Drillinge und deine Frau, du Vollidiot‹, versuchte ich, ihm zu Verstehen zu geben und erkannte, dass er blass wurde. Seine Lippen formten meinen Namen, doch ich wischte es fort. ›Raus!‹

***

Ich war fast fertig mit der Platzierung und musste mir jetzt nur noch Gedanken machen, wie ich es heil aus diesem Bunker schaffen sollte. Die letzte Sprengfalle befestigte ich an einer der hohen Steinsäulen, als ich auf einmal ein Geräusch vor mir wahrnahm. Ich wandte den Blick dorthin und erstarrte.

Ein Mutant saß da und betrachtete mich, ohne einen Laut von sich zu geben. Der Statur nach musste es eine Frau gewesen sein. Sie war klein und würde sicherlich keinen wirklichen Gegner darstellen, doch was war, wenn sie die anderen aufweckte?

Sie fixierte die kleine Bombe, die ich platziert hatte, sah dann zu mir, danach zum Ausgang. Ich hatte den Eindruck, dass sie überlegte. Ganz langsam stand sie auf. Für mich machte es den Eindruck, als wollte sie Lärm vermeiden. Ich stand wie angewurzelt da, konnte mich nicht bewegen. Was sollte ich tun?

»Powof?«, schnurrte sie leise, beäugte mich fragend, aber ich verstand kein Wort.

»Was?«

Ihr Blick fiel erneut auf die Sprengfalle.

»Powof?«, wiederholte sie und ich verstand auf einmal.

Es war eher der Laut, der einem kindlichen ›puff‹ ähnelte, wenn etwas explodierte. Wie sollte ich darauf reagieren? Mein Instinkt riet mir, mich aus dem Staub zu machen, allerdings nickte ich. Sie öffnete überrascht den Mund, es kam jedoch kein Ton hervor. Die Mutantin fuchtelte mit den Armen, schien mir zeigen zu wollen, dass ich in Gefahr war, wenn es hier ›powofte‹.

Vorsichtig bewegte ich mich auf den Ausgang zu. Ich musste mich schleunigst aus dem Staub machen, ehe sie verstand, dass es ihr das Leben kosten würde. Mein Herz klopfte wie verrückt, als ich die Tasche mit dem Auslöser erreichte, diese schnappte und in Richtung Ausgang hastete. Hoffentlich war die Reichweite in Ordnung, sodass ich in den Keller stürzen und mich nach oben retten konnte.

›Lia? Wieso bist du nicht mit deinem Bruder nach oben gekommen?‹, klang Adrian alarmiert, was ich ignorierte.

Ich musste das hier erst hinter mich bringen, ehe ich mich meinem Mann stellte. In Windeseile kam ich am Durchgang an.

›Okay, jetzt heißt es beten.‹

Obwohl meine Gedanken auf einmal um diese Kreatur kreisten, die mich nicht verraten hatte, wenngleich ich ihr ans Leder wollte, zog ich den Auslöser hervor. Ich musste meine Pflicht erfüllen! Würden diese Wesen auf Normalsterbliche oder die Wölfe treffen, war das eine Katastrophe. Nach einem hastigen Durchatmen drückte ich den Knopf.

Nichts geschah.

»Scheiße!«

»Schhhh«, hörte ich hinter mir und die Mutantin machte einen gewaltigen Satz auf mich zu.

Die langen haarigen Hände drückten sich auf meinen Mund. Ich hatte nicht damit gerechnet, dass sie mir so rasch folgen konnte, weshalb sie mich umriss und auf mir sitzen blieb.

»Brrr ... powof. Schhhh ... Uaaahhh ... Grrr!«

Diese Töne irritierten mich. Wollte sich diese Mutantin etwa wirklich mit mir unterhalten? Aber was bedeutete es?

»Schhhh«, wiederholte sie, legte einen Finger auf meine Lippen.

Okay, ganz offensichtlich sollte ich leise sein. Ich nickte.

›Ophelia!«, knurrte Adrian in meinem Kopf und ich fuhr ihn gedanklich an, dass ich gerade noch beschäftigt war.

Meine neue Bekanntschaft wollte ich lieber nicht erwähnen. Die kleine Kreatur fuchtelte währenddessen in Richtung der anderen Mutanten. Sie wirkte ängstlich.

»Powof?« Ihre Stimme war kaum ein Flüstern.

»Geht nicht. Ich bin zu weit weg«, antwortete ich.

Das war eigentlich der absolute Schwachsinn. Wie sollte mich dieses Wesen verstehen? Mehrfach drückte ich den Knopf, aber nichts geschah. Die Mutantin beobachtete meine Bewegungen. Es wirkte, als würde sie mich studieren, ahmte mich nach.

»Powof?« Sie tippte mit dem Zeigefinger auf die Handfläche.

Konnte es sein, dass sie tatsächlich diese Explosion wollte? Oder was ging in ihrem Hirn vor?

»Ich muss näher ran«, hauchte ich und machte ein paar Schritte in Richtung Halle zurück.

Die Mutantin schüttelte heftig den Kopf.

»Powof ... Aaaahhh ... powof.« Sie schlug sich in die Handfläche.

Ich schluckte. Okay, das verstand ich ebenfalls. Wenn ich zu nah an der Explosion war, würde ich zerquetscht werden. Sie hatte es begriffen.

»Wie heißt du?«

Die kleine haarige Kreatur beäugte mich unschlüssig, also klopfte ich mir leicht auf den Brustkorb und nannte ihr meinen Namen.

»Lia«, sagte ich so leise wie möglich, tippte sie an und wartete. Ihre Miene blieb fragend, also wiederholte ich es.

»Hrrrrrp.« Dieses Schnurren gefiel mir und brachte mich zum Lächeln.

Es klang fast wie ...

»Hope?«, erkundigte ich mich und die Mutantin legte den Kopf schief.

Auf ihrem haarigen Gesicht erschien ein sanftes Lächeln. Sie war anders, als die bisher gefundenen Kreaturen. Ich wusste natürlich nicht, wie sie auf Adrian reagieren würde, doch ein Entschluss verfestigte sich augenblicklich: Sie sollte hier raus und überleben!

»Hope, das ist wichtig: Siehst du den Flur? Du musst nach draußen! Komm mit mir mit«, meinte ich und sie betrachtete mich mit einer Mischung aus Unglauben und Freude. »Los, Hope ... Ich werde meinen Freunden sagen, dass du zu mir gehörst. Sie werden dir nichts tun.«

Das Fellknäuel lächelte abermals, bewegte sich allerdings kein Stück. Ein Geräusch, das durch den Flur hallte, ließ mich fluchen. Die anderen schienen Hopes Fehlen bemerkt zu haben!

»Los, renn! Ich komme nach«, trieb ich sie zur Eile an, hörte das Knurren in der Ferne. ›Adrian, ich schicke dir eine Mutantin nach oben. Bring sie in Sicherheit! Sie heißt Hope.‹

›Was?!‹ Mein Alpha klang entsetzt. ›Beweg deinen Hintern hier hoch und das plötzlich! Wir finden eine andere Lösung, als die Schnapsidee, die du gerade planst.‹

›Ich liebe dich auch. Es ist zu spät‹, gab ich zurück und wollte losspurten, als sich Hopes lange Finger um meinen Oberarm schlossen.

»Lia«, schnurrte sie, dann wurde ich auf einmal nach hinten gerissen.

Mit Wucht stieß ich gegen die Steinwand des Kellers.

»Scheiße, Hope, was soll das?«, fluchte ich.

Mühsam rappelte ich mich auf und starrte sie an. Sie hielt den Auslöser in ihren Händen.

»Fuuuu, Lia! Powof!« Das Knurren der kleinen Gestalt ging mir durch Mark und Bein.

Sie wollte doch nicht ...?

46

Adrian

Die Erde bebte, als die Bomben ausgelöst wurden und ich stürzte auf das Museum zu. Ophelia hatte Schmerzen, das fühlte ich!

»Adrian, bleib stehen!«, rief mir Laertes nach, der auf einmal blass geworden war.

›Lia! Wo bist du?‹ Ich nahm Kontakt auf, doch die Schmerzen nahmen stetig zu.

Verdammt! Wieso hatte sie diese Aktion wieder allein durchziehen müssen? Hatte sie nichts aus den vergangenen Tagen gelernt?!

In dem Moment, in dem ich das Museum betreten wollte, sackte der Boden weg. Eine riesige Staubwolke kam mir entgegen und ich hustete, während ich versuchte, etwas zu erkennen.

»Lia!«

Ein paar Ziegel hatten sich vom Dach gelöst und ich musste mich ein paar Schritte entfernen. Die Erde bebte weiter.

›Adrian?‹, keuchte meine Frau.

Ich lief auf und ab, zu aufgebracht, um mich zu kontrollieren. Wie kam ich nur zu ihr? Ich musste sie aus diesem massiven Grab befreien.

›Wo bist du?‹

Ophelia sandte mir das Bild eines altertümlichen Durchgangs. Es erinnerte mich nicht an das, was ich zuvor gesehen hatte. War sie vielleicht ...?

›Halte durch, ich hole dich!‹

Ich raste auf die Kirche zu. Es musste eine Art geheimer Tunnel unter der Kapelle vorhanden sein. Ich hatte doch etwas in der Richtung gelesen. Irgendwas von Schmugglerware aus früheren Zeiten. Wie war Lia dorthin gekommen?

Ohne über eventuelle Konsequenzen nachzudenken, brach ich die Tore der Kirche auf und stürmte hinein. Ich bemühte mich, klare Gedanken zu fassen und meine Triebe und Instinkte zu unterdrücken. Es war schwer, denn alles in mir schrie förmlich, so schnell wie möglich zu meiner Frau zu kommen, allerdings ohne irgendeinen Plan. Den brauchte ich jedoch, wenn wir nicht beide hier sterben wollten.

Ich witterte Blut, rannte weiter, dem Duft nach, den ich seit unserer Vereinigungen nicht mehr aus dem Kopf bekam. Nach und nach mischte sich der Gestank des Bunkers darunter. Das nahm ich diesmal als gutes Omen.

›Kannst du rufen?‹, erkundigte ich mich und hörte stattdessen einen leisen Pfiff, dann ein gequältes Husten.

›Sie war auf einmal direkt neben mir und hat mich zur Seite gestoßen, sonst wäre ich ins Treppenhaus des Museums gelaufen‹, sandte sie mir den Gedanken und große Traurigkeit überkam mich, die von meiner Frau ausging.

›Wer?‹

›Hope! Sie hat mich mit voller Wucht gegen die Mauer befördert und ich bin durchgebrochen. Ich muss sie finden! Vielleicht lebt sie ja noch!‹ Die Verzweiflung und das Schluchzen Ophelias ließ mich nach Luft schnappen.

Meine Triebe explodierten in diesem Moment und ich wandelte mich zum Alpha. Mehrere heftige Schläge gegen die Stufen, auf denen ich stand und ich rauschte ein Stockwerk tiefer. Die Gewölbe um mich herum waren es noch nicht. Ich musste tiefer hinab, also wütete ich weiter.

Dieses Mal war ich richtig. Ich vernahm das Schluchzen Lias, die mit den Fingern an Geröll kratzte und sich abmühte, hindurch zu kommen.

›Schatz, das wird nichts bringen‹, knurrte ich, aber sie machte weiter. ›Lia!‹

Eine Bewegung hinter mir alarmierte mich, doch es war nur Laertes, der mir gefolgt war. Er hatte die Stirn in Falten gelegt, lauschte.

»Adrian, dort! Meinst du, du kannst da ein Loch hineinschlagen?« Er deutete auf eine Ecke neben einem Pfeiler aus Stein.

»Was?«, fragte ich, aber Laer zeigte nur stumm auf die Wand.

***

Fassungslos starrte ich auf das kleine Bündel auf dem Boden. Ophelia hatte sich sogleich über sie geworfen und die Lebenszeichen überprüft. Sie waren schwach, aber das Wesen lebte.

»Wir nehmen sie mit«, flüsterte Lia bestimmt und Laertes nickte.

»Dann raus hier, ehe noch etwas einstürzt oder zu viele Zeugen da sind.« Er zog ›Hope‹ auf die Arme und marschierte los.

»Adrian ...« Mein Weib beäugte mich unsicher. Sie spürte genau, wie wütend ich in diesem Moment auf sie war.

»Nicht an diesem Ort. Komm her«, brummte ich und sie legte die Arme um meinen Hals.

Wir würden über ihr selbstzerstörerisches Handeln reden müssen, aber hier war weder die richtige Zeit noch der passende Ort dafür.

»Ich habe in der Zentrale Bescheid gegeben. Das Aufräumkommando sollte bald da sein. Wir dürfen verschwinden.«

Laertes war in Windeseile zum Wagen gelaufen, hatte die Mutantin in den Kofferraum gepackt und war danach erneut in unsere Richtung gekommen. Zwischenzeitlich hatten sich die ersten Schaulustigen eingefunden. Wir mussten dringend abhauen!

Ophelia zitterte in meinen Armen. Die Verletzungen und die Situation brachte den Vampir zum Vorschein, der nach Blut verlangte. Ihre Fänge fuhren aus und der Atem meiner Frau wurde seltsam rasselnd.

»Ich fürchte, ich habe mir die Rippen recht unglücklich gebrochen«, ächzte sie. »Meine Lunge.«

Ein Husten ließ Lias Körper erbeben und ich roch das Blut, ehe ich es an ihren Lippen sehen konnte. Dieser Anblick machte mir Beine und ich verfrachtete meine Angetraute auf die Rückbank des Wagens. Laer hüpfte auf den Fahrersitz und wir fuhren los. Etwas Abstand zu diesem Ort musste sein, bevor ich Ophelia nähren konnte.

›Ich werde es überleben‹, sandte sie mir den Gedanken, um mich zu beruhigen, doch ich knurrte.

›Das war aber nicht dein Verdienst!‹ Ich warf einen prüfenden Blick aus dem Fenster. Es schien endlich unbedenklich zu sein. ›Trink!‹

Entschlossen hielt ich ihr das Handgelenk an die Lippen und sie öffnete den Mund. Die weißen Fänge hatten etwas Hypnotisches.

›Ich fürchte, ich muss dich zuvor um etwas bitten‹, klangen selbst Ophelias Stimme in meinem Kopf angestrengt und ein weiteres, rasselndes nach Luft schnappen machte mir klar, dass Lias Rippe die Lunge wohl nicht nur durchbohrt hatte.

Dieses Mistding steckte noch drin und verhinderte die Heilung. Das Gesicht meiner Frau wurde stetig blasser.

›Deinen Dolch ... Du wirst ihn brauchen.‹ Sie drehte sich zur Seite, während das Oberteil nach oben rutschte.

Sogleich bekam ich einen guten Eindruck, denn die Rippe drückte sich durch die Haut. Wie hatte sie das nur geschafft? Fakt war, dass ich sie operieren musste.

»Laertes, such einen ruhigen Platz. Ich will Lia nicht während der Fahrt aufschneiden«, knurrte ich und Laer fluchte.

***

»Wie sieht es aus?«, erkundigte sich mein Schwager.

»Dein Wagen ist versaut, aber Ophelia wird es überleben. Sie ruht sich aus. Wir sollten echt mehr an unserem Überlebenswillen arbeiten! Die Verletzungsrate ist zu hoch.« Der Kommentar brachte Laertes zum Schmunzeln.

»Ja, in letzter Zeit wurden wir erstaunlich oft angegriffen. Wäre ich fies, würde ich schlussfolgern, es liegt an einer Töle, die wir uns angeschafft haben.«

Für den Seitenhieb würde ich ihm irgendwann noch den Arsch aufreißen. Ich ließ ein leises Knurren hören, doch Laertes lachte.

»Aus, Hündchen! Ich bin kein Kauknochen.«

Dafür zeigte ich ihm zumindest den Stinkefinger. Der Vampir wandte allerdings den Kopf in Richtung Kofferraum.

»Hast du das gehört?«

Ja, das hatte ich. Anscheinend war unser neues Haustier wach geworden und kratzte nun am Deckel des Kofferraums, um in die Freiheit zu gelangen. Langsam näherten wir uns dem Heck des Wagens.

»Sollen wir auf Lia warten oder willst du dich allein vorstellen, Alpha?«, fragte der Blutsauger und ich seufzte.

Am besten wäre es wohl, meine Frau noch etwas ausruhen zu lassen. Sie hatte schon wieder so einiges verkraften und ertragen müssen. Zudem, was konnte schon schlimmes geschehen?

»Ich denke, wir werden mit einer Mutantin allein klarkommen. Vermutlich wird sie mich angreifen.« Ich konnte mir ein Grinsen nicht verkneifen, als Laer in Stellung ging, um mich bei Bedarf vor diesem Angriff schützen zu können. Es war echt irre, welche Wendung mein Leben genommen hatte. »In Ordnung. Dann also bei drei. Eins ... zwei ... drei!«

Ich riss am Kofferraumdeckel und wappnete mich, doch nichts geschah. Ein leises Wimmern war zu hören und ich starrte auf das verschüchterte kleine Gesicht hinab. Die Mutantin drückte sich in die letzte Ecke des Kofferraums und wirkte verängstigt.

»Hey, hey! Wir werden dir nichts tun«, brummte Lias Bruder sogleich neben mir und ging etwas in die Knie, um nicht allzu wuchtig zu wirken.

Es gelang ihm nicht wirklich.

47

Ich wachte auf, als jemand den Deckel des Hecks nach oben wuchtete und den Wagen damit zum Wackeln brachte. Was war denn jetzt schon wieder los?

»Hey, hey! Wir werden dir nichts tun«, vernahm ich Laertes Stimme.

Auf einmal war ich hellwach. Hope! Ich hatte durch das ganze Hin und Her meine Lebensretterin total vergessen. Hastig versuchte ich, mich zur Tür zu beugen, aber die Wunde ließ meinen Körper innehalten. Dieses Mal würde es wohl etwas länger für die Heilung brauchen. Meine Rippe hatte gute Arbeit geleistet und in den Eingeweiden gewütet und mich halb aufgespießt. Ich ächzte.

»Lia?«, flüsterte Hope zittrig vor Angst, was mir förmlich die Luft aus der Lunge drückte.

»Sie liegt auf der Rückbank. Du hast sie gerettet, weshalb ich auf ewig in deiner Schuld stehe.« Adrian war es dieses Mal, der sprach, und mein Herz wurde weich.

Allein der Tonfall, den er anschlug, sagte alles, aber die Worte brachten mich sogar zum Weinen. Ich hatte bei meiner Aktion ganz außer Acht gelassen, dass er mich dadurch beinahe verloren hätte. All seine Bemühungen und der Ärger wären dann umsonst gewesen, ganz zu schweigen von der Leere, die sich auf einmal meiner bemächtigte. Ich hätte ihn beinahe zu einem solchen Leben verdammt.

›Vielleicht solltest du das im Kopf behalten, ehe du noch einmal solchen Mist baust‹, nahm Adrian sanft Kontakt zu mir auf und ich wusste, dass er lächelte.

›Ich liebe dich.‹ Das war alles, was ich dazu sagen konnte und spürte, wie sein Herz einen Hüpfer machte.

Gott! Ich würde alles tun, dass ich diesem Mann noch lange genug auf den Geist gehen konnte ...

Ganz langsam stand ich auf und stieg aus dem Wagen. Ich musste nach Hope sehen und mich vergewissern, dass sie nicht doch von Natascha darauf programmiert worden war, Adrian etwas anzutun. Die Mutantin beäugte mich, unschlüssig, wie sie reagieren sollte.

»Liiiiiiaaaaaa«, schnurrte sie leise und brachte Laer damit zum Lachen.

»Da scheint eine ja echt einen Narren an dir gefressen zu haben.«

Ich streckte meine Hand nach Hope aus, deren Blick jedoch nun auf Adrian ruhte. Feindseligkeit war in ihrer Miene nicht zu erkennen, eher Angst und ein gewisses Misstrauen. Eigentlich kein Wunder, schließlich hatte sie miterlebt, wie ihr Rudel getötet wurde, war sogar selbst daran beteiligt gewesen.

»Hope, das ist mein Mann Adam und das hier ist mein Bruder Laer.« Ich tätschelte die beiden, während ich sie vorstellte, und sie nickten artig. »Sie werden dir nichts tun. Du darfst mit zu uns nachhause kommen.«

Hopes Gesichtsausdruck zeigte deutlich, dass sie mich verstand. Die großen Kulleraugen fixierten mich, dann machte sie plötzlich einen Satz nach vorn. So

schnell konnten die Männer nicht reagieren und ich
kam ins Wanken.

»Langsam, Hope!«, keuchte ich und nahm Adrians
Hände an meinem Rücken wahr, die mir Halt gaben.

»Liaaaa«, schnurrte die Mutantin und vergrub das
Gesicht in meiner Jacke.

»Glückwunsch, du hast nun doch noch jemanden,
um den du dich Sorgen darfst«, klopfte Laertes Adrian
gegen die Schulter, der einen fast klagenden Ton von
sich gab.

»Manchmal vermisse ich schon etwas mein altes
Leben. Das ›auf der Flucht sein‹, hatte auch Vorteile.«

Die ganze Fahrt über schliefen Hope und Lia. Die Mutantin hatte sich neben Laertes auf den Beifahrersitz getraut und Ophelia lag auf dem Rücksitz in meinem Armen. Ich strich ihr sanft durch das kurze schwarze Haar.

»Endlich! Noch etwa zehn Minuten und wir sind da. Ich kann es kaum erwarten, aus diesem Auto raus zu kommen. Noch länger und ich fühl meinen Hintern nicht mehr«, knurrte Laertes.

Ich verkniff mir den Kommentar. Noch zehn Minuten, dann würde ich Ophelias Mutter und Laers Frau und Kinder kennenlernen. Wieso wurde ich auf einmal so nervös?

›Keine Sorge, sie werden dich mit offenen Armen willkommen heißen!‹

Lia lächelte. Sie hatte den Kopf auf meiner Brust belassen und blinzelte nun zu mir empor. Wie konnte sie sich da nur so sicher sein? Wir fuhren aus der Stadt hinaus und erneut in ländliches Gebiet. Die Umgebung wirkte wie die Verfilmung eines Romanklassikers.

›Warte ab, es wird gleich noch schräger. Meine Mutter ist manchmal etwas speziell. Stör dich am besten nicht an ihrem Outfit.‹

Das machte mich nicht gerade Ruhiger! Lia kicherte. Dieses kleine Biest schien ihren Spaß daran zu haben, dass ich derart verunsichert war.

Am Rande eines Waldstücks standen zwei wunderschöne Villen und erinnerten mich erneut an eine Filmkulisse. Sie wirkten, wie aus einem Jane Austin-Roman. Es war gruselig. Die Tür des ersten Hauses öffnete sich und mehrere Personen kamen heraus gelaufen. Drei Kinder, etwa drei oder vier Jahre alt, und eine Frau, die sich sogleich ans Herz fasste und zu weinen begann. Eine riesige Welle der Erleichterung schwappte zu uns herüber.

Laertes hielt abrupt und stürmte aus dem Wagen. Mit weit geöffneten Armen lief er auf seine Familie zu, schnappte sich während des Rennens die drei Kinder und warf sich mit ihnen zusammen auf seine Frau. Ich hörte ein schrilles Lachen.

›Ich denke, wir geben ihnen einen Moment‹, meinte Ophelia lächelnd und rutschte vorsichtig von mir weg. Sie wirkte ebenfalls angespannt. Was war auf einmal los?

Hope bewegte sich und ich wusste, was meine Frau beschäftigte. Die Kinder ... Ob Hope auch auf diese friedlich reagierte?

Hastig stieg ich aus und marschierte zur Beifahrerseite, sodass die Mutantin nicht plötzlich losstürmen konnte. Die hatte allerdings nur den Kopf gereckt und betrachtete mit verzücktem Gesichtsausdruck die fünf auf dem Boden liegenden und sich über das Wiedersehen freuenden Gestalten.

»Oh«, drang ihr über die Lippen, die leicht zitterten.

»Familie«, murmelte ich und ihr Blick wanderte zu mir. Sie nickte. »Du weißt, was das bedeutet?«

Abermals nickte sie und ich musste unweigerlich lächeln. Lia hatte ein gutes Gespür für dieses Wesen gehabt. Sie würde keine Gefahr für die Kleinen darstellen, ganz im Gegenteil.

»Sollen wir dich vorstellen?« Ich beugte mich nach vorn und löste den Sicherheitsgurt.

Ophelia hatte sich ebenfalls aus dem Wagen bewegt und beobachtete Hope und mich. Ihre Emotionen verrieten mir die Nervosität, aber auch das Vertrauen in meine Einschätzung.

Eine weitere Person kam dazu und winkte.

»Jetzt kommt schon! Alles ist in Ordnung, Schatz«, rief die Frau und ich blinzelte zu ihr hinüber.

Sie war eine Erscheinung! Wenn ich nicht bereits gedacht hätte, dass dieser Ort altertümlich wirkte, wäre es spätestens jetzt der Fall gewesen. Der Ort war nichts im Vergleich zur Besitzerin der Villa. War das tatsächlich Lias Mutter?

›Oh ja, das ist sie‹, klang meine Frau amüsiert.

Sie trug ein Kleid mit Unterrock, das sie bei jedem Schritt anheben musste, sodass es nicht auf der Erde schleifte. Das erinnerte an ein vergangenes Jahrhundert.

»Soll ich euch holen kommen? Nun stell mir endlich deinen Gatten vor, Ophelia!«

Ihre Mutter schien einen ähnlichen Geduldsfaden zu haben. Ich lachte, als Lia nach diesem Gedanken schnaubte.

›Was?! Ist doch wahr, mein Knallfrosch.‹

Langsam schritten wir zu dritt auf die Gruppe meiner neuen Familie zu. Die beäugten uns neugierig, vor allem die Kleinen schienen nicht ganz einsortieren zu können, was hier vor sich ging.

»Jungs, das ist ›Adam‹. Er ist Lias Mann«, stellte Laertes mich vor und ich schluckte, als er offiziell meinen neuen Namen nutzte.

Das war wohl der Moment, in dem ich mich wirklich von meinem alten Leben verabschieden musste.

»Willkommen in der Familie, Adam!« Laers Frau strahlte mich an. »Ich heiße Rose. Und das sind unsere Lausbuben: Noah, James und Teddy.«

»Freut mich sehr«, konnte ich bei diesen Worten nicht anders, als gleichfalls zu lächeln.

Laertes' Frau machte einen wesentlich netteren Eindruck, als ich gedacht hatte. Ich deutete eine kleine Vorbeugung an. Ophelias Mutter schritt auf mich zu und ich erstarrte, als sie mir plötzlich um den Hals fiel.

»Ich bin Scarlett. Hallo Schwiegersohn!« Sie kicherte, da ich mich nicht aus der Starre lösen konnte. »Entspann dich. In dieser Familie wird dich niemand auffressen, du Wolf.«

***

Ein paar Wochen später ...

»Mama! Noah soll Hope und mich in Ruhe lassen«, beschwerte sich Teddy und ich hob automatisch den Kopf, um zu sehen, worum es ging.

»Was hat er denn nun schon wieder angestellt, mein Liebling?«, seufzte Rose. »Welche Tiere hat er auf euch gehetzt?«

Es war interessant, wie sich die Vampirgene in dieser Familie zeigten. Noah hatte doch tatsächlich die Fähigkeit, Tiere das tun zu lassen, was er wollte. Bislang waren es nur Kleintiere, aber mich beschlich der Verdacht, dass es dabei nicht bleiben würde.

»Ameisen!«, brachte Teddy empört heraus und kratzte sich am Arm. »Und die beißen!«

Rose wirkte, als hätte sie am liebsten geflucht. Meine Aufmerksamkeit richtete sich stattdessen auf Hope, die in einer Ecke saß und verzweifelt scharrte. Ihre Arme hatte wesentlich mehr abbekommen, als Teddy. Ich vermutete, Noah fand es nicht gut, dass er die Mutantin nicht genauso beeinflussen konnte, wie die Ameisen und hatte sich auf diese Weise gerächt. Er war ein richtiger kleiner Satansbraten und gönnte Teddy diese Freundschaft nicht.

»Hope, nicht kratzen!« Rose war bereits auf den Beinen und holte ein kleines Döschen mit Creme. »Süße, diese Mixtur hilft. Lia hat sie extra für dich zusammengemischt.

Mit einem dankbaren Lächeln auf den Lippen, ließ sich Hope verarzten.

»Sie sagt ›danke‹«, meinte Teddy und strich dem Fellknäuel über den Kopf.

Der Junge hatte die Gabe seines Vaters geerbt und konnte die Gedanken der Mutantin hören und mit ihr wohl auch kommunizieren. Das war ein Grund, wieso die beiden von Anfang an wie Pech und Schwefel zusammenhingen. Hope liebte die Kinder alle, aber Teddy war definitiv ihr Liebling.

Ophelia arbeitete daran, das arme Geschöpf von ihrer Bürde zu befreien. Die Experimente waren vielversprechend. Vielleicht schaffte sie es bald, dass wir Hopes früheres Ich zu Gesicht bekamen. Dann würde Noah hoffentlich damit aufhören, die zierliche Gestalt beherrschen zu wollen.

»Da bist du ja, Noah. Sag mal, was soll denn das mit den Ameisen?« Rose blickte ihren Sohn böse an, der jedoch nur mit den Schultern zuckte.

›Ein echter kleiner Teufel‹, ging es mir durch den Kopf. Mit ihm würden Laer und Rose in der Tat noch sehr viel Spaß haben.

»Solch eine Aktion will ich nicht nochmal von dir mitkriegen! Verstehen wir uns? Das gehört sich nicht und verletzt andere.«

Noahs Mutter sagte dies in strengem Ton, doch den Kleinen interessierte es sichtlich wenig. Das bemerkte auch Rose glücklicherweise. Mit wütender Miene hob sie die Hand, woraufhin ihr Sohn in die Luft gehoben wurde und verärgert strampelte.

»Ich fragte, ob wir uns verstehen, Noah? Wie findest du es denn gerade, dich nicht wehren zu können? Findest du das schön?«

Zu aller Verwunderung sprang Hope auf, schnappte sich Noah, der zu weinen begonnen hatte und zog ihn in die Arme. Sie schnurrte, während sie ihn beruhigte.

»Brav«, brachte Hope dieses Worte heraus.

Verdutzt erkannte ich, dass Noah nickte.

»Ich bin brav.«

»Wer ist brav?« Laer und James kamen in diese Situation geplatzt und zerstörten sie damit.

Rose winkte ab. Sie nahm erneut auf der Couch Platz und beobachtete Hope, Teddy und Noah, die zusammen in der anderen Ecke des Zimmers verschwanden, um in Büchern zu blättern.

Manchmal fragte ich mich, was aus Hope noch werden würde ...

***

»Wir haben einen Auftrag«, verkündete Laertes breit grinsend. »Die Hundefraktion hat anscheinend Ärger. Ratet mal, wo!«

Mein Atem stockte, aber mein Schwager schüttelte sogleich den Kopf.

»Keine Sorge, bei euch zuhause ist alles okay. In den USA. Kennst du die Rudel dort?«

»Früher mal. Den Anführer konnte ich nicht sonderlich leiden. Maxwell ist ein Speichellecker!«, knurrte ich und Laertes lachte.

»Dann freu dich, dass er wohl nicht mehr der Boss ist. Angeblich hat ein Erik uns angefordert. Es sieht so aus, als würden im Umland der Höfe des Rudels Wölfe angegriffen werden. Die Betroffenen können allerdings nicht sagen, wer oder was sie angegriffen hat. Klingt doch nach einem interessanten Fall für uns. Und du kannst da endlich deine neuen Fähigkeiten ausprobieren.« Laer gab mir einen Klaps gegen die Schulter und ich brummte.

»Wer von uns?«, erkundigte ich mich sogleich und hoffte inständig, meine Ehefrau würde in Sicherheit bleiben.

›Das kannst du dir gleich abschminken!‹ Lias Stimme in meinem Kopf machte mir überaus deutlich, dass keine Diskussion helfen würde.

Wenigstens hatten wir in letzter Zeit sehr viel trainiert, sodass die Gefahr minimiert wurde, unvorbereitet im Kampf zu sein. Ab mehr als zehn Gegnern wurde es dennoch knapp.

›Jetzt sei nicht so ein Griesgram! Wir schaffen das schon‹, flüsterte mir Ophelia ein und ich nickte geistesabwesend.

Positiv denken ... Auch so eine Sache, die ich noch lernen musste.

An einem anderen Ort

Sollen wir mal miteinander ausgehen?«, hallte es mir in den Ohren.

Hatte er mich das gerade tatsächlich gefragt? Oder war das wieder eine meiner Einbildungen? Ich schluckte.

»Erde an Moe! Wie schaut es aus?«, lachte Lip amüsiert und ich spürte, dass ich rot wurde.

Nickend starrte ich beschämt auf meine Finger.

»Du scheinst nicht oft mit Männern auszugehen«, schmunzelte mein Gegenüber und stieß mich ein wenig an. »Na, komm schon. So schlimm bin ich nicht. Wir werden uns bestimmt prima amüsieren. Ich mag dich irgendwie, daher wäre es cool!«, erklärte er, doch dieses komische Gefühl ging nicht weg.

Lip studierte ein paar Semester über mir und durch einen Zufall hatten wir uns kennengelernt. Na ja, eher durch sein Talent, Dinge im Unterricht nicht zu verstehen. Aus Nachhilfe wurden Nachrichten rund um die Uhr, Treffen zum Kaffeetrinken in Emmas Café, die ein oder andere Einladung in einen Club bis schließlich zu der Frage, ob wir uns nicht einfach daten sollten.

Ich mochte Lip, doch nach der Sache mit Sam hatte ich nicht einmal versucht, andere Männer für eine Romanze zu treffen.

»Was würdest du denn gern unternehmen?«, fragte er mich und ich zuckte mit den Schultern.

Bisher hatte ich nur dieses eine Date mit meinem Ex gehabt, mehr nicht.

»Gut, ich lasse mir etwas einfallen. Morgen Abend gegen sieben?« Lip grinste breit und wartete erneut ein Nicken von mir ab.

***

»Das hast du nicht wirklich getan«, lachte ich und Lip zuckte spielerisch mit den Schultern, während er grinste .

»Woher willst du das wissen? Bist du dabei gewesen?«

Ich gluckste, denn seine Geschichte war so peinlich.

»Du willst mir also weißmachen, dass du nach einem One-Night-Stand nackt abgehauen bist, ohne deine Klamotten zu suchen, danach der Polizei erzählt hast, dein Glaube sei der Nudismus und du lebst ihn morgens um halb drei aus, weil da keine Kinder mehr auf der Straße sind?«

Ich bekam mich fast nicht mehr ein und Tränen liefen mir vor Lachen über die Wange. Lip grinste erneut breit und allein die Vorstellung war zum Schreien lustig.

»Wie hat die Polizei reagiert?«, fragte ich belustigt. In meinem Kopf wurde Lip nackt ins Polizeiauto gesetzt.

»Gar nicht. Man bat mich darum, schleunigst nach Hause zu gehen, da sie meinen nackten Arsch nicht auf der Rückbank haben wollten.«

Nach dem Kinobesuch, bei dem der Film grotten-schlecht gewesen war, machten wir uns auf den Weg zu einer Pommesbude. Wir aßen gemeinsam etwas und

Lip erzählte die wildesten Geschichten, die meist nackt endeten.

»Scheinst wirklich den Nudisten anzugehören«, schmunzelte ich und biss von einer Pommes ab.

Verlegen starrte er auf sein Essen.

»Was ist mit deiner Vergangenheit? Wieso bist du Single? Du bist schließlich klug, smart und verdammt hübsch. Du fällst auf, obwohl du es wohl krampfhaft verhindern willst. Die ganzen Schwuchteln müssen sich doch um dich reißen, wie die Löwen um die Gazelle.«

Ich ließ die Pommes, in die ich gerade beißen wollte, sinken und schüttelte den Kopf.

»Nach meiner letzten Beziehung habe ich nicht versucht, einen anderen Mann kennenzulernen. Ich denke, mein Leben muss erst in die richtige Bahn kommen. Da ist kein Platz für Liebeschaos« Ich lächelte ihm zu und musste plötzlich an Sam denken.

Wie es ihm wohl erging?

»Gib gut Acht in deiner Auswahl! Er muss deiner Mutter gefallen. Keine Schwuchtel mag Schwiegereltern, aber wenn sie bei der Mutter des Liebsten gewonnen haben, ist der Rest scheißegal. Die Mutter von meinem Ex hat mich so geliebt, die lädt mich heute noch zum Kaffee ein«, tönte Lip groß und ich wurde ruhiger.

Meine Mutter ...

»Moe?«

Ich räusperte mich.

»Meine Eltern sind tot. Beide vor ein paar Wochen gestorben«, antwortete ich knapp und Lip wurde kreidebleich.

»Es tut mir leid ... unendlich leid! Ich Vollidiot«, entschuldigte er sich, doch ich rang mich zu einem weiteren Lächeln durch.

»Alles gut. Du wusstest es ja nicht. Deswegen hatte ich noch keine Zeit, mir Gedanken um mein Liebesleben zu machen.«

Wir schwiegen eine Weile. Die Stimmung war irgendwie am Tiefpunkt angelangt.

»Moe, dürfte ich etwas vorschlagen?«, fragte Lip auf einmal und ich nickte.

Mir war gerade jede Art von Ablenkung recht.

***

Wenige Minuten später fanden wir uns in einer lauten Disco wieder. Die Musik war rhythmisch und motivierte definitiv dazu, die Hüften zu schwingen.

»Na, komm!«

Lip deutete in Richtung Tanzfläche und ich sah mich genauer um. Es war ein Gay-Club. Nur Kerle anwesend, hielten Händchen oder fummelten wild in einer Ecke herum. Hier würden wir in der Menge nicht auffallen, selbst wenn es für Lip wieder nackt endete. Er reichte mir die Hand und zog mich an sich. Wir tanzten und ich fühlte mich unheimlich frei. Ich hatte das Gefühl, ich könnte meine Sorgen, die Last von meinen Schultern einfach wegtanzen.

Die Musik wurde ruhiger, sanfter und Lip zog mich in seine Arme. Ich ließ mich in diesen wiegen, legte den Kopf auf seine Schulter und nahm an meiner Brust das Hämmern von Lips Herzens wahr.

»Wie haben sich du und dein Ex getrennt?«, wollte er in mein Ohr gesprochen wissen, als ob es ein Geheimnis wäre.

»Die Beziehung stand unter keinem guten Stern«, gab ich zurück und wurde noch enger an seine Brust gezogen.

»Wenn er Schluss gemacht hat, ist er ein Idiot! Wenn du Schluss gemacht hast, ist er auch der Idiot, weil er dich hat gehen lassen.«

Mein Herz raste. Seine Nähe war unendlich warm und tat mir seltsam gut. Lips Finger legten sich an mein Kinn und auf einmal berührten sich unsere Lippen.

Erst zögerte ich, doch dann gab ich mich der Lust hin und ließ seine Zunge in meinen Mund vordringen. Die Finger wanderten zurück, hielten meine Hüfte fest und ich konnte nicht anders, als die Arme um Lips Hals zu legen.

Nachdem wir uns schließlich lösten, räusperte er sich und drehte die Hüfte weg.

»Sorry, ich bin hart geworden«, brummte er, was mich laut zum Lachen brachte.

Ich zog ihn zu mir zurück und hauchte ihm ins Ohr:
»Ich auch.«

Nachwort:
Ja, ja, unser Moe ... Aber das ist eine andere Geschichte.

Wir sind auch gespannt, wie sich ›Adam‹ entwickeln wird.
Das nächste Abenteuer kommt bestimmt. ;o)

Bücher von Sabrina Georgia

»Manchmal muss es eben Blut sein!«
01 – Ein Vampir fürs Leben
02 – Erinnerungen eines Vampirs
03 – Eine Vampirdame im Sprechzimmer
04 – Vampirische Eifersucht
05 – Vampirdamen bedeuten nichts als Ärger
06 – Vampirischer Auftrag: Blutiges Erbe
07 – Blut, Eis und Flammen
08 – Phönixliebe - über den Tod hinaus (2020)

»Yvor und Yvi«
1 – Eine Vampir-Liebesgeschichte mit Knacks
2 – Eine Vampir-Liebesgeschichte und noch ein Knacks
3 – Kein Knacks ist auch keine Lösung

»Verliebt in einen Wolf« zusammen mit Pat Grace
1 – Sam und Moe
2 – Sam und Moe 2
3 – Avalarie und das Schicksal
4 – Adrian – Gegen die Zeit
5 – Sam und Moe 3 (2019)

»Phönixgirl«
1 – Aus der Asche (erscheint voraussichtlich Ende 2019)

www.SabrinaGeorgia.de